Edgar Allan Poe

Seltsame Geschichten

LIWI
LITERATUR- UND WISSENSCHAFTSVERLAG

Edgar Allan Poe
Seltsame Geschichten
Übersetzt von Wilhelm Cremer
Erstdruck dieser Übersetzung in: Edgar Allan Poe: Rätselhafte und unheimliche Geschichten, Verlag Neufeld und Henius, Berlin 1923.
Durchgesehener Neusatz, diese Ausgabe folgt: Edgar Allan Poe: Seltsame Geschichten, Leuchtfeuer-Verlag, Hamburg 1928.

Neuausgabe, Göttingen 2020.
Umschlaggestaltung und Buchsatz: LIWI Verlag
Buchumschlag unter Verwendung des Bildes „Illustration Nr. 10 für Edgar Allan Poes Der Rabe“, (bearbeitet), Gustave Dore, 1884.
LIWI Literatur- und Wissenschaftsverlag
Thomas Löding, Bergenstr. 3, 37075 Göttingen
Besuchen Sie uns auch im Internet: https://liwi-verlag.de/
Druck: BoD GmbH, In de Tarpen 42, 22848 Norderstedt
ISBN: 978-3-96542-300-8

Inhalt

Der Goldkäfer

Vor vielen Jahren befreundete ich mich mit einem gewissen William Legrand. Er stammte aus einer alten Hugenottenfamilie und war einst wohlhabend gewesen, bis er durch eine Folge von Unglücksfällen verarmte. Um nun den Demütigungen seiner üblen Lage zu entgehen, verließ er seine Vaterstadt New Orleans und schlug seinen Wohnsitz auf der Sullivansinsel nahe bei Charleston in Südkarolina auf.

Es ist dies eine merkwürdige Insel. Sie besteht eigentlich nur aus Seesand und ist ungefähr drei Meilen lang und höchstens eine Viertelmeile breit. Vom Festland trennt sie ein kaum bemerkbarer Flußarm, der sich träge durch eine Wildnis von Schilf und Schlamm wälzt und den Lieblingsaufenthalt der Wasserhühner bildet. Natürlich ist die Vegetation ärmlich und niedrig, einigermaßen hohe Bäume gibt es überhaupt nicht. Am Westende beim Fort Moultrie, wo einige elende Holzhäuser stehen, die im Sommer Bewohnern von Charleston eine Zuflucht vor Staub und Fieber bieten, wächst die stachlige Zwergpalme. Sonst aber ist die ganze Insel, wenn man von einem schmalen weißen Küstenstreifen an der Seeseite absieht, dicht bedeckt mit den Sträuchern der wohlriechenden Myrte, die bei den englischen Gärtnern so beliebt ist. Sie erreichen hier manchmal eine Höhe von fünfzehn bis zwanzig Fuß und bilden ein fast undurchdringliches, von schwerem Duft erfülltes Dickicht.

Im tiefsten Innern dieses Dickichts, nahe beim östlichen und entlegensten Ende der Insel, hatte Legrand eine kleine Hütte gebaut, die er bewohnte, als ich, rein durch Zufall, seine Bekanntschaft machte. Bald entwickelte sich zwischen uns eine Freundschaft, denn es gab vieles bei diesem Einsiedler, was mein Interesse und meine Achtung erweckte. Er besaß eine gute Erziehung und ungewöhnliche geistige Fähigkeiten, war aber etwas menschenscheu und fiel oft in wunderliche Stimmungen, die zwischen höchster Begeisterung und tiefster Schwermut schwankten. Er besaß eine Menge Bücher, las aber selten darin. Seine Lieblingsbeschäftigung war Jagd und Fischfang. Auch schlenderte er gerne an der Küste und in den Büschen herum und suchte merkwürdige Muscheln und Insekten. Besonders um seine Insektensammlung würde ihn sogar ein Swammerdamm beneidet haben. Gewöhnlich begleitete ihn bei diesen Ausflügen ein alter Neger namens Jupiter, dem die Familie schon vor dem Zusammenbruch die Freiheit geschenkt hatte. Aber weder durch Drohungen noch Versprechungen konnte man ihn von dem abbringen, was er als sein gutes Recht betrachtete, nämlich seinem jungen »Massa Will« auf Schritt und Tritt zu folgen und ihm zu dienen. Es ist nicht unwahrscheinlich, daß die Verwandten Legrands, die diesen für geistig nicht ganz normal hielten, Jupiter absichtlich die Idee eingeflößt hatten, um so dem Sonderling eine Aufsicht und einen Schutz zu geben.

Im Breitengrad der Sullivansinsel sind die Winter meistens sehr mild, und es kommt selten vor, daß man einmal Feuer anmachen muß. Mitte Oktober 18 . . hatten wir aber einmal einen bemerkenswert kalten Tag. Es war kurz vor Sonnenuntergang, als ich mir durch das Immergrün meinen Weg nach der Hütte meines Freundes bahnte. Ich hatte ihn seit mehreren Wochen nicht mehr besucht, denn ich wohnte damals neun Meilen von der Insel entfernt in Charleston, und die Gelegenheit zur Hin- und Rückfahrt war damals nicht so bequem wie heute.

Bei meiner Ankunft an der Hütte klopfte ich wie gewöhnlich, und da ich keine Antwort bekam, suchte ich mir den Schlüssel, denn ich wußte, wo er versteckt war, öffnete die Türe und trat hinein. Ein helles Feuer brannte im Kamin. Das war eine Überraschung, aber durchaus keine unangenehme. Ich warf meinen Mantel ab, zog einen Armstuhl in die Nähe der knisternden Holzkloben und wartete geduldig auf die Ankunft meiner Wirte.

Bald nach Eintritt der Dunkelheit kamen sie an und empfingen mich aufs herzlichste. Jupiter grinste über das ganze Gesicht und machte sich eilig daran, ein paar Wasserhühner für das Abendessen zu braten. Legrand war wieder einmal in einem seiner Anfälle von Begeisterung. Er hatte eine unbekannte Muschel gefunden, die eine neue Art bildete, und mehr als das, es war ihm mit Jupiters Hilfe gelungen, einen Käfer zu fangen, den er für gänzlich neu hielt, über den er aber am nächsten Morgen meine Meinung wissen wollte.

»Und warum nicht heute abend?« fragte ich, indem ich mir über der Glut meine Hände rieb und das ganze Geschlecht der Käfer zum Teufel wünschte.

»Ja, wenn ich nur gewußt hätte, daß Sie hier wären!« sagte Legrand. »Aber ich habe Sie so lange nicht mehr getroffen, und wie konnte ich da vorhersehen, daß Sie mir gerade am heutigen Abend einen Besuch abstatten würden? Auf dem Heimwege traf ich Leutnant G. vom Fort und lieh ihm dummerweise den Käfer, darum können Sie ihn erst morgen sehen. Bitte, übernachten Sie bei mir, und bei Sonnenaufgang will ich Jupiter danach schicken. Er ist das Herrlichste, was es auf der Welt gibt!«

»Wer? der Sonnenaufgang?«

»Unsinn! der Käfer! Er ist so groß wie eine dicke Walnuß, hat eine brillante Goldfarbe mit zwei pechschwarzen Flecken an einem Ende des Rückens und einem etwas längeren Fleck am andern Ende. Die Fühlhörner sind –«

»Keine Farbe daran, Massa Will«, unterbrach hier Jupiter. »Käfer sein Goldkäfer, durch und durch Gold, überall Gold, nur nicht Flügel. Nie halb so schweren Käfer im Leben gehabt.«

»Angenommen, es ist so, Jup«, antwortete Legrand mit etwas mehr Ernst, als der Fall nach meiner Ansicht erforderte, »brauchst du deswegen die Hühner anbrennen zu lassen? Die Farbe –« hier wandte er sich wieder zu mir – »ist tatsächlich leuchtend genug, um Jupiters Idee Kraft zu geben. Sie haben noch nie einen so brillanten Metallglanz gesehen, wie ihn seine Einkerbungen ausstrahlen – aber darüber können Sie erst morgen früh urteilen. Inzwischen will ich Ihnen einen Begriff von seiner Form geben.« Mit diesen Worten setzte er sich an einen kleinen Tisch, auf dem sich Feder und Tinte, aber kein Papier befand. Er suchte in einer Schublade, fand aber keins.

»Übrigens genügt auch dies«, sagte er schließlich und zog aus seiner Westentasche einen Fetzen, der wie sehr schmutziges Aktenpapier aussah. Dann zeichnete er mit der Feder eine flüchtige Skizze darauf, während ich beim Feuer sitzen blieb, denn es war noch sehr kühl. Als er mit der Zeichnung fertig war, reichte er sie mir, ohne aufzustehen, herüber, und ich nahm sie in die Hand. Gerade in diesem Augenblick hörte man draußen ein lautes Knurren und dann ein Kratzen an der Tür. Jupiter öffnete, und ein großer Neufundländer, der Legrand gehörte, stürzte herein, sprang mir auf die Schulter und überschüttete mich mit Liebkosungen, denn ich war bei meinen früheren Besuchen sehr freundlich gegen ihn gewesen. Als seine Freudensprünge vorbei waren, besah ich mir das Papier und war, um die Wahrheit zu sagen, nicht wenig erstaunt über das, was mein Freund gezeichnet hatte.

»Nun ja«, sagte ich, nachdem ich es eine Weile betrachtet hatte, »das ist wirklich, wie ich gestehen muß, ein seltsamer Käfer. Er ist für mich ganz neu, und ich habe nie etwas Ähnliches gesehen – es sei denn bei einem Schädel oder Totenkopf, mit dem er mehr Ähnlichkeit hat als alles, was mir bisher vorgekommen ist.«

»Ein Totenkopf«, wiederholte Legrand. »Jawohl, etwas Ähnlichkeit hat er ohne Zweifel in der Zeichnung damit. Die beiden oberen schwarzen Flecke sehen wie Augen aus – nicht wahr? Und unten der längere wie ein Mund – auch ist der Umriß oval.«

»Vielleicht«, antwortete ich. »Übrigens, Legrand, ich fürchte, Sie sind kein großer Künstler, und ich muß warten, bis ich den Käfer selbst sehe, um mir von seinem wirklichen Aussehen ein Bild zu machen.«

»Nun, ich weiß nicht«, sagte er etwas gereizt, »ich zeichne sonst ganz leidlich – ich sollte es wenigstens, denn ich habe eine gute Schule gehabt und schmeichle mir auch, daß ich nicht so unbegabt bin.«

»Aber, mein lieber Freund, dann machen Sie sich einen Spaß mit mir«, sagte ich. »Dies ist ein ganz leidlicher Schädel – ich könnte sogar sagen, es ist ein ganz ausgezeichneter Schädel, wenigstens nach der gewöhnlichen Vorstellung, die man sich von einem solchen physiologischen Gegenstand macht. Und Ihr Käfer muß der eigentümlichste Käfer der Welt sein, wenn er ihm gleicht. Wahrhaftig, sein Anblick könnte einen zu einem abergläubischen Gruseln verführen. Ich schlage vor, wir nennen den Käfer Scarabaeus caput hominis oder so ähnlich – es gibt ja solche Namen in der Naturgeschichte. Aber wo sind die Fühler, von denen Sie sprachen?«

»Die Fühler?« sagte Legrand, der sich bei dem Gespräch merkwürdig zu erregen schien. »Die müssen Sie doch sehen. Ich zeichnete sie genau so, wie sie bei dem wirklichen Insekt sind, und ich nehme an, das genügt.«

»Nun ja«, antwortete ich, »vielleicht haben Sie das getan – nur sehe ich es nicht.« Damit überreichte ich ihm das Papier, ohne weiter eine Bemerkung zu machen, denn ich wollte seine Erregung nicht noch steigern. Aber ich war doch sehr erstaunt über die Wendung, die unsere Unterhaltung genommen hatte. Seine Verstimmung verblüffte mich, und was die Zeichnung des Käfers anging, so waren wirklich keine Fühler darauf zu sehen. Das Ganze glich vielmehr genau dem gewöhnlichen Umriß eines Totenschädels.

Er nahm sehr verdrießlich das Papier und war gerade dabei, es zu zerknüllen, offenbar, um es ins Feuer zu werfen, als ein zufälliger Blick auf die Zeichnung plötzlich seine Aufmerksamkeit zu erregen schien. Sein Gesicht wurde einen Moment dunkelrot und gleich darauf ganz blaß. Ohne sich zu rühren, betrachtete er die Zeichnung minutenlang aufs genaueste. Dann erhob er sich, nahm eine Kerze vom Tisch und setzte sich auf eine Schiffstruhe im entferntesten Winkel des Zimmers. Hier begann er von neuem das Papier sorgfältig zu untersuchen, indem er es nach allen Richtungen umwandte. Er sprach aber kein Wort, und sein Benehmen versetzte mich in das größte Erstaunen. Trotzdem hielt ich es für das klügste, die wachsende Erregung seiner Stimmung durch keine Bemerkung zu vergrößern. Nach einer Weile nahm er aus seiner Rocktasche eine Briefmappe, legte das Papier sorgfältig hinein und verschloß beides in einem Schreibtisch. Sein Verhalten wurde jetzt etwas ruhiger, aber die ursprüngliche gehobene Stimmung war ganz verschwunden. Trotzdem schien er weniger verstimmt als zerstreut zu sein, und je mehr der Abend fortschritt, desto mehr versank er in Träumerei, aus der ich ihn durch keine lustige Bemerkung erwecken konnte. Es war meine Absicht gewesen, die Nacht in der Hütte zu verbringen, wie ich es schon oft getan hatte; aber da ich meinen Wirt in einer solchen Laune sah, hielt ich es doch für das beste, aufzubrechen. Er drängte mich nicht zu bleiben, schüttelte aber beim Abschied meine Hand mit fast größerer Herzlichkeit als sonst. Ungefähr einen Monat später (ich hatte inzwischen nichts von Legrand gesehen) besuchte mich Jupiter in Charleston. Noch nie war mir der gute alte Neger so niedergeschlagen vorgekommen, und ich fürchtete, meinem Freunde sei ein ernsthaftes Mißgeschick widerfahren.

»Nun, Jup«, fragte ich, »was ist denn geschehen? Wie geht es deinem Herrn?«

»Ach, Massa, um die Wahrheit zu sagen, es sein nicht ganz so wohl, wie sich gehört.«

»Nicht wohl? Das tut mir aber leid! Worüber klagt er denn?«

»Ja, das ist es! Er nie über etwas klagen – er aber wirklich sehr krank sein.«

»Sehr krank, Jupiter? Warum sagtest du das nicht sofort? Liegt er zu Bett?«

»Nein, das nicht! Er überhaupt nicht liegen – das ist gerade, warum mich der Schuh drücken. Mein Kopf sein sehr schwer wegen armen Massa Will.«

»Jupiter, ich möchte nun endlich wissen, worüber du redest. Du sagst, der Herr ist krank. Hat er dir nicht mitgeteilt, was ihn quält?«

»Ach, Massa, es sein nicht nötig, sich darüber aufzuregen – Massa Will sagen nie, was ihm fehlen – aber warum gehn er denn herum und sehen so aus, und lassen den Kopf hängen und regen sich auf, und sein so weiß wie eine Gans? Und halten immer Syphons in der Hand –«

»Was hält er, Jupiter?«

»Er halten ein Papier mit Schiffers und Zahlen in der Hand – die merkwürdigsten Syphons, die es geben. Muß mich um ihn kümmern, muß jetzt mächtig scharfes Auge auf ihn haben. Neulich rücken er aus bei Sonnenaufgang und sein den ganzen lieben Tag verschwunden. Ich hatten dickes Stock geschnitten, um ihm sehr gute Prügel bei Rückkehr zu geben – aber bin sich ein Narr, hatten nicht das Herz – er sich zu elend ausgesehen.«

»Wie? Was? Na ja, aber du mußt nicht zu streng mit dem armen Kerl umgehen – du darfst ihn nicht prügeln, Jupiter, das hält er nicht aus. Aber hast du keine Idee, wodurch seine Krankheit oder, besser gesagt, sein verändertes Benehmen verursacht ist? Ist, seit ich dort war, etwas Unangenehmes vorgekommen?«

»Nein, Massa, nichts Unangenehmes sein vorgekommen, seitdem – es sein gekommen vordem – es war am selben Tag, als Massa da waren.«

»Wie? Was meinst du damit?«

»Ja, Massa, ich meinen den Käfer von damals.«

»Was?«

»Den Käfer – ich sein sehr gewiß, daß Massa Will gebissen worden am Kopf von diesem Goldkäfer.«

»Und welcher Grund bringt dich auf diese Annahme, Jupiter?«

»Gründe genug, Massa. Ich nie einen solchen Teufelskäfer gesehn – er treten und beißen alles, was nahe kam. Massa Will ihn fest packen, aber ihn mächtig schnell wieder fahren lassen – das war Moment, wo er gebissen sein müssen. Mir selbst nicht gefallen das Maul von Käfer, darum ich ihn nicht packen mit Finger, sondern mit Stück Papier, das ich gefunden. Ich ihn wickeln in das Papier und ihm ein Stück Papier ins Maul stecken – so es gegangen.«

»Und du glaubst also, daß dein Herr wirklich von dem Käfer gebissen wurde, und daß der Biß ihn krank gemacht hat?«

»Ich nichts darüber glauben, ich es wissen. Warum träumen er so viel von Gold, wenn nicht wegen Goldkäfer? Ich haben schon früher von goldenen Käfer gehört.«

»Aber woher weißt du, daß er von Gold träumt?«

»Woher ich wissen? Nun, weil er davon im Schlaf sprechen – daher ich wissen.«

»Gut, Jup, vielleicht hast du recht. Aber welche glücklichen Umstände verschaffen mir die Ehre deines heutigen Besuchs?«

»Wie meinen Massa?«

»Bringst du eine Botschaft von Mr. Legrand?«

»Nein, Massa, ich bringen hier diesen Brief«, und damit reichte mir Jupiter ein Schreiben, das folgendermaßen lautete:

»Lieber Freund, warum habe ich Sie so lange nicht gesehen? Sie sind doch hoffentlich nicht so töricht gewesen, mir irgendeine kleine Unhöflichkeit in meinem Benehmen übel zu nehmen? Doch nein, das ist unmöglich. Seit Ihrem letzten Besuch hat mir etwas viele Sorgen gemacht. Ich muß Ihnen etwas mitteilen und weiß doch nicht, wie ich es mitteilen oder ob ich es überhaupt tun soll. Ein paar Tage lang fühlte ich mich gar nicht wohl, und der arme alte Jup quält mich auf fast unerträgliche Weise mit seinen gutgemeinten Aufmerksamkeiten. Werden Sie es glauben? – neulich hatte er einen großen Stock zurechtgemacht, um mich zu züchtigen, weil ich ihn im Stich gelassen und den ganzen Tag allein auf den Hügeln des Festlandes verbracht hatte. Ich glaube wirklich, daß nur mein schlechtes Aussehen mich vor den Prügeln bewahrt hat. Meine Sammlung hat sich seit unserem letzten Beisammensein nicht vergrößert. Wenn Sie es irgendwie ermöglichen können, so kommen Sie doch mit Jupiter herüber. Bitte, kommen Sie. Ich möchte Sie heute abend noch in einer wichtigen Angelegenheit sprechen. Ich versichere Ihnen, es handelt sich um eine für mich höchst wichtige Sache. Ihr alter William Legrand.«

Es war etwas in dem Brief, was mir durchaus nicht gefiel. Der ganze Stil paßte so gar nicht zu Legrand. Wovon mochte er träumen? Welche verrückte Idee war wieder in sein erregbares Gehirn getreten? Welche »höchstwichtige Sache« konnte er zu erledigen haben? Jupiters Bericht über ihn verkündete nichts Gutes. Ich fürchtete, das fortgesetzte Grübeln über sein Unglück habe doch schließlich die Vernunft meines Freundes etwas aus dem Gleichgewicht gebracht. Ohne mich daher einen Augenblick zu besinnen, schickte ich mich an, den Neger zu begleiten.

Als wir die Werft erreichten, sah ich eine Sense und drei Spaten, alle offenbar neu, auf dem Boden des Bootes liegen, mit dem wir fahren sollten.

»Was bedeutet das alles, Jup?« fragte ich.

»Das sein Sense, Massa, und Spaten.«

»Sehr richtig, aber was sollen die hier?«

»Das sein die Sense und die Spaten, die ich für Massa Will in der Stadt gekauft, und haben teufelsmäßig viel Geld gekostet.«

»Aber was in aller Welt will dein Massa Will mit Sense und Spaten anfangen?«

»Das ist mehr, als ich wissen, und, wenn mich Teufel holt, auch mehr, als er wissen. Aber das kommen alles von dem Käfer.«

Da ich fand, daß mir Jupiter, dessen ganzer Verstand von dem Käfer verschluckt zu sein schien, keine vernünftige Erklärung geben konnte, so stieg ich ins Boot und spannte die Segel. Mit einem günstigen, scharfen Wind fuhren wir bald in die kleine Bucht nördlich von Fort Moultrie ein, und ein Marsch von zwei Meilen brachte uns zur Hütte. Es war gegen drei Uhr nachmittags, als wir ankamen. Legrand hatte uns voller Ungeduld erwartet. Er drückte mir die Hand mit einer nervösen Überschwänglichkeit, die mich beunruhigte und den Verdacht bestärkte, der schon in mir aufgestiegen war. Sein Aussehen war fast gespenstig blaß, und seine tiefliegenden Augen leuchteten in einem unnatürlichen Glanz. Nach einigen Fragen über seine Gesundheit erkundigte ich mich, da mir sonst kein Gesprächsstoff einfiel, ob er schon den Käfer von dem Leutnant G. zurückerhalten habe.

»O ja«, antwortete er heftig errötend, »ich bekam ihn schon am nächsten Morgen. Nichts könnte mich dazu bringen, mich von dem Käfer wieder zu trennen. Wissen Sie, daß Jupiter in bezug auf ihn ganz recht hatte?«

»In welcher Beziehung?« fragte ich mit einem traurigen Vorgefühl im Herzen.

»In der Annahme, daß der Käfer aus wirklichem Gold war.«

Er sagte dies mit einem Ausdruck tiefsten Ernstes, so daß mich ein unbeschreiblicher Schreck überfiel.

»Dieser Käfer wird mein Glück machen«, fuhr er mit triumphierendem Lächeln fort. »Er wird mich wieder in meinen Familienbesitz bringen. Ist es daher ein Wunder, wenn ich ihn so preise? Seit das Glück den Einfall gehabt hat, ihn mir zu schenken, brauche ich nur den richtigen Gebrauch davon zu machen, um zu dem Gold zu gelangen, das er mir zeigt. Jupiter bring mir den Käfer!«

»Was, den Käfer, Massa? Ich lieber diesen Käfer nicht anrühren, Sie ihn selber nehmen.« Legrand erhob sich darauf mit ernster und würdiger Miene und holte mir den Käfer aus einem Glaskasten, in dem er eingeschlossen war. Es war ein schöner Käfer, der damals noch den Naturforschern unbekannt und deshalb von großem wissenschaftlichen Wert war. Er hatte zwei runde schwarze Flecken an dem einen Ende des Rückens und einen länglichen am andern. Die Glieder waren außerordentlich hart und glänzend und sahen aus wie poliertes Gold. Auch das Gewicht war sehr beträchtlich, und wenn ich alles das erwog, so konnte ich schwerlich Jupiter wegen seiner Meinung über ihn tadeln. Aber wie Legrand dazu kam, diese Meinung zu teilen, war mir wirklich ein Rätsel.

»Ich habe Sie hergebeten«, sagte er in pathetischem Ton, als ich den Käfer betrachtet hatte, »ich habe Sie hergebeten, weil ich Ihren Rat und Ihre Hilfe brauche, um die Aussichten zu verwirklichen, die mir das Schicksal und der Käfer bieten.«

»Mein lieber Legrand«, unterbrach ich ihn, »Sie sind wirklich nicht wohl und sollten sich etwas schonen. Sie werden jetzt zu Bett gehen, und ich will ein paar Tage hierbleiben, bis Sie über alles hinweg sind. Sie haben Fieber und –«

»Fühlen Sie meinen Puls«, sagte er.

Ich fühlte ihn und fand, um die Wahrheit zu sagen, nicht die leiseste Spur von Fieber.

»Aber Sie können krank sein und trotzdem kein Fieber haben. Gestatten Sie mir dieses eine Mal, Ihr Arzt zu sein. Zunächst müssen Sie zu Bett gehen, ferner –«

»Sie irren sich«, unterbrach er mich. »Ich bin so wohl, wie ich bei der Aufregung, an der ich leide, nur sein kann. Wenn Sie wirklich mein Bestes wollen, dann müssen Sie mir helfen, diese Aufregung zu überwinden.«

»Und wie kann das geschehen?«

»Sehr einfach. Jupiter und ich machen einen Ausflug in die Festlandshügel, und bei diesem Ausflug brauchen wir jemand, dem wir vertrauen können. Sie sind der einzige, auf den wir uns verlassen dürfen. Ob wir nun Erfolg haben oder nicht, in jedem Fall wird die Erregung, die Sie bei mir bemerken, danach vorüber sein.«

»Ich will Ihnen gerne in jeder Weise zu Diensten sein«, antwortete ich. »Aber wollen Sie etwa sagen, daß dieser höllische Käfer irgend etwas mit Ihrem Ausflug in die Hügel zu tun hat?«

»Unbedingt.«

»Dann, Legrand, kann ich mich an einer solchen verrückten Geschichte nicht beteiligen.«

»Das tut mir leid – sehr leid – denn dann müssen wir es allein versuchen.«

»Allein versuchen! Sie sind sicher nicht bei Sinnen! – Aber halt, wie lange soll dieser Ausflug dauern?«

»Wahrscheinlich die ganze Nacht, wir werden sofort aufbrechen und jedenfalls bei Sonnenaufgang zurück sein.«

»Und Sie versprechen mir auf Ehrenwort, daß, wenn diese tolle Geschichte vorüber und die Käferangelegenheit zu Ihrer Zufriedenheit erledigt ist, Sie dann nach Hause zurückkehren und meinen Ratschlägen folgen, als wäre ich Ihr Arzt?«

»Ja, das verspreche ich. Und nun wollen wir aufbrechen, denn wir haben keine Zeit zu verlieren.«

Mit schwerem Herzen begleitete ich meinen Freund. Wir brachen um vier Uhr auf – Legrand, Jupiter, der Hund und ich. Jupiter nahm die Sense und die Spaten – er bestand darauf, alles zu tragen – wie es mir schien, mehr aus Furcht, die Geräte im Bereich seines Herrn zu lassen, als aus einem Übermaß an Arbeitslust oder Gefälligkeit. Sein Benehmen war sehr mürrisch, und »das verdammte Käfer« waren die einzigen Worte, die während des Marsches über seine Lippen kamen. Mir selbst waren ein paar Blendlaternen anvertraut worden, während sich Legrand mit dem Käfer begnügte, den er an einem Stück Peitschenschnur angebunden trug. Er schwang ihn beim Gehen vorwärts und rückwärts mit dem Gesicht eines Hexenmeisters. Als ich diesen letzten klaren Beweis von der Geistesverwirrung meines Freundes sah, konnte ich kaum die Tränen zurückhalten. Ich hielt es aber für das beste, auf seine Idee einzugehen, wenigstens für den Augenblick, oder bis ich eine Gelegenheit fand, ernstere Maßnahmen mit Aussicht auf Erfolg zu ergreifen. Inzwischen versuchte ich vergebens, etwas über den Zweck unseres Unternehmens zu erfahren. Nachdem es ihm gelungen war, mich zur Teilnahme daran zu bewegen, schien er nicht in der Laune zu sein, sich über etwas weniger Wichtiges zu unterhalten, und auf alle Fragen bekam ich nur die Antwort: »Wir werden sehen!«

Auf einem Ruderboot setzten wir am Ende der Insel über den Flußarm, erstiegen die Höhen am Festlandsufer und wandten uns nach Nordwesten durch ein außerordentlich wildes und verlassenes Stück Land, wo auch nicht die Spur eines menschlichen Fußtrittes zu sehen war. Legrand führte uns entschlossen vorwärts, wobei er nur von Zeit zu Zeit einen Augenblick halt machte, um nach gewissen Wegzeichen zu sehen, die er offenbar selbst bei einer früheren Gelegenheit angebracht hatte.

Wir waren auf diese Weise ungefähr zwei Stunden marschiert, und die Sonne neigte sich gerade zum Untergang, als wir in eine Gegend kamen, so unendlich traurig, wie ich nie etwas gesehen hatte. Es war eine Art Tafelland nahe dem Gipfel eines fast unersteigbaren, von unten bis oben dicht bewachsenen Hügels, der mit riesigen Felsspitzen besät war, die lose auf dem Boden zu liegen schienen, so daß es aussah, als würden sie nur durch die Bäume, an die sie sich anlehnten, verhindert, ins Tal herabzustürzen. Nach allen Seiten liefen tiefe Schluchten und gaben der Landschaft den Anschein nach ernsterer Feierlichkeit. Eine natürliche Abflachung, die wir erklettert hatten, war so dicht mit Brombeeren überwachsen, daß wir bald die Unmöglichkeit entdeckten, uns ohne die Sense einen Weg hindurch zu bahnen. Jupiter ging auf Geheiß seines Herrn daran, uns einen Pfad freizumachen bis dicht an einen riesig hohen Tulpenbaum, der mit acht oder zehn Eichen auf der Höhe stand und sie weit überragte. Er übertraf auch alle Bäume, die ich je gesehen hatte, an Schönheit seiner Form und seines Laubes, an der gewaltigen Ausdehnung seiner Äste und der allgemeinen Majestät seines Aussehens. Als wir diesen Baum erreichten, wandte sich Legrand an Jupiter und fragte ihn, ob er sich wohl getraue, ihn zu erklettern. Der alte Mann schien etwas verblüfft zu sein über diese Frage und gab einen Augenblick keine Antwort. Schließlich näherte er sich dem riesigen Stamm, ging langsam um ihn herum und besah ihn sich genau. Als er seine Prüfung beendet hatte, sagte er gleichmütig:

»Ja, Massa, Jup klettern auf jeden Baum, den er im Leben gesehen haben.«

»Dann hinauf mit dir so schnell wie möglich, denn es wird bald zu dunkel sein für unsere Angelegenheit.«

»Wie weit muß ich hinauf, Massa?« fragte Jupiter.

»Steige zuerst den Hauptstamm hinauf, das weitere will ich dir dann schon sagen. Und halt! nimm hier den Käfer mit.«

»Den Käfer, Massa Will! den Goldkäfer!« schrie der Neger und fuhr entsetzt zurück. »Wozu müssen der Käfer mit auf den Baum? Ich verdammt sein, wenn ich das tun!«

»Wenn ein großer, starker Neger wie du, Jup, Angst hat, einen kleinen, unschädlichen, toten Käfer anzufassen, dann kannst du ihn an der Schnur hinaufziehen – aber wenn du ihn nicht auf irgendeine Art mitnimmst, dann bin ich genötigt, dir mit dieser Schippe den Schädel einzuschlagen.«

»Was wollen denn Massa?« fragte Jupiter, der sich schämte und plötzlich nachgiebig wurde. »Sie immer Streit suchen mit alten Nigger. War ja nur Scherz. Ich den Käfer fürchten? Was gehen mich Käfer an!« Damit faßte er sorgfältig das äußere Ende der Schnur und machte sich, indem er das Insekt so weit wie möglich von seiner Person abhielt, daran, den Baum zu erklettern.

In seiner Jugend hat der Tulpenbaum oder Liriodendron Tulipiferum, die prächtigste Erscheinung der amerikanischen Wälder, einen auffallend glatten Stamm und erreicht oft eine bedeutende Höhe ohne Seitenäste. Im reiferen Alter wird aber seine Rinde rissig und uneben, und viele kurze Äste erscheinen an dem Stamm. Daher war auch in diesem Falle die Schwierigkeit des Kletterns mehr scheinbar als wirklich. Indem er sich mit Armen und Knien so fest wie möglich an den riesigen Zylinder drückte, mit den Händen nach vorstehenden Stümpfen griff und auf andern die nackten Zehen ruhen ließ, wand sich Jupiter bis auf den ersten großen Ast, nachdem er allerdings ein- oder zweimal mit genauer Not der Gefahr des Abstürzens entgangen war. Er schien jetzt die ganze Aufgabe in der Hauptsache für erledigt zu halten. Das Gefährliche an dem Unternehmen war jedenfalls vorbei, obgleich der Kletterer sich nunmehr sechzig oder siebzig Fuß über dem Erdboden befand.

»Welchen Weg müssen ich jetzt gehen, Massa Will?« fragte er.

»Jetzt steige den stärksten Ast hinauf – den hier auf dieser Seite«, sagte Legrand. Der Neger gehorchte ihm unverzüglich und offenbar ohne viel Mühe. Er stieg höher und höher, bis man in dem dichten Laubwerk, das ihn umgab, keinen Schimmer mehr von seinem breiten Körper sah. Nach einer Weile hörte man seine Stimme wie eine Art Hallo.

»Wieviel weiter sollen ich klettern?«

»Wie hoch bist du?« fragte Legrand.

»Ich so hoch sein«, antwortete der Neger, »daß ich sehen den Himmel von dem Ast.«

»Kümmere dich nicht um den Himmel, aber höre, was ich dir sage. Sieh hinunter und zähle die Äste, die an dieser Seite unter dir sind. An wieviel Ästen bist du vorbeigeklettert?«

»Eins, zwei, drei, vier, fünf – ich sein an fünf Ästen vorbei, Massa, an dieser Seite.«

»Dann steige einen Ast höher.«

Einige Minuten darauf hörte man wieder seine Stimme; er rief, daß er den siebten Ast erreicht habe.

»Nun, Jup«, rief Legrand, augenscheinlich sehr erregt, »möchte ich, daß du dich auf dem Ast so weit wie möglich herausarbeitest. Wenn du etwas Ungewöhnliches siehst, teile es mir mit.«

Wenn ich bisher noch ein wenig an meines Freundes Geistesverwirrung gezweifelt hatte, so war das jetzt endgültig vorbei. Es gab keine andere Möglichkeit, als ihn für wahnsinnig zu halten, und ich machte mir ernsthafte Sorgen, wie ich ihn nach Hause bringen sollte. Während ich noch nachdachte, was am besten zu geschehen sei, hörten wir wieder Jupiters Stimme.

»Ich sehr fürchten, auf diesem Ast weit vorzugehen – er vollständig abgestorben sein.«

»Sagtest du, der Ast wäre abgestorben, Jupiter?« fragte Legrand mit zitternder Stimme.

»Ja, Massa, er tot wie ein Türnagel – ganz bestimmt – sein Leben vorbei.«

»Was in Himmelsnamen soll ich nun anfangen?« fragte Legrand anscheinend in höchster Verzweiflung.

»Anfangen!« sagte ich erfreut, weil ich eine Gelegenheit fand, mich einzumischen. »Natürlich nach Hause gehen und sich zu Bett legen. Kommen Sie mit, seien Sie vernünftig. Es ist sehr spät, und denken Sie an Ihr Versprechen.«

»Jupiter«, schrie er, ohne mich im geringsten zu beachten, »kannst du mich hören?«

»Ja, Massa Will, ich Sie hören ganz deutlich.«

»Untersuche einmal genau das Holz mit deinem Messer und sage mir, ob du es für sehr morsch hältst.«

»Es sein sicher morsch, Massa«, antwortete der Neger etwas später, »aber doch nicht so morsch, als ich gedacht haben. Allein können ich mich sicher etwas hinauswagen.«

»Allein! – Was meinst du damit?«

»Nun, ich meinen den Käfer. Es sein sehr schwerer Käfer. Wenn ich ihn zuerst fallen lassen, dann der Ast werden nicht brechen vom Gewicht von einem Nigger.«

»Du verdammter Schurke!« rief Legrand, offenbar sehr erleichtert. »Was soll das heißen, daß du mir solchen Unsinn erzählst? Wenn du dich unterstehst, den Käfer fallen zu lassen, schlage ich dir den Schädel ein. Gib acht, Jupiter, hörst du, was ich sage?«

»Ja, Massa brauchen armen Nigger nicht so anzubrüllen.«

»Nun, dann paß auf! Wenn du dich, soweit du es für sicher hältst, auf den Ast hinauswagst und den Käfer nicht fallen läßt, werde ich dir einen Silberdollar schenken, sobald du herabkommst.«

»Ich gehen vor, Massa Will«, antwortete der Neger sehr bereitwillig. »Ich jetzt ganz am Ende sein.«

»Ganz am Ende!« Legrand schrie jetzt förmlich. »Sagtest du, daß du am Ende des Astes bist?«

»Fast am Ende – o – o – oh! Barmherziger Gott, was sein das auf dem Ast?«

»Nun?« rief Legrand höchst entzückt. »Was gibt es da?«

»Es sein nur ein Schädel – jemand seinen Kopf auf dem Ast gelassen, und die Krähen alles Fleisch davon gegessen.«

»Ein Schädel, sagst du? – Sehr gut – wie ist er an dem Ast befestigt? – Was hält ihn fest?«

»Wahrhaftig, Massa, ich müssen sehen. Aber, dies sein merkwürdig – da sein ein dicker Nagel in dem Schädel, der ihn an dem Zweig festhalten.«

»Und nun, Jupiter, tu genau, was ich dir sage. Hörst du mich?«

»Ja, Massa.«

»Also, gib acht. Suche das linke Auge des Schädels.«

»Hm, ja! Aber er haben ja kein linkes Auge mehr.«

»Verfluchter Dummkopf! Du weißt doch, was deine rechte und was deine linke Hand ist?«

»Ja, ich das wissen – ich das alles wissen – mit linker Hand ich spalten Holz.«

»Natürlich, denn du bist linkshändig! Und dein linkes Auge ist auf derselben Seite wie deine linke Hand. Jetzt, denke ich, kannst du das linke Auge von dem Schädel finden, oder vielmehr den Platz, wo es gesteckt hat. Hast du es gefunden?«

Hier folgte eine lange Pause. Endlich fragte der Neger:

»Sein das linke Auge von dem Schädel auf derselben Seite, wo die linke Handseite von dem Schädel gewesen? Denn der Schädel haben überhaupt keine Hand – aber das machen nichts! Ich nun das linke Auge gefunden – hier sein das linke Auge! Was sollen ich machen mit ihm?«

»Laß den Käfer hindurchfallen, soweit die Schnur reicht. Aber nimm dich in acht, daß du die Schnur festhältst.«

»Alles getan, Massa Will. Sehr leichte Sache, den Käfer durch das Loch zu lassen – sehen ihn jetzt unten hängen.«

Während der ganzen Unterredung war von Jupiter nichts zu sehen gewesen. Aber der Käfer, den er herabgelassen hatte, wurde nun am Schnurende sichtbar und glitzerte wie eine Kugel von flammendem Gold in den letzten Strahlen der untergehenden Sonne, die noch gerade mit einem Schimmer die Höhe traf, auf der wir standen. Der Käfer hing ganz frei von Zweigen und wäre, wenn man ihn losgelassen, gerade vor unsere Füße gefallen. Legrand nahm sofort die Sense und mähte damit gerade unter dem Insekt einen Kreis von drei oder vier Metern im Durchmesser ab. Dann befahl er Jupiter, den Käfer fallen zu lassen und herabzukommen.

Nunmehr trieb mein Freund genau an der Stelle, wo der Käfer hingefallen war, einen Pflock in die Erde und nahm aus seiner Tasche ein Maßband. Indem er ein Ende davon an der Stelle des Baumes befestigte, die dem Pflock am nächsten war, rollte er es weiter ab und legte es in der Linie, die durch den Baum und den Pflock gegeben war, auf eine Entfernung von fünfzig Fuß hin, wobei Jupiter den Weg von Brombeeren freimachte. Auf dem nun erreichten Punkte wurde ein zweiter Pflock in den Boden getrieben und um ihn herum als Mittelpunkt ein Kreis von etwa vier Fuß im Durchmesser abgemäht. Legrand nahm nun einen Spaten, gab einen Jupiter und einen mir und bat uns, so schnell wie möglich zu graben.

Um die Wahrheit zu sagen, ich habe noch nie an einer solchen Beschäftigung große Freude gehabt, und diesmal hätte ich sie sehr gerne verweigert. Die Nacht rückte auch heran, und ich fühlte mich schon sehr ermüdet von der durchgemachten Anstrengung. Aber ich sah keine Möglichkeit, der Sache zu entgehen, und fürchtete mich, durch eine Weigerung meinen armen Freund erst recht zu erregen. Wahrhaftig, hätte ich mich auf Jupiters Hilfe verlassen können, ich würde ohne Zögern versucht haben, den Verrückten mit Gewalt nach Hause zu bringen. Aber ich kannte die Verfassung des alten Negers zu gut, um bei einem Kampf mit seinem Meister irgendwie auf seinen Beistand zu rechnen. Ich zweifelte nicht, daß Legrand von einer der im Süden so häufigen abergläubischen Ideen über vergrabene Schätze befallen war, und daß seine Phantasie sich verstärkt hatte durch die Auffindung des Käfers und vielleicht auch durch den hartnäckigen Glauben Jupiters, der Käfer sei von purem Gold. Ein schon zum Wahnsinn geneigtes Gehirn konnte leicht durch solche Erlebnisse verführt werden – besonders wenn sie mit Lieblingsideen harmonierten – und dann rief ich mir auch wieder die Worte des armen Menschen zurück, der Käfer würde ihm den Weg zum Reichtum zeigen. Ich war durch alles das sehr traurig und verstört, beschloß aber schließlich, aus der Not eine Tugend zu machen und bereitwillig zu graben, um auf diese Weise den Phantasten so schnell wie möglich durch den Augenschein von der Torheit seiner Idee zu überzeugen.

Die Laternen wurden angezündet, und wir gingen alle mit einem Eifer an die Arbeit, der einer vernünftigeren Sache würdig gewesen wäre. Wie der Schein auf uns und unsere Arbeit fiel, mußte ich unwillkürlich denken, wie malerisch doch unsere Gruppe war, und wie seltsam und unheimlich doch unsere Arbeit einem Wanderer erscheinen würde, der zufällig auf uns stieße.

Das Graben dauerte ununterbrochen zwei Stunden. Wir sprachen wenig und machten uns nur Sorgen wegen des lauten Gebells des Hundes, der an unserm Unternehmen ein leidenschaftliches Interesse nahm. Er lärmte schließlich so sehr, daß wir fürchteten, er könnte in der Nähe befindliche Landstreicher herbeiziehen – oder vielmehr war das die Besorgnis Legrands, denn ich wäre über jede Unterbrechung froh gewesen, die mir Gelegenheit gegeben hätte, den Irren nach Hause zu bringen. Jupiter verstand es, dem Lärm sehr wirkungsvoll ein Ende zu machen, indem er entschlossen aus der Höhlung kletterte und dem Tier mit einem seiner Hosenträger das Maul verband, worauf er mit einem verhaltenen Kichern wieder an seine Arbeit ging.

Als die zwei Stunden herum waren, hatten wir eine Tiefe von fünf Fuß erreicht, ohne aber irgend welche Anzeichen von einem Schatz zu finden. Eine allgemeine Pause folgte, und ich hoffte schon, die Posse sei zu Ende. Legrand aber, obgleich er offenbar sehr verwirrt war, wischte sich gedankenvoll die Stirne und begann von neuem. Wir hatten den ganzen Kreis von vier Fuß Durchmesser ausgehoben und vergrößerten ihn etwas, wobei wir noch zwei Fuß tiefer gingen. Aber auch jetzt stießen wir auf nichts. Der Goldsucher, der mir ernstlich leid tat, kletterte schließlich mit dem Ausdruck der bittersten Enttäuschung auf seinen Zügen aus der Grube und ging langsam und widerstrebend daran, seinen Rock wieder anzuziehen, den er beim Beginn der Arbeit abgeworfen hatte. Ich machte inzwischen keine Bemerkung. Jupiter begann, auf einen Wink seines Herrn, die Werkzeuge aufzunehmen. Nachdem das geschehen und der Hund wieder freigemacht war, wandten wir uns in tiefem Schweigen auf den Heimweg.

Wir hatten vielleicht ein Dutzend Schritte in dieser Richtung getan, als sich Legrand mit einem lauten Fluch auf Jupiter stürzte und ihn beim Kragen faßte. Der erstaunte Neger öffnete Augen und Mund, soweit er konnte, ließ die Spaten fallen und fiel auf die Knie.

»Du Schurke«, sagte Legrand, indem er die Silben zwischen den zusammengebissenen Zähnen herauszischte. »Du höllischer, schwarzer Schurke! – Sprich, sage ich! – Antworte mir sofort, ohne Umschweife! – welches ist dein linkes Auge?«

»O, mein Gott, Massa Will! Sein das nicht richtig mein linkes Auge?« brüllte der erschrockene Jupiter, indem er seine Hand auf sein rechtes Sehorgan legte und es dort mit verzweifelter Hartnäckigkeit festhielt, als fürchtete er, sein Meister möchte es ihm aus der Höhlung herausreißen.

»Ich habe es mir gedacht – ich wußte es! Hurra!« schrie Legrand laut und ließ den Neger gehen, worauf er eine Reihe von Kurven und Wendungen tanzte, sehr zum Erstaunen seines Dieners, der sich von den Knien erhob und stumm von seinem Meister nach mir und von mir nach seinem Meister blickte.

»Kommt, wir müssen zurückgehen«, sagte Legrand. »Das Spiel ist noch nicht verloren.« Und er führte uns wieder zum Tulpenbaum.

»Jupiter«, fragte er, als wir seinen Fuß erreichten, »komm her! War der Schädel mit dem Gesicht nach auswärts oder mit dem Gesicht nach einwärts an den Ast genagelt?«

»Das Gesicht waren nach auswärts, Massa, so daß die Krähen gut und ohne Mühen an die Augen konnten.«

»Gut, war es nun dieses Auge oder das, wodurch du den Käfer fallen ließest?« Damit berührte Legrand jedes von Jupiters Augen.

»Es waren dies Auge, Massa – das linke Auge – wie Massa mir sagten«, und auch jetzt wieder berührte der Neger sein rechtes Auge.

»Das genügt – wir müssen es noch einmal versuchen.«

Mein Freund, in dessen Wahnsinn ich jetzt eine gewisse Methode sah, oder wenigstens zu sehen glaubte, versetzte nunmehr den Pflock von dem Punkt, wo der Käfer hingefallen war, nach einem Punkt, der drei Zoll mehr westwärts lag. Indem er jetzt das Maßband von dem nächstgelegenen Punkte des Baumes über den Pflock hinweg fünfzig Fuß in gerader Linie hinlegte, kam er zu einem Fleck, der mehrere Meter von dem entfernt war, wo wir gegraben hatten.

Wieder wurde an dem neuen Ort ein Kreis gezogen, diesmal ein etwas größerer als vorher, und wieder begannen wir mit den Spaten zu arbeiten. Ich war entsetzlich müde, aber ich fühlte, obgleich ich kaum wußte, wodurch die Veränderung in meinen Gedanken erzeugt war, nicht mehr die große Abneigung gegen die mir auferlegte Arbeit. Ein ganz merkwürdiges Interesse war in mir erwacht, ich wurde sogar aufgeregt. Vielleicht steckte doch etwas hinter dem ganz sonderbaren Benehmen Legrands – eine gewisse Umsicht oder Überlegtheit, die auf mich Eindruck machte. Ich grub eifrig und ertappte mich ein paarmal tatsächlich dabei, daß ich mit einer gewissen Erwartung nach dem Schatz ausschaute, dessen Vision meinen unglücklichen Freund um seinen Verstand gebracht hatte. Ich war gerade wieder einmal dabei, solchen Gedankenbildern nachzuhängen, und wir hatten vielleicht anderthalb Stunden gearbeitet, als wir aufs neue durch ein lautes Gebell des Hundes unterbrochen wurden. Beim ersten Graben war seine Unruhe offenbar die Folge von Spiellust oder Laune gewesen, jetzt aber klang ein scharfer und ernsthafter Ton daraus. Als Jupiter wieder versuchte, ihm das Maul zu verbinden, leistete er wütenden Widerstand, sprang in die Höhlung und wühlte wie rasend mit seinen Pfoten die Erde auf. In wenigen Sekunden hatte er einen Haufen Menschenknochen freigelegt, die zwei vollständige Skelette bildeten und mit einigen Metallknöpfen und etwas, was wie verweste Wolle aussah, vermischt waren. Ein oder zwei Spatenstiche hoben die Klinge eines großen spanischen Messers empor, und als wir weitergruben, fanden wir drei oder vier einzelne Gold- und Silbermünzen.

Bei ihrem Anblick konnte Jupiter kaum seine Freude bemeistern, während sich in dem Gesicht seines Herrn ein Zug tiefster Enttäuschung malte. Er trieb uns aber an, mit unseren Anstrengungen fortzufahren, und er hatte das kaum ausgesprochen, als ich strauchelte und hinfiel, weil meine Fußspitze sich in einem großen eisernen Ring verfangen hatte, der halb begraben in der aufgewühlten Erde lag.

Wir arbeiteten jetzt erst recht voll Eifer, und nie habe ich zehn aufgeregtere Minuten verbracht. In dieser Zeit legten wir eine längliche Holztruhe frei, die, nach ihrem gut erhaltenen Zustand und ihrer wundervollen Härte zu urteilen, eine Art Versteinerungs-Prozeß – vielleicht durch Quecksilberdoppelchlorid – durchgemacht hatte. Die Truhe war drei und einen halben Fuß lang, drei Fuß breit und zwei und einen halben Fuß hoch. Sie war fest umschlossen von schmiedeeisernen, vernieteten Bändern, die wie ein Gitterwerk rings herum gingen. An jeder Seite der Kiste nahe am oberen Rand befanden sich drei eiserne Ringe – im ganzen also sechs – die sechs Personen einen guten Halt geben konnten. Trotz unserm gemeinsamen Bemühen gelang es nur, die Truhe ein wenig aus ihrer Lage zu bringen. Wir sahen bald die Unmöglichkeit ein, ein so schweres Gewicht fortzuschaffen. Zum Glück war der Deckel nur durch zwei Riegel geschlossen. Zitternd und keuchend vor Erwartung schoben wir sie zurück, und in einem Augenblick lag ein Schatz von unberechenbarem Wert vor uns. Als das Licht der Laternen in die Grube fiel, blitzte uns daraus ein leuchtender Glanz von einem wirren Haufen von Gold und Edelsteinen entgegen, so daß unsere Augen förmlich geblendet wurden.

Ich will nicht versuchen, die Gefühle zu beschreiben, mit denen ich hineinstarrte. Ein grenzenloses Erstaunen hatte mich gefaßt. Legrand schien erschöpft von seiner Erregung zu sein und sprach sehr wenig. Jupiters Gesicht war für einige Augenblicke so totenblaß, wie das bei einem Neger nur möglich ist. Er schien verblüfft, vom Blitz getroffen zu sein. Dann fiel er in der Grube auf die Knie, vergrub seine nackten Arme bis zu den Ellenbogen in dem Gold und ließ sie dort ruhen, als ob er das Behagen eines Bades genösse. Schließlich stieß er einen tiefen Seufzer aus und rief wie in einem Selbstgespräch:

»Und all dies kommen durch den Goldkäfer! den hübschen Goldkäfer! den armen, kleinen Goldkäfer, auf den ich so häßlich geschimpft haben! Schämst du dich über dich selbst, Nigger? – mir das antworten!«

Es wurde schließlich notwendig, daß ich sowohl den Herrn wie den Diener auf die Notwendigkeit hinwies, den Schatz wegzuschaffen. Es wurde spät, und wir mußten uns anstrengen, um alles vor Tagesanbruch nach Hause zu schaffen. Dabei war es schwierig, zu sagen, auf welche Weise das getan werden sollte, und wir verbrachten eine lange Zeit zum Überlegen, so verwirrt waren alle unsere Gedanken. Schließlich erleichterten wir die Truhe, indem wir Zweidrittel ihres Inhaltes herausnahmen, und konnten sie dann, wenn auch mit Mühe, aus dem Loch herausschaffen. Das Herausgenommene wurde zwischen die Brombeersträucher gelegt, und der Hund als Wache zurückgelassen, wobei ihm Jupiter den strengen Befehl gab, nicht vom Fleck zu weichen, noch bis zu unserer Rückkehr einen Laut zu geben. Dann eilten wir mit der Truhe heim und erreichten sicher, aber nach unendlicher Mühe um ein Uhr morgens die Hütte. Es wäre über die menschliche Natur gegangen, bei unserer vollständigen Erschöpfung sofort wieder aufzubrechen. So blieben wir bis zwei Uhr und aßen zu Abend. Dann beluden wir uns mit drei festen Säcken, die wir zum Glück auf dem Grundstück fanden, und gingen wieder nach dem Bergland. Etwas vor vier Uhr kamen wir an der Grube an, verteilten den Rest unseres Fundes möglichst gleichförmig auf uns drei und traten dann wieder den Rückweg an, wobei wir die Grube offen ließen. Als wir in der Hütte zum zweiten Male unsere goldene Last absetzten, leuchteten im Osten über den Baumwipfeln gerade die ersten schwachen Strahlen der Morgendämmerung auf.

Wir waren nun fast zusammengebrochen, aber die Erregung ließ uns nicht zur Ruhe kommen. Nach einem unruhigen Schlummer von drei oder vier Stunden erhoben wir uns, als hätten wir es vorher abgemacht, um unseren Schatz zu besichtigen.

Die Truhe war bis zum Rand gefüllt gewesen, und wir verbrachten den ganzen Tag und den größeren Teil der nächsten Nacht, um ihren Inhalt abzuschätzen. Es war nichts darin geordnet gewesen, alles lag in wirrem Durcheinander aufgehäuft. Nachdem wir nun das Ganze sorgfältig geordnet hatten, fanden wir uns im Besitz eines noch größeren Reichtums, als wir es zuerst angenommen hatten. An Münzen gab es für mehr als vierhundertundfünfzigtausend Dollar – wobei wir die einzelnen Stücke so gut es ging nach den Tabellen ihrer Zeit schätzten. Auch nicht ein Silberstück war dabei. Alles war Gold von alter Prägung und in den verschiedensten Sorten – es gab französisches, spanisches und deutsches Geld, einige englische Guineen und ein paar Stücke, die wir gar nicht kannten. So fanden wir verschiedene sehr große und schwere Münzen, die so abgebraucht waren, daß wir von ihren Inschriften nichts mehr entziffern konnten. Es gab kein amerikanisches Geld. Schwieriger wurde die Schätzung der Juwelen. An Diamanten – einige waren außerordentlich groß und schön – zählten wir im ganzen hundertundzehn Stück, von denen keiner klein war. Wir fanden achtzehn Rubinen von ungewöhnlichem Glanz, dreihundertundzehn Smaragde – alle sehr schön – und einundzwanzig Saphire nebst einem Opal. Alle diese Steine hatte man aus ihren Fassungen herausgebrochen und lose in die Truhe geworfen. Die Fassungen selbst, die wir aus dem übrigen Gold herausfischten, schienen mit dem Hammer zusammengeschlagen zu sein, wie um die Feststellung ihrer Herkunft zu verhindern. Außerdem gab es eine große Menge an gediegenem Goldschmuck: ungefähr zweihundert schwere Finger- und Ohrringe: dreißig prächtige Ketten; dreiundachtzig sehr große und schwere Kruzifixe; fünf goldene Weihrauchfässer von hohem Wert; eine wundervolle goldene Punschbowle, reich geschmückt mit getriebenen Weinblättern und Figuren eines Bacchanals; zwei kunstvoll bossierte Schwertgriffe und eine Menge kleinerer Gegenstände, auf die ich mich jetzt nicht besinnen kann. Das Gewicht dieser Kostbarkeiten überstieg dreihundertundfünfzig Pfund, ohne daß ich dazu die hundertsiebenundneunzig herrlichen Uhren gerechnet habe. Von diesen waren drei, die mindestens jede einen Wert von fünfhundert Dollar hatte. Viele von ihnen waren sehr alt und als Zeitmesser wertlos; auch hatten die meisten Werke mehr oder weniger durch den Rost gelitten. Aber alle waren reich mit Edelsteinen geschmückt und steckten in Gehäusen von großem Wert. Wir schätzten in dieser Nacht den ganzen Inhalt der Truhe auf eineinhalb Millionen Dollar, aber bei dem späteren Verkauf der Schmucksachen und Juwelen (ein paar behielten wir zum eigenen Gebrauch) stellte es sich heraus, daß wir den Schatz gewaltig unterschätzt hatten.

Als wir endlich unsere Untersuchung beendet hatten, und sich die tiefe Erregung dieses Tages etwas gelegt hatte, begann Legrand, der sah, wie ich fast vor Ungeduld starb, nun endlich die Lösung des außerordentlichen Rätsels zu erfahren, mir einen ausführlichen Bericht über alle damit verknüpften Einzelheiten zu geben.

»Sie werden sich«, sagte er, »des Abends erinnern, als ich Ihnen die flüchtige Skizze überreichte, die ich von dem Käfer gemacht hatte. Sie erinnern sich auch, daß ich sehr verblüfft war, weil Sie darauf bestanden, meine Zeichnung gliche einem Totenkopf. Als Sie zuerst die Bemerkung machten, dachte ich, Sie scherzten; dann fielen mir aber die eigentümlichen Flecken auf dem Rücken des Insekts ein, und ich gestand mir, daß Ihre Ansicht in gewisser Beziehung begründet sei. Trotzdem ärgerte mich der Spott über meine zeichnerischen Fähigkeiten – denn ich gelte für einen guten Zeichner – und als Sie mir den Pergamentfetzen gaben, war ich dabei, ihn zu zerknittern und in den Ofen zu werfen.«

»Sie meinen den Papierfetzen«, sagte ich.

»Nein, er sah zwar wie Papier aus, und zuerst hielt ich ihn auch dafür, aber als ich begann, darauf zu zeichnen, entdeckte ich sofort, daß er ein Stück sehr dünnen Pergaments war. Sie erinnern sich, daß er ganz schmutzig war. Nun wohl, gerade als ich dabei war, ihn zu zerknittern, fiel mein Blick auf die Zeichnung, die Sie betrachtet hatten, und Sie können sich mein Erstaunen vorstellen, als ich tatsächlich die Figur eines Totenkopfs gerade an der Stelle sah, wo ich glaubte, den Käfer hingezeichnet zu haben. Einen Augenblick war ich zu erstaunt, um richtig zu denken. Ich wußte, daß meine Zeichnung in den Einzelheiten ganz anders gewesen, obgleich es eine gewisse Ähnlichkeit im Umriß gab. Ich nahm dann eine Kerze und setzte mich in das andere Ende des Zimmers, wo ich begann, das Pergament genauer zu untersuchen. Als ich es umwandte, sah ich auf der Rückseite meine eigene Zeichnung genau so, wie ich sie gemacht hatte. Mein erster Gedanke war ein einfaches Erstaunen über die merkwürdige Ähnlichkeit im Umriß – über den seltsamen Zufall, daß mir ganz unbewußt, genau unter meiner Zeichnung des Käfers, sich an der auf der anderen Seite des Pergaments ein Totenkopf befunden hatte, und daß dieser Totenkopf nicht nur in der Form, sondern auch in der Größe genau meiner Zeichnung glich. Wie gesagt, die Einzigartigkeit dieses Zusammentreffens verwirrte mich eine Zeitlang vollständig. Das ist häufig so bei solchen Zufällen. Das Gehirn müht sich, irgend eine Verbindung zu finden, eine Verknüpfung von Ursache und Wirkung herzustellen, und wenn es das nicht kann, entsteht eine Art vorübergehender Lähmung. Als ich mich aber von dieser Verblüffung erholt hatte, dämmerte in mir nach und nach eine Überzeugung, die mir noch erstaunlicher schien als das Zusammentreffen. Ich begann mich genau und bestimmt zu erinnern, daß sich auf dem Pergament keine Zeichnung befunden hatte, als ich die Skizze des Käfers anfertigte. Ich wurde mir dessen völlig gewiß, denn ich erinnerte mich, daß ich das Blatt von einer Seite auf die andere gewendet hatte, um die reinste Stelle zu suchen. Wäre der Schädel dagewesen, ich hätte ihn sicherlich bemerkt. Hier gab es in jedem Fall ein Geheimnis, das ich mir nicht erklären konnte. Aber schon damals, in diesem ersten Augenblick, schien ganz schwach in der entlegensten und geheimsten Kammer meiner Seele glühwürmchenhaft eine Ahnung von jener Wahrheit aufzuglimmen, die das Abenteuer der gestrigen Nacht zu einem so großartigen Ergebnis führte. Ich erhob mich plötzlich, verschloß das Pergament sorgfältig und verschob alles weitere Nachdenken, bis ich allein war.

Als Sie gegangen waren, und Jupiter fest schlief, unterzog ich die Sache einer mehr methodischen Untersuchung. Zunächst betrachtete ich die Art, wie das Pergament in meinen Besitz gekommen war. Der Fleck, wo ich den Käfer entdeckt hatte, lag eine Meile östlich von der Insel an der Festlandsküste und nur ein wenig über der Hochwasserlinie. Als ich das Tier anfaßte, biß es mich heftig, was mich veranlaßte, es fallen zu lassen. Jupiter, auf den das Insekt hingeflohen war, suchte, bevor er es anfaßte, mit seiner gewohnten Vorsicht nach einem Blatt oder dergleichen, um es damit zu packen. Es war in diesem Augenblick, daß seine Augen und auch die meinen auf den Pergamentfetzen fielen, den ich damals für Papier hielt. Es lag halb begraben im Sand und ragte mit einer Ecke heraus. Nahe bei der Fundstätte bemerkte ich die Überreste eines Schiffskörpers, die von einer Pinasse zu stammen schienen. Das Wrack hatte wohl schon eine sehr lange Zeit dort gelegen, denn die Form der Bootsrippen war kaum noch zu erkennen.

Nun wohl, Jupiter nahm das Pergament auf, wickelte den Käfer hinein und überreichte ihn mir. Kurz darauf kehrten wir heim und trafen unterwegs den Leutnant G. Ich zeigte ihm das Insekt, und er bat mich, es mit zum Fort nehmen zu dürfen. Da ich zustimmte, steckte er es in seine Westentasche, und zwar ohne das Pergament, in das es gewickelt gewesen, und das ich während seiner Betrachtung in der Hand gehalten hatte. Vielleicht fürchtete er, ich möchte meine Zustimmung zurücknehmen, und hielt es für das beste, möglichst schnell das Tier einzustecken – Sie wissen ja, wie begeistert er an allem hängt, was mit der Naturforschung zusammenhängt. Ich selbst aber muß zur gleichen Zeit, ohne es zu wissen, das Pergament in meine Tasche gesteckt haben.

Sie erinnern sich ferner, daß ich an den Tisch ging, um eine Zeichnung des Käfers anzufertigen, und daß ich an dem gewohnten Platz kein Papier fand. Ich suchte in der Schublade, aber es war nichts da. Als ich meine Taschen durchfühlte, um vielleicht einen alten Brief zu finden, berührte meine Hand das Pergament. Ich erzähle Ihnen die Einzelheiten, durch die ich in seinen Besitz kam, so genau, weil die Umstände auf mich einen außerordentlich starken Eindruck machten.

Sie werden mich zweifellos für einen Phantasten halten – aber ich hatte schon begonnen, eine Art von innerer Verknüpfung zu bilden. Ich hatte zwei Glieder einer langen Kette miteinander verbunden. Ein Boot lag an der Seeküste, und nicht weit von dem Boot fand ich ein Pergament – nicht ein Papier – mit einem darauf gezeichneten Totenkopf. Sie fragen natürlich, wo denn hier die Verbindung stecke. Meine Antwort ist, daß der Schädel oder Totenkopf als wohlbekanntes Emblem der Piraten gilt. Die Flagge mit dem Totenkopf wird bei allen ihren Unternehmungen gehißt.

Ich sagte, der Fetzen sei Pergament und nicht Papier gewesen. Pergament ist fast unzerstörbar. Unwichtige Dinge schreibt man selten auf Pergament, denn zum gewöhnlichen Zeichnen oder Schreiben eignet es sich nicht so gut wie Papier. Ich kam durch diese Überlegung darauf, daß hinter dem Totenkopf etwas Besonderes, etwas von Bedeutung stecken müßte. Auch entging mir nicht die besondere Form des Pergaments, obgleich eine Ecke durch einen Zufall zerstört war, konnte man doch die ursprüngliche längliche Form erkennen. Es war gerade solch ein Blatt, wie man es für ein besonderes Dokument gewählt haben würde – für ein wichtiges Schriftstück, das sorgfältig aufgehoben werden sollte.«

»Aber«, unterbrach ich ihn, »Sie sagten doch, der Schädel sei nicht auf dem Pergament gewesen, als Sie den Käfer zeichneten. Wie wollen Sie eine Verbindung zwischen dem Boot und dem Schädel herstellen, wenn dieser, wie Sie selbst zugeben, erst nach Ihrer Zeichnung des Käfers, Gott weiß, auf welche Weise, entstanden ist?«

»Ja, hier kommen wir zu dem Kernpunkt des ganzen Geheimnisses, obgleich gerade dies zu lösen mir die wenigsten Schwierigkeiten machte. Meine Schritte waren sicher und konnten nur zu einem Ergebnis führen. Ich schloß also folgendermaßen: Als ich den Käfer zeichnete, war auf dem Pergament kein Schädel zu sehen. Als ich Ihnen dann die fertiggestellte Zeichnung überreichte, beobachtete ich Sie genau, bis Sie sie mir zurückgaben. Sie also hatten nicht die Zeichnung gemacht, und auch sonst kein Anwesender. Sie war also nicht durch eine menschliche Tätigkeit entstanden, und doch war sie da.

Bei diesem Punkte meines Nachdenkens versuchte ich mich genau an jede Einzelheit des damaligen Geschehens zu erinnern und erreichte das auch. Das Wetter war frostig – welch ein wunderbarer und glücklicher Zufall! – und im Kamin brannte ein Feuer. Ich war durch das Marschieren warm geworden und saß am Tisch. Sie aber hatten sich einen Stuhl dicht an den Kamin gerückt. Und nun kam gerade, als ich Ihnen das Pergament in die Hand gegeben hatte und Sie es betrachteten, der Neufundländer herein und sprang auf Ihre Schultern. Mit

Ihrer linken Hand liebkosten sie ihn und drängten ihn zurück, während Sie Ihre Rechte, die das Pergament hielt, nachlässig zwischen den Knien herabsinken ließen, so daß es dicht an das Feuer kam. Einmal dachte ich sogar, es würde von den Flammen erfaßt werden und war gerade dabei, Sie zu warnen. Aber bevor ich sprechen konnte, hatten Sie es zurückgezogen und gaben sich daran, es zu betrachten. Wie ich mir alle diese Einzelheiten überlegte, zweifelte ich keinen Augenblick, daß der Schädel, den ich auf dem Pergament gezeichnet sah, nur durch Einwirkung von Hitze darauf sichtbar geworden sein konnte. Sie wissen natürlich, daß es chemische Präparate gibt und schon seit Urzeiten gegeben hat, mit denen man so auf Papier oder Pergament schreiben kann, daß die Buchstaben nur bei Einwirkung von Wärme sichtbar werden. Sehr gebräuchlich ist in aqua regia gelöster Kobalt, der mit vier Teilen Wasser verdünnt wird und eine grüne Tinte gibt. Löst man den Kobalt in Salpetersäure, so erhält man eine rote Tinte. Die Farben verschwinden, wenn sich das Material, auf dem sie geschrieben sind, abgekühlt hat, nach längerer oder kürzerer Zeit und werden wieder sichtbar, wenn man sie aufs neue der Hitze aussetzt.

Ich untersuchte nun den Totenkopf sorgfältigst. Seine Umrisse waren an der Seite nach dem Rand des Pergaments hin deutlicher als an der andern Seite. Es war klar, daß die Erwärmung unvollkommen oder ungleichartig gewirkt hatte. Ich zündete daher sofort ein Feuer an und setzte jede Stelle des Pergaments der Einwirkung einer starken Hitze aus. Zunächst war die einzige Folge, daß die schwächeren Linien des Schädels deutlicher wurden. Als ich aber mit meinen Bemühungen fortfuhr, sah ich in einer Ecke des Fetzens, schräg gegenüber dem Fleck, wo der Totenkopf gezeichnet war, eine Figur, die mir zunächst einer Ziege ähnlich zu sein schien. Eine genauere Untersuchung überzeugte mich aber, daß sie ein Böckchen darstellen sollte.«

»Haha!« rief ich, »ich habe natürlich kein Recht, über Sie zu lachen – eineinhalb Millionen sind eine zu ernsthafte Sache, um darüber zu spotten – aber Sie wollen doch nicht daraus ein drittes Glied in Ihrer Kette machen? Zwischen Piraten und einer Ziege werden Sie schwerlich eine Verbindung finden – Piraten haben, wie Sie wissen, nichts mit Ziegen zu tun. Die scheinen mir mehr für die Landwirtschaft von Interesse zu sein.«

»Aber ich habe doch gerade gesagt, die Figur stellte keine Ziege dar.«

»Nun denn, ein Ziegenböckchen – was mir ziemlich dasselbe zu sein scheint.«

»Ziemlich dasselbe, aber doch nicht ganz«, sagte Legrand. »Vielleicht haben Sie schon einmal von einem Kapitän Kidd gehört, das englische Wort kid bedeutet Böckchen. Jedenfalls kam mir die Figur des Tieres wie eine Art scherzhafter oder hieroglyphischer Unterschrift vor. Ich sage Unterschrift, denn die ganze Stellung auf dem Pergament sah danach aus. Ebenso hatte der Totenkopf schräg gegenüber das Aussehen eines Stempels oder Siegels. Ich war aber bitter enttäuscht, weil alles andere fehlte – nämlich die Hauptsache der vermutlichen

Urkunde, der erwartete Text.«

»Sie hofften vermutlich, einen Brief zwischen Stempel und Unterschrift zu finden.«

»Irgend so etwas. Tatsache ist, daß ich ein unbezwingliches Gefühl hatte, irgend ein riesengroßes Glück stehe mir bevor. Ich kann eigentlich nicht sagen, warum. Vielleicht war es schließlich mehr ein Wunsch als ein wirklicher Glaube – jedenfalls versichere ich Ihnen, daß Jupiters verrückter Ausspruch, der Käfer sei aus solidem Gold, einen starken Einfluß auf meine Idee ausübte. Und dann diese Folge von seltsamen Zufälligkeiten – das war so außerordentlich merkwürdig. Beachten Sie doch das ungewöhnliche Zusammentreffen, daß alle diese Dinge gerade an dem einzigen Tag im Jahr geschahen, als es genügend kalt zum Heizen war, und daß ohne das Hinzukommen des Hundes genau in jenem bestimmten Augenblick ich niemals etwas von dem Totenkopf gewahr geworden und damit auch nie in den Besitz des Schatzes gekommen wäre.«

»Aber fahren Sie fort – ich vergehe vor Ungeduld.«

»Also, Sie haben natürlich auch gehört von den vielen Geschichten, von den tausend unbestimmten Gerüchten über Geld, das irgendwo an der atlantischen Küste von Kidd und seinen Spießgesellen begraben sei. Irgendwie mußten diese Gerüchte natürlich ihren Grund haben. Und wenn sie sich so lange und so hartnäckig erhielten, so lag das nur daran, daß der vergrabene Schatz eben immer noch in der Erde lag. Hätte Kidd seine Beute nur für eine Zeit vergraben und sie nachher wiedergeholt, so würden die Gerüchte nicht in der bestimmten Form bis auf uns gekommen sein. Sie wollen auch beachten, daß die Geschichten nur von Goldsuchern, aber nie von Goldfindern erzählten. Hätte der Pirat sein Geld wieder bekommen, dann wäre die Geschichte zu Ende gewesen. Mir schien es, als ob irgend ein Zufall – vielleicht der Verlust eines Schriftstückes, das den Ort bezeichnete – ihn der Möglichkeit beraubte, sie wiederzufinden. Dieser Zufall war seinen Anhängern, die sonst vielleicht niemals etwas von dem vergrabenen Schatz erfahren hätten, bekannt geworden, und ihre natürlich fruchtlosen Versuche, ihn zu finden, hatten dann erst die Erzählungen veranlaßt, die jetzt so große Verbreitung gewonnen haben. Haben Sie je etwas davon gehört, daß irgend ein Schatz von Bedeutung an der Küste ausgegraben wurde?«

»Nie.«

»Aber es ist bekannt, daß Kidd ungeheure Schätze angesammelt hat. Ich hielt es daher für sicher, daß sie noch in der Erde lagen, und Sie werden schwerlich sehr erstaunt sein, wenn ich Ihnen erzähle, daß ich eine Hoffnung fühlte, die fast zur Gewißheit stieg, das so seltsam gefundene Pergament enthielte den verlorenen Bericht über die Schatzstelle.«

»Aber wie gingen Sie weiter vor?«

»Ich hielt das Pergament wieder ans Feuer, nachdem ich die Hitze verstärkt hatte, aber es erschien nichts. Dann kam mir der Gedanke, der Schmutzüberzug könnte etwas mit diesem

Versagen zu tun haben, und ich reinigte das Pergament vorsichtig, indem ich warmes Wasser darüber goß. Hierauf legte ich es mit dem Schädel nach unten auf eine Pfanne von Eisenblech und setzte diese auf ein Holzkohlenfeuer. Nach einigen Minuten, als die Pfanne gehörig heiß geworden war, nahm ich den Fetzen heraus und fand ihn zu meiner unaussprechlichen Freude an verschiedenen Stellen mit Schriftzeichen bedeckt, die mir in Linien angeordnet zu sein schienen. Wieder legte ich ihn in die Pfanne und ließ ihn dort noch eine Minute liegen. Als ich ihn dann abnahm, war er ganz so, wie Sie ihn jetzt sehen.«

Damit übergab mir Legrand das Pergament zur Besichtigung, nachdem er es wieder erhitzt hatte. Zwischen dem Totenkopf und der Ziege befanden sich in roter Tinte die folgenden, ungeschickt geschriebenen Schriftzeichen:

53 XX + 305)) 6 *; 4826) 4 X .
) 4 X) ; 806 *; 48 + 876 0)) 85;
1 X (; : X * 8 + 83 (88) 5* + ; 46
(; 88 * 96 * ? ; 8) * X (; 485) ;
5 * + 2 : * X (; 4956 * 2 (5 * – 4
) 878 * ; 4069285) ;) 6 + 8) 4 X
X ; 1 (X 9 ; 48081 ; 8 : 8 X 1 ; 48
+ 85 ; 4) 485 + 528806 * 81 (X
9 ; 48 ; (88 ; 4 (X ? 34 ; 48) 4 X
; 161 ; : 188 ; X ? ;

»Aber«, sagte ich, indem ich ihm den Zettel zurückgab, »ich bin noch genau so im Dunkeln wie vorher. Wenn man mir alle Edelsteine von Golkonda für die Lösung des Rätsels aussetzte, ich wäre sicherlich nicht imstande, sie zu gewinnen.«

»Und doch«, meinte Legrand, »ist die Lösung keineswegs so schwierig, wie Sie sich bei der ersten flüchtigen Betrachtung der Zeichen vielleicht einreden. Diese Zeichen bilden, wie jeder sofort errät, eine Geheimschrift, das heißt, sie verbergen einen Sinn. Aber nach allem, was von Kidd bekannt ist, konnte ich mir nicht vorstellen, daß er imstande gewesen ist, eine sehr versteckte Chiffreschrift zu erfinden. Ich schloß daher sofort, daß dies eine ganz einfache Art sei – allerdings eine solche, die für den schlichten Verstand eines Seemanns ohne Schlüssel absolut unlösbar sei.«

»Und Sie haben die Lösung wirklich gefunden?«

»Mit Leichtigkeit. Ich habe andere gelöst, die zehntausendmal schwieriger waren. Durch Zufälligkeiten und eine gewisse Veranlagung bin ich dahin gekommen, mich für solche Rätsel zu interessieren, und ich glaube nicht, daß menschlicher Scharfsinn ein Rätsel erdenken kann, das nicht menschlicher Scharfsinn, wenn er richtig angewendet wird, wieder auflöst. Wirklich, nachdem ich die Schriftzeichen erst in einen lesbaren Zustand gebracht hatte, machte ich mir wegen der Entzifferung ihrer Bedeutung keine Sorgen mehr.

Im vorliegenden Fall, wie in allen Fällen von Geheimschriften, war die erste Frage die nach der Sprache, in der sie geschrieben war. Denn die Art der Lösung hängt – wenigstens bei einfachen Chiffren – ganz von dem Charakter der betreffenden Sprache ab. Im allgemeinen bleibt einem hier nichts übrig, als so lange zu probieren – wobei man sich von der größeren Wahrscheinlichkeit leiten läßt –, bis man die richtige gefunden hat. Bei dieser Geheimschrift nun wurde alle Schwierigkeit behoben durch die Unterschrift. Der Wortwitz auf Kidd ist nur in englischer Sprache möglich. Wäre dies nicht gewesen, dann hätte ich meine Versuche in Spanisch oder Französisch begonnen, weil das die wahrscheinlichsten Sprachen sind, in der ein Pirat an der spanischen Küste ein solches Geheimnis niedergeschrieben hätte. So aber schloß ich, die Geheimschrift sei englisch.

Sie sehen, daß es zwischen den einzelnen Wörtern keine Zwischenräume gibt. Hätte es solche gegeben, dann wäre die ganze Aufgabe sehr leicht gewesen. Ich hätte dann mit einer Sammlung und Untersuchung der kürzeren Worte begonnen, und wenn ich dann auf ein Wort mit einem einzelnen Buchstaben (das englische a oder I zum Beispiel) gestoßen wäre, dann hätte ich die Lösung bereits für gesichert gehalten. Da es aber keine Zwischenräume gab, mußte ich mir zunächst die häufigsten und die seltensten Buchstaben heraussuchen. Indem ich sie alle zählte, kam ich zu folgender Tabelle:

Das Zeichen	8	kommt	33 mal vor
	;		26 mal vor
	4		19 mal vor
	) und X		16 mal vor
	*		13 mal vor
	5		12 mal vor
	6		11 mal vor
	(		10 mal vor
	+ und 1		8 mal vor
	0		6 mal vor
	9 und 2		5 mal vor
	: und 3		4 mal vor
	?		3 mal vor
	II		2 mal vor
	– und .		1 mal vor

Nun ist im Englischen das e der häufigste Buchstabe. Dann kommen der Reihenfolge nach a o i d h n r s t u y c f g l m w b k p q x z. Das e überragt die andern aber so sehr, daß es selten einen einigermaßen langen Satz gibt, in dem es nicht durch seine Häufigkeit auffällt.

Wir haben also hier schon von vornherein eine Grundlage, die mehr ist als ein bloßes Raten. Natürlich ist es klar, daß eine solche Tabelle im allgemeinen sehr nützlich sein kann – bei dieser bestimmten Geheimschrift werden wir aber nur wenig Gebrauch von ihr machen. Da das häufigste Zeichen 8 ist, wollen wir mit der Annahme beginnen, daß es den Buchstaben e bezeichnet. Zur größeren Sicherheit werden wir noch untersuchen, ob diese 8 öfters verdoppelt vorkommt, denn im Englischen ist das doppelte e sehr häufig, besonders in Wörtern wie meet, fleet, seen, been, agree und so fort. In diesem Fall kommt es nicht weniger als fünfmal doppelt vor, obgleich das Kryptogramm nur kurz ist. Also wir nehmen an, 8 bedeutet e. Nun ist von allen Wörtern der Sprache das the das häufigste. Untersuchen wir also, ob sich die gleiche Wiederholung von drei Zeichen findet, deren letztes eine 8 ist. Wenn wir solche Zeichen finden, dann bedeuten sie höchst wahrscheinlich the. Und wirklich finden wir nicht weniger als siebenmal eine solche Zusammenstellung, es sind die Zeichen ; 4 8. Wir können daher annehmen, daß ; ein t, 4 ein h und 8 ein e bedeutet. Dieses letztere steht nun fest, wir haben also schon einen großen Schritt gemacht.

Aber nach dem Bestimmen eines einzelnen Wortes sind wir auch imstande, zugleich etwas sehr Weitgehendes zu bestimmen, nämlich verschiedene Endungen und Anfänge von anderen Wörtern. Sehen wir uns zum Beispiel die Stelle an, wo die Kombination ; 4 8 zum vorletzten Mal vorkommt – kurz vor dem Ende der Geheimschrift. Wir wissen, daß das unmittelbar folgende ; der Beginn eines Wortes ist, und von den sechs Zeichen, die dem the folgen, kennen wir nicht weniger als fünf. Schreiben wir die Zeichen in den Buchstaben hin, die sie bedeuten, wobei der Zwischenraum den unbekannten Buchstaben bedeutet:

t eeth.

Hier können wir sofort das th abtrennen, denn es bildet keinen Teil des Wortes, das mit t beginnt, denn wenn wir auch das ganze Alphabet durchprobieren, so finden wir doch kein hier passendes Wort mit einem th am Ende. Es bleibt also nur:

t ee,

und wenn wir auch hier wieder das Alphabet durchgehen, dann kommen wir zu dem Wort tree als der einzig möglichen Lösung. Damit gewinnen wir noch einen Buchstaben, das durch (dargestellte r, mit den nebeneinander stehenden Wörtern the tree. Etwas hinter diesen Wörtern sehen wir wieder die Zusammenstellung ; 4 8 und verwenden sie jetzt als Endung für das unmittelbar Vorhergehende. Wir haben dann, nach Einsetzung der uns schon bekannten Buchstaben, die Folge:

the tree thr X ? h the.

Jetzt brauchen wir nur an der Stelle der noch unbekannten Zeichen freien Raum oder Punkte zu setzen. Wir lesen dann:

the tree thr . . . h the,

und das Wort through springt uns von selbst ins Auge. Damit haben wir aber schon wieder drei Buchstaben gefunden, o, u und g, die durch X, ? und 3 bezeichnet sind.

Wenn wir nun die Geheimschrift aufs neue nach Kombinationen bekannter Zeichen durchsuchen, dann finden wir nicht weit vom Beginn die Zusammenstellung 8 3 (8 8 oder egree, die nur zu dem Wort degree führen kann und uns den durch + bezeichneten Buchstaben d gibt.

Vier Buchstaben hinter dem Wort degree bemerken wir die Zusammenstellung

; 4 6 (; 8 8.

Übersetzen wir wieder die bekannten Zeichen und lassen wir für das unbekannte einen Punkt, dann lesen wir:

th . rteen

class="leftjust"und wissen sofort, daß es sich nur um das Wort thirteen handeln kann, wodurch wieder zwei Buchstaben, nämlich die durch 6 und * bezeichneten i und n ermittelt sind.

Wenden wir uns jetzt zum Beginn, so finden wir die Zusammenstellung 5 3 X X +. Da 3 X X + good bedeutet, kann der erste Buchstabe nur ein a sein, und die ersten zwei Worte lauten also: A good.

Es wird nun Zeit, das bisher Gefundene in eine Tabellenform zu bringen, um Verwirrung zu vermeiden. Die Tabelle lautet:

5	=	**a**
+	=	**d**
8	=	**e**
3	=	**g**
4	=	**h**
6	=	**i**
*****	=	**n**
†	=	**o**
(	=	**r**
;	=	**t**

Wir haben nunmehr also nicht weniger als elf der wichtigsten Buchstaben, und es ist unnötig, mit den Einzelheiten der Lösung fortzufahren. Ich habe genug gesagt, um Sie zu überzeugen, daß Geheimschriften dieser Art leicht zu lösen sind, und ich habe Ihnen die Methode einer solchen Lösung gezeigt. Das vorliegende Kryptogramm gehört übrigens zu der leichtesten Art, die ich kenne, und es bleibt mir jetzt nur übrig, Ihnen die vollständige Übersetzung der Zeichen auf dem Pergament zu geben. Sie lautet:

»A good glass in the bishop's hostel in the devil's seat forty-one degrees and thirteen minutes northeast and by north main branch seventh limb east side shoot from the left eye of the death's-head a bee-line from the tree through the shot fifty feet out.«

Also auf Deutsch: ›Ein gutes Glas in Bischofs Hotel im Teufelssitz einundvierzig Grad und dreizehn Minuten nordnordöstlich Hauptast siebter Zweig Ostseite Schuß durch das linke Auge des Totenkopfs Luftlinie von dem Baum über den Schuß fünfzig Fuß hinaus.‹

»Aber«, sagte ich, »das Rätsel scheint mir noch gerade so dunkel zu sein wie vorher. Wie ist es möglich, aus dem Wortgemenge einen Sinn herauszufinden? Was bedeuten Teufelssitz, Bischofs Hotel, Totenkopf?«

»Ich gestehe«, erwiderte Legrand, »daß die Sache nicht so ganz einfach erscheint, wenn man sie oberflächlich betrachtet. Mein erstes Bestreben war, das Ganze im Sinne des Geheimschreibers in natürliche Abschnitte zu zerlegen.«

»Das heißt, es zu interpunktieren?«

»Wenigstens etwas Ähnliches wollte ich.«

»Aber wie war denn das möglich?«

»Ich überlegte, daß der Schreiber die Wörter absichtlich ohne Zwischenräume nebeneinander gestellt hatte, um die Schwierigkeit der Lösung zu vergrößern. Nun wird ein nicht allzu scharfsinniger Mann beim Verfolg einer solchen Sache des Guten zu viel tun. Wenn er daher an eine Stelle kam, wo er dem Sinne nach eine Pause machen oder einen Punkt hinsetzen sollte, dann konnte er leicht sich verleiten lassen, die Zeichen hier besonders dicht hintereinander zu setzen. Wenn Sie jetzt das Manuskript noch einmal betrachten, dann werden Sie leicht solche Fälle von unnötig zusammengedrängten Zeichen finden. Ich handelte nach dieser Idee und machte folgende Ermittlung: ›Ein gutes Glas in Bischofs Hotel im Teufelssitz – einundvierzig Grad und dreizehn Minuten – nordnordöstlich – Hauptast siebter Zweig Ostseite – Schuß durch das linke Auge des Totenkopfs – Luftlinie von dem Baum über den Schuß fünfzig Fuß hinaus‹.«

»Selbst diese Einteilung«, sagte ich, »läßt mich noch im Dunkeln.«

»Sie ließ mich auch im Dunkeln«, antwortete Legrand, »wenigstens einige Tage lang. Ich erkundigte mich inzwischen fleißig nach einem Gebäude in der Umgegend von Sullivans

Insel, das den Namen Bischofs Hotel trug, denn ich hatte ja hostel mit Hotel übersetzt. Ich erhielt aber keine Auskunft über die Sache und war schon dabei, den Umkreis meines Forschens mehr auszudehnen und dabei systematischer vorzugehen, als es mir eines Morgens plötzlich durch den Kopf fuhr, daß dieses bishop's hostel sich vielleicht auf eine alte Familie namens Bessop beziehen könnte, die in jetzt vergessenen Zeiten etwa vier Meilen, nördlich von der Insel einen herrschaftlichen Wohnsitz gehabt hatte. Ich ging daher zu der Pflanzung hinüber und begann dort die älteren Neger auszufragen. Schließlich sagte wir eine der ältesten Frauen, sie habe von einem Platze namens Bessop's Castle gehört und könnte mich dorthin führen. Es sei aber weder ein Schloß noch ein Hotel, sondern ein hoher Felsen.

Ich erbot mich, sie für ihre Bemühung reichlich zu bezahlen, und nach einigem Zögern stimmte sie zu, mich nach dem Ort zu begleiten. Wir fanden ihn ohne große Schwierigkeit, und als ich sie entlassen hatte, begann ich den Platz zu untersuchen. Das ›Castle‹ bestand aus einer unregelmäßigen Ansammlung von Klippen und Felsen, und von den letzteren war einer, der durch seine Höhe, durch seine abgesonderte Lage und seine ungewöhnliche Form auffiel. Ich kletterte auf seinen Gipfel, war aber dann ganz ratlos, was ich weiter tun sollte.

Während ich noch grübelte, fiel mein Blick auf einen schmalen Vorsprung an der Ostseite des Felsens, vielleicht einen Meter unter dem Gipfel, auf dem ich stand. Der Vorsprung war vielleicht achtzehn Zoll breit und einen Fuß lang, und eine Nische gerade über ihm im Felsen gab ihm eine flüchtige Ähnlichkeit mit einem jener rundlehnigen Stühle, wie sie unsere Vorfahren besaßen. Ich zweifelte nicht, daß dies hier der Teufelssitz sei, auf den das Manuskript anspielte, und glaubte nun die völlige Lösung des Rätsels erfassen zu können. Ich wußte, daß das ›gute Glas‹ sich nur auf ein Fernglas beziehen konnte, denn Seeleute gebrauchen das Wort Glas selten in einem anderen Sinne. Ich begriff sofort, daß hier ein Fernrohr nötig war, um damit einen ganz bestimmten Punkt, von dem man nicht abgehen durfte, festzulegen. Auch zweifelte ich nicht, daß die Ausdrücke ›einundvierzig Grad und dreizehn Minuten‹ ebenso wie das ›Nordnordost‹ als Richtungsangaben für das Glas bestimmt waren. Sehr erregt durch diese Entdeckung eilte ich nach Hause, verschaffte mir ein Fernrohr und kehrte nach dem Felsen zurück.

Ich ließ mich auf den Vorsprung herab und fand, daß man nur in einer ganz bestimmten Art darauf sitzen konnte. Diese Tatsache bestärkte mich in meiner Vermutung, und ich versuchte nun, das Glas zu gebrauchen. Natürlich konnten sich die ›einundvierzig Grad und dreizehn Minuten‹ nur auf die Erhebung über den sichtbaren Horizont beziehen, da die Seitenrichtung deutlich durch das Wort ›Nordnordwest‹ bezeichnet war. Diese letztere Richtung legte ich durch einen Taschenkompaß fest, dann richtete ich das Glas, so gut ich es konnte, ungefähr auf eine Erhebung von einundvierzig Grad und bewegte es langsam aufwärts und abwärts, bis sich meine Aufmerksamkeit auf eine kreisförmige Öffnung im Laubwerk eines mächtigen Baumes lenkte, der alle andern Bäume in der Gegend durch seine Größe überragte. Mitten in der Öffnung bemerkte ich einen weißen Fleck, konnte aber anfangs durchaus nicht erkennen, was das war. Als ich aber das Fernrohr genau einstellte und nochmals hinsah, bemerkte ich, daß es ein menschlicher Schädel war.

Nach dieser Entdeckung war ich zuversichtlich überzeugt, das Rätsel gelöst zu haben, denn der Ausdruck ›Hauptast siebter Zweig Ostseite‹ konnte sich nur auf die Stelle beziehen, wo der Schädel am Baum befestigt war, während der ›Schuß durch das linke Auge des Totenkopfs‹ auch nur eine Deutung in bezug auf die Suche nach dem vergrabenen Schatz zuließ. Ich begriff, daß die Bestimmung war, eine Kugel durch das linke Auge des Schädels fallen zu lassen, und daß die Luftlinie, also eine gerade Linie, die von dem nächsten Punkt des Stammes über den ›Schuß‹, oder den Ort, wohin die Kugel gefallen war, auf eine Entfernung von fünfzig Fuß verlängert wurde, zu einem bestimmten Ort führen würde, von dem ich es immerhin für möglich hielt, daß dort ein wertvoller Schatz begraben war.«

»Alles dies«, sagte ich, »ist außerordentlich klar und bei allem Scharfsinn in der Idee doch einfach und verständlich. Aber was taten Sie, als Sie Bischofs Hotel verlassen hatten?«

»Nachdem ich sorgfältig die Lage des Baumes festgestellt hatte, begab ich mich nach Hause. Sobald ich aber den Teufelssitz verließ, verschwand die runde Öffnung und ich konnte nachher nirgendwo mehr eine Spur davon entdecken, so sehr ich mich auch drehte. Was mir das Scharfsinnigste an der Sache zu sein scheint, ist die Tatsache, die ich durch eine Reihe von Versuchen feststellte, daß die erwähnte runde Öffnung von keinem erreichbaren Punkt sonst zu sehen war, außer von dem schmalen Vorsprung an der Felsenwand.

Auf diesem Ausflug nach Bischofs Hotel war ich von Jupiter begleitet gewesen, der ohne Zweifel seit ein paar Wochen die Zerstreutheit in meinem Benehmen beobachtet hatte und sich besondere Mühe gab, mich nicht allein zu lassen. Aber am nächsten Tag stand ich sehr früh auf, und es gelang mir, ihm zu entwischen, worauf ich in das Bergland ging, um den Baum zu suchen. Nach vielen Bemühungen fand ich ihn. Als ich abends zurückkam, wollte mich mein Diener verprügeln. Was dann weiter geschah, wissen Sie ja so gut wie ich.«

»Ich vermute«, sagte ich, »daß Sie bei unserem ersten Grabeversuch die richtige Stelle verfehlten, weil Jupiter in seiner Stupidität den Käfer statt durch das linke Auge durch das rechte Auge fallen ließ.«

»Natürlich. Dieser Irrtum ergab bei dem ›Schuß‹ einen Unterschied von zwei und einem halben Zoll, was wenig ausgemacht hätte, wenn der Schatz unter diesem Fleck begraben gewesen. Aber durch die Verlängerung der Linie um fünfzig Fuß führte uns der anfänglich kleine Irrtum weit vom Ziele ab. Hätte nicht in mir die Überzeugung, daß der Schatz dort irgendwo begraben gewesen, so fest gesessen, dann wäre wohl unsere ganze Arbeit vergebens gewesen.«

»Aber Ihr schwulstiges Reden und die Art, wie Sie den Käfer herumschwangen – wie seltsam war das! Ich zweifelte nicht daran, daß Sie wahnsinnig seien. Und warum bestanden Sie denn darauf, den Käfer durch das Schädelauge fallen zu lassen statt einer Kugel?«

»Offen gestanden, weil mich Ihr unverkennbarer Zweifel an meiner geistigen Gesundheit ärgerte. Ich beschloß deshalb, Sie auf meine Art ein wenig durch eine kleine Mystifizierung zu bestrafen. Deshalb schwang ich den Käfer, und ließ ihn auch deshalb durch den Schädel fallen. Ihre Bemerkung über sein großes Gewicht hatte mich auf die letztere Idee gebracht.«

»Nun ja, ich verstehe. Und jetzt gibt es nur noch eins, was mir rätselhaft ist. Was sollen wir über die beiden Skelette denken, die wir in der Höhlung gefunden haben?«

»Das ist eine Frage, die ich ebensowenig beantworten kann wie Sie. Doch scheint mir nur eine wahrscheinliche Erklärung möglich, obgleich ich nicht gern an eine solche Grausamkeit, wie man sie danach annehmen müßte, glauben will. Es ist klar, daß Kidd – wenn Kidd, woran ich nicht zweifle, den Schatz vergraben hat – bei seiner Arbeit Hilfe gehabt haben muß. Aber als diese Arbeit vorbei war, hat er es vielleicht für klug gehalten, alle Zeugen davon zu beseitigen. Vielleicht genügten ein paar Schläge mit einer Hacke, während die Gehilfen in der Grube arbeiteten, vielleicht waren auch ein Dutzend nötig – wer kann das wissen?«

Eine Geschichte aus dem Felsengebirge

Es war im Herbst des Jahres 1827, als ich mich in der Nähe von Charlottesville in Virginien aufhielt und dort zufällig die Bekanntschaft eines Mr. Augustus Bedloe machte. Der junge Mann war in jeder Beziehung merkwürdig und erregte aufs tiefste mein Interesse und meine Neugier. Sowohl sein physisches wie sein seelisches Wesen erschien mir vollständig rätselhaft. Auch über seine Familie war nichts Bestimmtes zu erfahren, und woher er stammte, habe ich nie herausgebracht. Selbst an seinem Alter – ich habe ihn zwar hier einen jungen Mann genannt – gab es etwas, was mich in nicht geringem Maße unsicher machte. Gewiß schien er jung zu sein und betonte oftmals seine Jugend, aber es gab Augenblicke, in denen ich ihn ohne Zaudern für einen Hundertjährigen gehalten hätte. Das Eigentümlichste an ihm aber war seine äußere Gestalt. Er war ungewöhnlich groß und schlank, ging sehr vornübergeneigt und hatte außerordentlich lange und magere Gliedmaßen. Seine Stirn war breit und niedrig, sein Gesicht völlig blutleer. Er hatte einen großen, beweglichen Mund und so unregelmäßige, wenn auch kerngesunde Zähne, wie ich sie nie an einem Menschengebiß gesehen habe. Trotzdem aber waren seine Züge, wenn er lächelte, durchaus nicht so unangenehm, wie man etwa erwartet hätte, aber sie zeigten nie eine Abwechslung. Immer lag eine tiefe Melancholie, eine unveränderliche, unzerstörbare Schwermut darin. Seine unnatürlich großen und runden Augen glichen denen einer Katze, und auch seine Pupillen reagierten auf jede Verstärkung oder Verminderung des Lichtes genau wie bei den katzenartigen Tieren durch Zusammenziehen oder Ausdehnung. In Augenblicken der Erregung wurden die Augäpfel in fast unbegreiflichem Maße glänzend. Sie schienen dann leuchtende Strahlen auszusenden, und zwar war es kein zurückgeworfenes, sondern ein Eigenlicht, wie es eine Kerze oder die Sonne hat. Unter gewöhnlichen Umständen aber waren sie so völlig trüb und verschleiert und sahen so stumpf aus, daß sie an die Augen eines längst begrabenen Leichnams erinnerten.

Diese persönlichen Eigentümlichkeiten schienen ihm viel Verdruß zu bereiten, und er pflegte immer wieder, sie halb erklärend, halb entschuldigend, darauf anzuspielen, was mich, als ich es zum erstenmal hörte, sehr peinlich berührte. Ich gewöhnte mich aber bald daran, und es störte mich schließlich nicht mehr. Seine Absicht war offenbar, wenn er das auch nicht direkt aussprach, durch seine Worte den Anschein zu erwecken, er habe nicht immer so ausgesehen, sondern erst infolge häufiger nervöser Anfälle seine frühere ungewöhnliche Schönheit verloren. Seit vielen Jahren befand er sich in der Pflege eines Arztes namens Templeton, eines alten Herrn von vielleicht siebzig Jahren, den er zuerst in Saratoga kennen gelernt hatte. Seine Behandlung hatte ihm sehr geholfen, wenigstens glaubte er das, und da Bedloe wohlhabend war, so hatte er mit Dr. Templeton abgemacht, daß dieser gegen eine sehr reichliche jährliche Entschädigung seine ganze Zeit und ärztliche Erfahrung ausschließlich der Pflege des Kranken widmete.

Dr. Templeton war in seiner Jugend viel in der Welt herumgekommen und in Paris ein begeisterter Anhänger der Lehre Mesmers geworden. Durch magnetische Behandlung gelang es ihm, die heftigen Schmerzen seines Patienten zu mildern und ihm durch diesen Erfolg ein großes Vertrauen gerade zu dieser Heilweise einzuflößen. Der Doktor bemühte sich natürlich wie alle Enthusiasten, seinen Schüler zu einem ebenso fanatischen Anhänger zu bekehren, und brachte es auch so weit, daß der Kranke sich allen möglichen Experimenten unterwarf. Ihre häufige Wiederholung führte zu einem Resultat, das zwar heute zu häufig geworden ist, um besonderes Aufsehen zu erregen, das aber zu der Zeit, über die ich schreibe, in Amerika fast ganz unbekannt war. Ich meine nämlich, daß sich zwischen Dr. Templeton und Bedloe nach und nach ein auffallend starker magnetischer Rapport gebildet hatte. Ich kann nicht bestimmt behaupten, daß dieser Rapport über die einfache Kraft zum Einschläfern hinausging, jedenfalls war sie aber sehr groß geworden. Die ersten Versuche zu magnetischen Einschläferungen waren dem Mesmeristen völlig mißlungen, erst die fünfte oder sechste Sitzung hatte zu einem Teilerfolg geführt. Aber bei der zwölften war der Triumph vollkommen gewesen, und von da ab unterlag der Wille des Patienten sehr schnell dem des Arztes, so daß, als ich zuerst mit den beiden bekannt wurde, der Schlaf durch den einfachen Willen des Hypnotiseurs eintrat, selbst wenn der Kranke nichts von seiner Anwesenheit wußte. Erst heute, im Jahre 1845, da ähnliche Wunder zu Tausenden berichtet werden, darf ich diese anscheinende Unmöglichkeit als wirkliche Tatsache berichten.

Bedloe hatte ein außerordentlich sensitives, erregbares und enthusiastisches Temperament. Seine Einbildungskraft war ungewöhnlich stark und schöpferisch und wurde noch gesteigert durch den regelmäßigen Gebrauch von Morphium, das er in großen Mengen einnahm, bis er ohne dieses Reizmittel gar nicht mehr leben konnte. Er hatte es sich angewöhnt, jeden Morgen eine große Dosis nach dem Frühstück einzunehmen – oder vielmehr unmittelbar nach einer Tasse starken Kaffees, da er vormittags gar nichts aß. Er pflegte dann, allein oder nur von einem Hunde begleitet, einen langen Ausflug nach einer Kette wilder oder öder Hügel zu machen, die westlich und südlich von Charlottesville liegen und das Felsengebirge genannt werden.

An einem trüben, warmen und nebligen Tag gegen Ende November, also in der seltsamen

Zwischenzeit, die man in Amerika den Indianersommer nennt, brach Mr. Bedloe wie gewöhnlich nach den Bergen auf. Die Tage vergingen, ohne daß er zurückkehrte.

Eines Abends gegen acht Uhr, da wir, sehr beunruhigt durch seine lange Abwesenheit, gerade beschlossen, nach ihm zu suchen, tauchte er plötzlich wieder auf. Sein Befinden war nicht schlechter als sonst, er schien sogar in einer ungewöhnlich guten Stimmung zu sein. Der Bericht aber, den er uns über seinen Ausflug und die Ursache zu seinem langen Ausbleiben gab, war ein ganz seltsamer.

»Sie erinnern sich«, sagte er, »daß es ungefähr neun Uhr war, als ich Charlottesville verließ. Ich wanderte sofort nach den Bergen und betrat gegen zehn Uhr eine Schlucht, die mir ganz unbekannt war. Mit großem Interesse folgte ich den Windungen dieses Engpasses. Das Landschaftsbild, das mich rings umgab, bot, wenn ich es auch nicht großartig nennen kann, doch einen unbeschreiblichen und für mich entzückenden Anblick öder Verlassenheit. Eine gänzlich unberührte Einsamkeit schien dort zu herrschen, und es überkam mich die Vorstellung, als ob der grüne Rasen und die grauen Felsen, über die ich ging, noch niemals von eines Menschen Fuß betreten worden seien. Der Eingang zur Schlucht war so völlig unzugänglich und nur durch eine Reihe von Zufällen auffindbar, daß es durchaus möglich erscheint, wenn ich mich für den ersten Wanderer – wenn ich mich wirklich für den ersten und einzigen Wanderer halte, der jemals in seine Tiefen eingedrungen ist.

Der dichte und eigentümliche Dunst oder Nebel, der den Indianersommer auszeichnet und der nun schwer über alle Gegenstände herabhing, schien zweifellos den unbestimmten Eindruck zu verstärken, den alles in mir erweckte. So dicht war dieser weiche Nebel, daß ich niemals mehr als zehn Meter von dem Weg vor mir erkennen konnte. Da dieser Weg sehr gewunden und die Sonne nicht mehr sichtbar war, verlor ich bald jedes Bewußtsein davon, in welcher Richtung ich marschierte. Dazu kam, daß das Morphium seine gewohnte Wirkung ausübte, nämlich die ganze Außenwelt bedeutend interessanter und eindringlicher zu machen. Das Erzittern eines Blattes, die Farbe eines Grashalmes, die Form eines Kleeblatts, das Summen einer Biene, das Glitzern eines Tautropfens, das Atmen des Windes, der leise Duft, der aus dem Walde kam, alles dies erweckte in mir eine ganze Welt von Empfindungen, einen lustigbunten Zug ausgelassener und verworrener Gedanken.

Ganz vertieft wanderte ich so mehrere Stunden weiter, während sich der Nebel um mich herum so verdichtete, daß ich schließlich nur noch tastend meinen Weg finden konnte. Inzwischen hatte mich eine unbeschreibliche Unruhe erfaßt, eine Art von nervöser Unsicherheit und Besorgnis. Ich wagte kaum aufzutreten, aus Angst, ich könnte in einen Abgrund stürzen. Dabei fielen mir auch die seltsamen Geschichten ein, die über das Felsengebirge und über die wilden und unheimlichen Menschen erzählt wurden, die dort in den Schluchten und Höhlen hausen sollten. Tausend unbestimmte Gedanken bedrückten und verwirrten mich,

Vermutungen, die um so quälender waren, je weniger ich den Grund dafür finden konnte. Ganz plötzlich aber wurde meine Aufmerksamkeit durch ein lautes Trommelschlagen erregt.

Mein Erstaunen war natürlich grenzenlos. Eine Trommel in dieser Gegend, das erschien mir unglaublich, und das Ertönen der Posaunen des Jüngsten Tages hätte mich nicht mehr wundernehmen können. Aber dann kam ein neuer und noch erstaunlicherer Grund zur Erregung und Verblüffung. Ich hörte ein wildes Rasseln und Klirren wie von einem Bund großer Schlüssel, und im gleichen Augenblick rannte, laut schreiend, ein dunkelhäutiger, halb nackter Mann an mir vorbei. Er kam dabei so dicht auf mich zu, daß ich seinen heißen Atem im Gesicht fühlte. In der Hand trug er ein Instrument, das aus einer Menge stählerner Ringe zusammengesetzt schien, und schüttelte es heftig beim Laufen. Kaum war er im Nebel verschwunden, als mit offenem Maul und glühenden Augen eine gewaltige Bestie hinter ihm her gerast kam. Ich sah sofort, daß es eine Hyäne war.

Der Anblick dieses Ungetüms vergrößerte aber nicht meinen Schrecken, sondern verminderte ihn, denn ich war nunmehr überzeugt, daß ich träumte, und versuchte, zu völlig wachem Bewußtsein zu kommen. Mit leichten Schritten schritt ich kühn weiter. Ich rieb mir die Augen, ich stieß laute Rufe aus, ich kniff mir die Glieder. Kurz darauf sah ich eine kleine Wasserquelle vor mir, bückte mich und badete Hände, Kopf und Nacken darin. Das schien auch die unbestimmten Empfindungen, die mich bis dahin gequält hatten, zu verjagen. Ich erhob mich wie neugeboren und ging ruhig und gelassen meinen unbekannten Weg weiter.

Schließlich war ich aber doch erschöpft durch die Anstrengung und durch die dumpfe Schwüle der Luft und setzte mich unter einen Baum. Bald darauf drang ein schwacher Schimmer von Sonnenschein durch den Nebel, und der Schatten der Zweige wurde langsam, aber immer schärfer auf dem Grasboden sichtbar. Auf diesen Schatten starrte ich ein paar Minuten ganz erstaunt, seine Form verblüffte mich vollständig. Endlich blickte ich empor, der Baum war eine Palme.

Eilig und in einem Zustand ängstlicher Erregung sprang ich nun empor, denn die Annahme, daß ich noch träumte, war sinnlos geworden. Ich sah jetzt, ich fühlte, daß ich vollkommen Herr über meine Sinne war, und diese Sinne spiegelten mir eine Welt von neuartigem und eigentümlichem Reiz. Die Hitze wurde mit einem Male unerträglich, ein seltsamer Duft schwebte in der Luft. Dann drang ein leises, gleichförmiges Rauschen wie von einem schwer und langsam fließenden Strom an meine Ohren, vermischt mit dem seltsamen Gemurmel zahlreicher menschlicher Stimmen.

Während ich in einem Übermaß von Erstaunen, das ich nicht beschreiben kann, lauschte, fegte ein starker, plötzlicher Windstoß wie mit einem Zauberstab den dichten Nebel weg.

Ich befand mich jetzt am Fuße eines hohen Berges und schaute auf eine weite Ebene hinab, durch die sich ein majestätischer Fluß wand. Am Ufer dieses Flusses stand eine Stadt von morgenländischem Charakter, so wie sie in den Märchen aus Tausendundeiner Nacht beschrieben werden, nur daß sie noch seltsamer war. Da sich mein Standort hoch über der Stadt befand, konnte ich jeden Winkel und jede Ecke genau überschauen, als sei alles auf einer Karte aufgezeichnet. Sie war von unzähligen Straßen durchzogen, die sich unregelmäßig nach allen Richtungen kreuzten, aber eigentlich mehr langgewundenen Gassen als Straßen glichen und dicht mit Menschen angefüllt waren. Die Häuser waren phantastisch malerisch; überall sah ich ein wildes Durcheinander von Balkonen, Verandas, Minaretts, Nischen und wundervoll geschnitzten Erkern. Es gab unendlich viele Bazare mit einer Überfülle von Waren jeder Art – Seide, Musseline, blitzende Messer, wundervolle Juwelen und Gemmen. Daneben sah man allenthalben Fahnen, Sänften, Tragsessel mit dichtverschleierten vornehmen Damen, Elefanten mit prunkvollem Kopfschmuck, grotesk geformte Götzenbilder, Trommeln, Banner und Gongs, Speere, silberne und goldene Zepter, und mitten durch dieses Treiben, durch den Lärm und die allgemeine Verwirrung, durch die Million schwarzer und gelber Menschen mit ihren Turbanen, Roben und flatternden Bärten wälzte sich eine zahllose Menge heiliger, mit Stirnbinden geschmückter Rinder, während ganze Legionen schmutziger, aber heiliger Affen schnatternd und schreiend auf den Dächern der Moscheen herumkletterten oder an den Minaretts und Erkern hingen. Von den überfüllten Straßen gingen bis zum Flußufer unzählige Treppenstufen hinab, die nach den Badeplätzen führten, während der Fluß selbst sich nur mit Mühe einen Weg durch die gewaltigen Flotten von tief beladenen Schiffen, die weit und breit seine Oberfläche bedeckten, zu bahnen schien. Außerhalb der Stadt erhoben sich zahlreiche, majestätische Gruppen von Kokospalmen, vermischt mit anderen uralten Bäumen von riesenhaftem Wuchs und seltsamem Aussehen. Dazwischen konnte man hier und da ein Reisfeld sehen, die strohbedeckte Hütte eines Bauern, eine Zisterne, einen einsamen Tempel, ein Zigeunerlager oder auch ein einzelnes, anmutiges Mädchen, das mit einem Wasserkrug auf dem Kopf nach dem Ufer des herrlichen Stromes hinabschritt.

Sie werden jetzt natürlich sagen, daß ich träumte, aber das war nicht der Fall. Alles, was ich sah und hörte, was ich dachte und fühlte, hatte nichts mit der unverkennbaren Verworrenheit eines Traumes zu tun. Alles war von schärfster Wirklichkeit. Anfangs hatte ich selbst gezweifelt, ob ich wirklich wach sei, aber mich bald durch eine Reihe von Versuchen von meinem Wachsein überzeugt. Übrigens, wenn einem in einem wirklichen Traum der Gedanke kommt, man träume ja nur, dann bestätigt sich diese Vermutung stets sofort dadurch, daß der Schläfer erwacht. Novalis hatte schon recht mit seinem Ausspruch, wir seien dem Erwachen nahe, wenn wir träumten, daß wir träumen. Hätte ich das alles gesehen, ohne dabei an einen Traum zu denken, dann wäre es sicher ein Traum gewesen, so aber, da ich die Wirklichkeit des Gesehenen anzweifelte und mich von ihr überzeugte, muß ich die Annahme eines Traumes abweisen.«

»In dieser Beziehung haben Sie vielleicht nicht unrecht«, bemerkte Dr. Templeton, »aber bitte, fahren Sie fort. Sie erhoben sich und stiegen in die Stadt hinab.«

»Ich erhob mich und stieg in die Stadt hinab«, fuhr Bedloe fort, indem er den Doktor mit einem Ausdruck des tiefsten Erstaunens ansah. »Auf meinem Wege geriet ich in eine ungeheure Menschenmenge, die von einer wilden Erregung erfaßt war und sich durch alle Straßen nach einer bestimmten Richtung drängte. Ganz plötzlich und mit einem unbegreiflichen Antrieb erfüllte mich ein starkes persönliches Interesse an allem, was vorging. Ich hatte die Empfindung, als spielte ich eine wichtige Rolle dabei, obgleich ich nicht genau wußte, warum das so war. Gegen die Menge, die mich umgab, fühlte ich aber einen tiefen Widerwillen. Ich wich vor ihr zurück, schlug schnell einen gewundenen Weg ein und erreichte so die Stadt. Hier herrschte überall der wildeste Tumult und Aufruhr. Ein kleiner Haufen von Männern in halb indischer, halb europäischer Kleidung, der von Offizieren in englischer Uniform befehligt wurde, kämpfte in großer Minderzahl mit dem wachsenden Schwarm der Aufrührer. Ich ging zu der schwächeren Partei, nahm die Waffen eines gefallenen Offiziers und kämpfte, ohne zu wissen warum, mit der wilden Tapferkeit der Verzweiflung. Wir wurden bald durch die Überzahl zurückgedrängt und mußten in einer Art Pavillon eine Zuflucht suchen. Hier verbarrikadierten wir uns und waren, wenigstens für den Augenblick, in Sicherheit. Durch eine Luke am Dach des Pavillons bemerkte ich eine riesige Volksmenge, die in wütender Erregung einen herrlichen Palast über dem Flußufer umgab und ihn zu stürmen suchte. Kurz darauf ließ sich ein weibisch aussehender Mann von einem der oberen Fenster des Palastes an einem aus Turbanen angefertigten Strick herab. Ein Boot stand bereit, und er entkam darauf nach dem gegenüberliegenden Flußufer.

Ein neuer Gedanke überkam mich jetzt plötzlich. Mit ein paar kurzen, feurigen Worten wandte ich mich an meine Gefährten, und es gelang mir, einen Teil von ihnen zu überreden, mit mir einen tollen Ausfall aus dem Pavillon zu machen. Wir stürmten gegen die uns umgebende Menge, und es gelang uns, sie anfangs in die Flucht zu treiben. Sie sammelten sich aber wieder, kämpften wie wahnsinnig und wichen aufs neue zurück. Inzwischen waren wir aber weit ab von dem Pavillon geraten und verirrten uns in ein Durcheinander enger Gassen mit hohen, überhängenden Häusern, die keinen Sonnenstrahl zur Erde kommen ließen. Die Menge bedrängte uns mit wechselnder Wut, bedrohte uns mit Speerwürfen und überschüttete uns mit einem Hagel von Pfeilen. Diese Pfeile waren seltsam geformt und glichen ein wenig den krummen Dolchen der Malaien. Sie ahmten die Gestalt einer kriechenden Schlange nach, waren lang und schwarz und hatten vergiftete Widerhaken. Einer traf mich an die rechte Schläfe, so daß ich taumelte und hinfiel. Sofort ergriff mich eine entsetzliche Übelkeit, ich krümmte mich, rang nach Atem – und starb.«

»Sie können doch schwerlich jetzt noch behaupten«, unterbrach ich ihn lächelnd, »daß Ihr ganzes Abenteuer kein Traum gewesen ist. Oder wollen Sie dabei bleiben, daß Sie tot sind?«

Auf meine Worte erwartete ich natürlich eine scherzhafte Entgegnung von Bedloe. Zu meinem Erstaunen zögerte er aber, zitterte und wurde entsetzlich bleich. Er sprach kein Wort. Ich sah Templeton an. Dieser saß aufrecht und starr auf seinem Stuhl, seine Zähne klapperten, und seine Augen traten fast aus den Höhlen. »Fahren Sie fort«, sagte er schließlich mit rauher Stimme zu Bedloe.

»Viele Minuten lang«, begann dieser wieder, »war meine einzige Empfindung, mein einziges Gefühl das von Dunkelheit und Nichtsein, ich wußte, daß ich tot war. Schließlich schien ein heftiger und plötzlicher Schlag durch meine Seele zu gehen, wie von Elektrizität. Zugleich kam die Empfindung von Beweglichkeit und von Licht. Dieses Licht sah ich nicht, ich fühlte es. In einem Augenblick schien ich mich vom Boden zu erheben. Aber es war kein körperliches, kein sichtbares, hörbares oder fühlbares Sein. Die Volksmenge war verschwunden, der Lärm hatte sich gelegt, und eine gewisse Ruhe war in der Stadt eingekehrt, Unter mir lag mein Körper mit dem Pfeil in der Schläfe. Der ganze Kopf war angeschwollen und entstellt. Aber alles dieses fühlte ich nur, ich sah es nicht. Ich hatte auch für nichts Interesse. Selbst der Körper schien mir etwas zu sein, was mich nichts anging. Ich war ohne Wollen, schien aber durch irgend etwas zur Bewegung getrieben zu werden und flog, emporschwebend, über demselben gewundenen Pfad, den ich vorher eingeschlagen hatte, wieder zur Stadt hinaus. Als ich den Punkt der Bergschlucht erreicht hatte, wo mir die Hyäne begegnet war, fühlte ich wieder einen Schlag wie von einer galvanischen Batterie. Das Gefühl der Schwere, von Wollen, von Körperlichkeit kehrte zurück. Ich wurde wieder mein früheres Selbst und richtete eilig meine Schritte heimwärts – ohne daß aber das Geschehene irgend etwas von der Lebendigkeit des Wirklichen verlor, und ohne daß ich selbst auch nur einen Augenblick daran denke, es könnte alles ein Traum gewesen sein.«

»Es war auch keiner«, sagte Templeton mit tief feierlichem Gesicht, »obgleich es schwer ist, eine andere Bezeichnung dafür zu finden. Wir wollen nur annehmen, daß die Menschheit von heute vor ungeheuren seelischen Entdeckungen steht, und uns damit zunächst begnügen. Im übrigen aber habe ich noch eine Mitteilung zu machen. Hier ist ein in Wasserfarben gemaltes Bild, das ich Ihnen schon vorher gezeigt hätte, wenn mich nicht ein unsagbares Gefühl des Schreckens davon abgehalten hätte.«

Wir betrachteten das Gemälde, das er uns hinhielt. Ich fand nichts Besonderes daran, aber auf Bedloe machte es einen erstaunlichen Eindruck. Er wurde fast ohnmächtig, als er es sah. Und doch war es nur ein Miniaturporträt – aber sicherlich ein wundervoll genaues – seiner eigenen seltsamen Gesichtszüge. Wenigstens war dies mein Gedanke, als ich es sah.

»Sie bemerken«, sagte Templeton, »daß hier in der Ecke, kaum sichtbar, das Datum des Bildes – 1780 – steht. In diesem Jahre ist das Porträt gemalt worden. Es stellt einen toten

Freund von mir dar – einen Mr. Oldeb, mit dem ich in Kalkutta während der Verwaltungszeit Warren Hastings sehr befreundet war. Ich zählte damals erst zwanzig Jahre. Als ich Sie, Mr. Bedloe, zuerst in Saratoga sah, war es die wunderbare Ähnlichkeit zwischen Ihnen und dem Gemälde, die mich dazu führte, mich Ihnen zu nähern, Ihre Freundschaft zu suchen und alle diese Vereinbarungen zu treffen, die mich zu Ihrem ständigen Gefährten gemacht haben. Es trieb mich dazu in der Hauptsache wohl die schmerzliche Erinnerung an den Verstorbenen, dann aber auch eine quälende, manchmal sogar von Angstgefühlen begleitete Neugierde auf Sie selbst.

In den Einzelheiten Ihrer Vision, die Sie in den Bergen überfiel, haben Sie mit schärfster Genauigkeit die indische Stadt Benares am heiligen Strom geschildert. Die Unruhen, der Kampf, die Niedermetzlung sind wirkliche Ereignisse beim Aufstand Cheyte Sings gewesen, der im Jahre 1780 stattfand und Hastings in unmittelbare Lebensgefahr brachte. Die Partei in dem Pavillon bestand aus Sepoys und englischen Offizieren, die von Hastings angeführt wurden. Auch ich gehörte zur Partei und bemühte mich vergebens, den übereilten und unheilvollen Ausfall des Offiziers zu verhindern. Dieser Offizier, der dann in den überfüllten Gassen durch einen vergifteten Pfeil eines Bengalen ums Leben kam, war mein bester Freund, es war Oldeb.

Hier an diesem Manuskript« – der Sprecher zeigte uns ein Tagebuch, in dem verschiedene Seiten frisch beschrieben waren – »können Sie sehen, daß ich gerade zur Zeit, als Sie alles das im Gebirge zu erleben glaubten, dabei war, zu Hause jede Einzelheit davon aufs Papier zu werfen.«

Ungefähr eine Woche nach dieser Unterredung erschien in einer Charlottesviller Zeitung folgende Notiz:

»Wir erfüllen hiermit die schmerzliche Pflicht, das Ableben Mr. Augustus Bedlos mitzuteilen, der durch sein liebenswürdiges Wesen und seine vielen persönlichen Vorzüge schon lange den Bewohnern von Charlottesville lieb und wert geworden ist.

Mr. Bedlo litt seit Jahren an Neuralgie, die öfter einen schlimmen Ausgang befürchten ließ, aber doch in diesem Fall nur die mittelbare Todesursache gewesen ist. Die unmittelbare Todesursache war eine ganz seltsame. Er hatte sich vor einigen Tagen auf einem Ausflug nach dem Felsengebirge eine leichte fieberhafte Erkältung zugezogen, die von starkem Blutandrang nach dem Kopf begleitet war. Um Linderung herbeizuführen, entschloß sich Dr. Templeton zu einer örtlichen Blutentziehung. Es wurden Blutegel an die Schläfen gesetzt. In erschrecklich kurzer Zeit starb der Patient, und es stellte sich heraus, daß zufällig in das Glas, das die Blutegel enthielt, einer von den giftigen, blutsaugenden Würmern geraten war, die man von Zeit zu Zeit in den Sümpfen unserer Gegend findet. Das Tier saugte sich an einer kleinen Ader der rechten Schläfe fest. Seine starke Ähnlichkeit mit dem medizinischen Blutegel führte zu dem leider zu spät entdeckten traurigen Irrtum.

NB. Die giftigen Egel von Charlottesville kann man stets durch ihre schwarze Farbe von den medizinischen Blutegeln unterscheiden, außerdem auch durch ihre eigentümlichen, fast schlangenartigen Bewegungen.«

Ich sprach zufällig mit dem Redakteur der Zeitung über die merkwürdige Sache, als mir einfiel, ihn zu fragen, warum er den Namen des Verstorbenen Bedlo geschrieben habe.

»Ich nehme an«, sagte ich, »daß Ihre Schreibweise die richtige ist. Ich hatte sonst immer geglaubt, er schriebe sich mit einem e am Ende.«

»Die richtige? Nein«, antwortete er. »Es war einfach ein Druckfehler. Der Name wird natürlich überall mit einem e geschrieben, ich habe ihn nie anders gelesen.«

»Wie merkwürdig«, sagte ich zu mir selbst, als ich gegangen war. »Hier scheint die Wirklichkeit wieder einmal seltsamer als die Phantasie zu sein – denn Bedlo ohne e ist natürlich die Umkehrung von Oldeb. Und dieser Mann teilt mir mit, daß alles nur ein Druckfehler war.«

Der schwarze Kater

Ich erwarte und verlange nicht, für die seltsame und doch schlichte Geschichte, die ich hier niederschreibe, Glauben zu finden. Es wäre das ja auch Wahnsinn, da ich in diesem Falle nicht einmal meinen eigenen Sinnen traue. Und doch, wahnsinnig bin ich nicht, und ganz gewiß ist alles kein Traum gewesen. Aber, weil ich morgen sterben muß, so will ich heute mein Gewissen entlasten. Meine besondere Absicht ist dabei, der Welt offen, kurz und ohne Erläuterungen eine Reihe von einfachen häuslichen Begebenheiten zu schildern. Diese Begebenheiten haben mir in ihrem Verlauf Entsetzen, Qual und Vernichtung gebracht. Doch ich will nicht versuchen, sie zu erklären. Für mich sind sie einfach entsetzlich gewesen, andere werden sie weniger grausig als bizarr finden. Vielleicht wird einmal ein Verstand, der mehr Ruhe und Logik und weniger Erregbarkeit als mein eigener hat, meine phantastischen Ideen auf ihren Alltagswert zurückführen und in den Umständen, die mir Grauen einflößen, nur eine gewöhnliche Folge ganz natürlicher Ursachen und Wirkungen sehen.

Seit meiner Kindheit fiel ich durch die Nachgiebigkeit und Milde meines Wesens auf, und mein weiches Gemüt trug mir sogar immer den Spott meiner Spielgefährten ein. Besonders hing ich an Tieren, von denen mir meine Eltern eine große Zahl als Lieblinge schenkten. Ich verbrachte fast meine ganze Zeit bei ihnen und war nie so glücklich, als wenn ich sie füttern und streicheln konnte. Diese Eigenart meines Wesens wurde immer stärker, je mehr ich heranwuchs, und noch in meinen Mannesjahren war sie für mich die Hauptquelle meiner Vergnügungen.

Wer je eine Neigung zu einem treuen und klugen Hund empfunden hat, dem brauche ich die hohe Befriedigung, die daraus entspringt, nicht zu erklären. In der selbstlosen und aufopfernden Liebe eines Tieres liegt etwas, das direkt unser Herz ergreift, besonders wenn man öfter Gelegenheit hat, damit die wankelmütige Freundschaft und die vergängliche Treue der Menschen zu vergleichen.

Ich heiratete früh und war so glücklich, bei meiner Frau eine Gemütsart zu finden, die der meinigen nicht unähnlich war. Als sie meine Vorliebe für Haustiere bemerkte, verlor sie keine Gelegenheit, mir davon die angenehmsten Arten zu verschaffen. Wir hatten Vögel, Goldfische, einen schönen Hund, Kaninchen, einen kleinen Affen und einen Kater.

Dieser Kater war ein ungewöhnlich großes und schönes Tier, ganz schwarz und erstaunlich klug. Wenn wir von seiner Klugheit sprachen, pflegte meine Frau, die im Herzen etwas abergläubisch war, auf den alten Volksglauben anzuspielen, der alle schwarzen Katzen für verzauberte Hexen ansieht. Nicht, daß sie ernsthaft daran geglaubt hätte – ich erwähne dieses hier nur, weil es mir zufällig einfällt.

Pluto – so hieß der Kater – war mein besonderer Liebling und Spielgefährte. Ich allein fütterte ihn, und er begleitete mich überall durch das ganze Haus. Ich konnte ihn sogar nur mit Mühe davon abhalten, mir auch auf die Straße zu folgen.

Unsere Freundschaft dauerte so mehrere Jahre, während welcher Zeit sich aber – ich schäme mich, das gestehen zu müssen – mein Gemüt und mein Charakter durch eine wachsende Neigung zur Trunksucht vollständig zum Bösen verwandelte. Tag für Tag wurde ich launenhafter und erregbarer und achtete kaum noch auf die Gefühle anderer. Ich ließ mich dazu hinreißen, gegen meine Frau rohe Worte zu gebrauchen, und wurde schließlich sogar tätlich gegen sie. Die Haustiere bekamen natürlich auch die Veränderung meines Wesens zu fühlen. Ich vernachlässigte sie nicht nur, sondern mißhandelte sie sogar. Immerhin bewahrte ich für Pluto noch so viel Neigung, ihn nicht zu quälen, während ich mir gar nichts daraus machte, mich an den Kaninchen, dem Affen oder dem Hund zu vergreifen, wenn eins von ihnen mir zufällig, oder um sich an mich zu schmiegen, in den Weg kam. Aber meine Leidenschaft wurde immer schlimmer – welche Leidenschaft wirkt so wie die Trunksucht? –, und schließlich erfuhr selbst Pluto, der inzwischen alt und etwas grämlich geworden war, die Folgen meiner Boshaftigkeit.

Eines Abends kam ich ziemlich betrunken aus einer meiner gewohnten Schenken nach Hause, und es schien mir, als ob der Kater mir aus dem Wege ginge. Ich ergriff ihn, und aus Angst vor einer Mißhandlung biß er mich leicht in die Hand. Sofort überfiel mich eine dämonische Wut, so daß ich mich selbst nicht mehr kannte. Mein früheres Selbst schien mich ganz verlassen zu haben, und eine mehr als teuflische Bosheit, die vom Schnapsgenuß genährt war, durchdrang jede Ader meines Wesens. Ich zog aus meiner Westentasche ein Federmesser, öffnete es, ergriff das arme Tier bei der Kehle und schnitt ihm mit voller Absicht ein Auge aus der Höhle heraus. Noch jetzt, da ich diese höllische Grausamkeit niederschreibe, überläuft mich ein brennendes Erröten, und ich schaudere.

Als ich am Morgen meinen Rausch verschlafen hatte und langsam zur Vernunft zurückkam, überschlich mich bei der Erinnerung an die begangene Untat ein Gefühl, das halb Entsetzen, halb Reue war. Doch war das nur eine vorübergehende, oberflächliche Regung, mein tieferes Ich blieb unberührt. Und bald verfiel ich wieder in Ausschweifung und schwemmte alle Gedanken an das Geschehene durch Wein hinweg.

Inzwischen hatte sich der Kater langsam wieder erholt. Die leere Augenhöhle sah natürlich schrecklich aus, aber er schien nicht länger Schmerzen zu empfinden. Er ging wie gewöhnlich durch das Haus, floh aber, wie nicht anders zu erwarten war, bei meinem Anblick mit dem höchsten Entsetzen. Nun war in meinem Innern doch noch so viel von meinem früheren Gefühl geblieben, daß mich anfangs diese offenbare Abneigung eines Tieres, das mich einst so geliebt hatte, schmerzte. Aber dieser Schmerz verwandelte sich bald in Ärger, und schließlich kam, wie um mich endgültig und ganz und gar zu verderben, der Geist der Verstocktheit über mich. Die Philosophie weiß nichts von diesem Geist. Aber so sicher wie ich weiß, daß meine Seele lebt, weiß ich auch, daß Verstocktheit einer der ursprünglichsten Triebe des menschlichen Herzens ist, eine jener tiefsten Eigenschaften, die unserm Charakter Bestimmung und Wege geben. Wer hätte nicht schon hundertmal eine häßliche oder törichte Handlung nur aus dem einzigen Grunde begangen, weil er wußte, er sollte sie nicht tun? Steckt nicht in uns allen eine ständige Neigung, gegen alle Gründe der Vernunft ein Gebot zu übertreten, gerade weil es ein Gebot ist? Der Geist der Verstocktheit also führte zu meinem völligen Verderb, Es war dieses unergründliche Verlangen der Seele, sich selbst zu quälen, die eigene Natur zu verderben, das Böse um des Bösen willen zu tun, was mich dazu trieb, das Unrecht, das ich dem armen, unschuldigen Tier zugefügt hatte, fortzusetzen und es schließlich zum äußersten zu treiben. Eines Tages warf ich dem Kater mit kaltem Blut eine Schlinge um den Hals und hing ihn an dem Ast eines Baumes auf. Ich erhängte ihn, während mir die Tränen aus den Augen strömten, während die bittersten Vorwürfe an meinem Herzen nagten. Ich erhängte ihn, weil ich wußte, daß er mich geliebt, weil ich fühlte, daß er mir keinen Grund zu meiner Schandtat gegeben hatte. Ich tat es, weil ich wußte, daß mein Tun eine Sünde, eine Todsünde war, die meine unsterbliche Seele so tief hinabstieß, daß, wenn das möglich war, selbst die unendliche Gnade des allbarmherzigen und allgerechten Gottes sie nicht mehr erreichen konnte.

In der Nacht, die auf diese grausame Tat folgte, wurde ich durch Feuerlärm aus dem Schlafe geweckt. Die Vorhänge an meinem Bett brannten, das ganze Haus stand in Flammen. Nur mit großer Mühe gelang es meiner Frau, einem Diener und mir, der Feuersglut zu entkommen. Die Zerstörung war eine vollständige. Mein ganzes Hab und Gut ging dabei verloren, und mir blieb nichts als völlige Verzweiflung.

Ich will hier nicht der Neigung verfallen, zwischen dem Unheil und meiner Grausamkeit eine Verbindung zu suchen. Aber ich berichte eine Kette von Tatsachen und wünsche nicht, auch nur ein Glied auszulassen. Am Tage nach der Feuersbrunst besichtigte ich die Ruinen. Alle Wände bis auf eine waren eingestürzt. Diese nun war eine nicht gerade dicke Zwischenwand, die sich in der Mitte des Hauses erhob, dort, wo das Kopfende meines Bettes gestanden hatte. Der Mörtelbewurf hatte hier ziemlich gut der Einwirkung des Feuers widerstanden, wahrscheinlich, weil er kürzlich erst erneuert war. Vor dieser Mauer hatte sich eine dichte Menschenmenge gesammelt, und viele Leute schienen eine besondere Stelle mit schärfster

Genauigkeit zu betrachten. Worte wie »seltsam«, »eigentümlich« und ähnliche Bemerkungen erregten meine Neugierde. Ich trat deshalb näher und sah auf der weißen Fläche wie in Basrelief die Figur einer riesigen Katze. Der Eindruck war wunderbar genau. Um den Hals des Tieres hing ein Strick.

Als ich zuerst diese gespenstige Erscheinung sah – denn ich konnte sie kaum für etwas anderes halten – waren mein Erstaunen und mein Schreck riesig. Schließlich aber kam mir mein Nachdenken zuhilfe. Ich erinnerte mich, daß ich die Katze in einem Garten bei dem Hause erhängt hatte. Beim Feuerlärm war der Garten sofort von einer Volksmenge erfüllt worden, und irgend jemand mußte das Tier abgeschnitten und es durch ein offenes Fenster in mein Zimmer geworfen haben. Natürlich war das geschehen, um mich vom Schlafe zu erwecken. Der Zusammensturz der andern Wände hatte das Opfer meiner Grausamkeit gegen die Masse des noch nicht trockenen Mörtelbewurfs gedrückt, und dadurch war in Verbindung mit den Flammen und dem Ammoniak des toten Körpers das nun sichtbare Bild entstanden.

Obgleich ich durch solche Gedanken schnell meine Vernunft (wenn auch nicht ganz mein Gewissen) über den sehr sonderbaren Fall beruhigte, machte er trotzdem einen tiefen Eindruck auf meine Phantasie. Monatelang konnte ich mich nicht von dem Bild der Katze freimachen, und wahrend dieser Zeit kam in meine Seele ein unbestimmtes Gefühl, das Reue zu sein schien und doch keine war. Ich ging soweit, daß ich den Verlust des Tieres bedauerte, und in den elenden Schenken, in denen ich jetzt immer verkehrte, begann ich, nach einem Ersatz für den einstigen Liebling auszuschauen, nach einem Tier, das vielleicht ähnlich aussah.

Eines Abends, als ich wieder halbbetrunken in einer mehr als gemeinen Schnapskneipe saß, lenkte sich meine Aufmerksamkeit plötzlich auf einen schwarzen Gegenstand, der oben auf einem der riesigen Gin- oder Rumfässer lag, die die Hauptausstattung des Raumes bildeten. Ich hatte seit einigen Minuten unverwandt gerade auf dieses Faß gestarrt, und es setzte mich jetzt in großes Erstaunen, daß ich den Gegenstand nicht früher bemerkt hatte. Ich näherte mich ihm und berührte ihn mit der Hand. Es war ein sehr großer schwarzer Kater, mindestens so groß wie Pluto und ihm genau ähnlich bis auf eine Abweichung. Pluto hatte am ganzen Körper kein weißes Haar, dieser Kater aber hatte einen großen, wenn auch unbestimmten Fleck, der fast die ganze Brust bedeckte.

Als ich ihn berührte, erhob er sich sofort, schnurrte laut, rieb sich an meiner Hand und schien von meiner Anwesenheit entzückt zu sein. Dieses war wirklich das Tier, das ich suchte. Ich bot sofort dem Wirt an, es zu kaufen, aber er machte keinen Anspruch darauf, er wußte nichts von ihm und hatte es nie gesehen.

Ich fuhr fort, das Tier zu liebkosen, und als ich aufbrach, um nach Hause zu gehen, schien es mich begleiten zu wollen. Ich nahm es auch mit, wobei ich mich unterwegs öfter bückte und es streichelte. Als es in meiner Wohnung war, richtete es sich sofort häuslich ein und war bald der bevorzugte Liebling meiner Frau.

Was mich anging, so fühlte ich schnell in mir eine Abneigung gegen den Kater aufsteigen. Dies war nun gerade das Gegenteil von dem, was ich erwartet hatte, aber wie es nun auch kam, jedenfalls stieß mich gerade seine ausgesprochene Neigung zu mir ab. Und langsam verwandelten sich diese Gefühle von Unbehagen und Abneigung in bittersten Haß um. Ich ging dem Tier aus dem Wege. Ein gewisses Schamgefühl und die Erinnerung an meine einstige Untat hinderten mich, es körperlich zu mißhandeln. Einige Wochen vergingen, ohne daß ich es schlug oder ihm sonst Gewalt zufügte, aber langsam begann ich, es mit einem unaussprechlichen Abscheu zu betrachten und vor seiner verhaßten Nähe wie vor dem Atem der Pest zu fliehen.

Was meinen Haß gegen das Tier noch vermehrte, war die Entdeckung, die ich am Morgen, nachdem ich es mitgebracht hatte, machte. Genau wie Pluto fehlte ihm ein Auge. Aber meine Frau gewann es gerade deswegen lieb, denn sie besaß, wie ich schon gesagt habe, in hohem Maße jene Gefühlsmilde, die einst auch mein hervorstechender Charakterzug und die Quelle meiner einfachsten und reinsten Freuden gewesen war.

Mit meinem Widerwillen gegen diesen Kater schien aber nur seine Vorliebe für mich zu wachsen. Er folgte meinen Fußstapfen mit einer Hartnäckigkeit, die ich einfach dem Leser nicht begreiflich machen kann. Sobald ich mich setzte, kroch er unter meinen Stuhl oder sprang auf meine Knie und drängte mir seine widerwärtigen Liebkosungen auf. Sobald ich mich zum Gehen erhob, schmiegte er sich zwischen meine Füße, so daß ich in Gefahr geriet, hinzufallen, oder schlug seine langen und scharfen Krallen in meinen Anzug und kletterte auf diese Weise bis zu meiner Brust empor. Obgleich mich bei solchen Gelegenheiten oft das Verlangen überkam, ihn durch einen Hieb zu töten, wurde ich immer wieder davon zurückgeschreckt, zum Teil durch die Erinnerung an mein früheres Verbrechen, in der Hauptsache aber – ich will es nur ohne weiteres gestehen – durch eine unbezähmbare Furcht vor dem Tier.

Es war dies eigentlich keine physische Furcht – obgleich es schwer ist, sie anders zu bezeichnen. Ich schäme mich fast, einzugestehen – selbst in dieser Verbrecherzelle schäme ich mich, es zu sagen, – daß die Furcht und Angst, die das Tier mir einflößte, durch ein ganz lächerliches Hirngespinst verstärkt wurde. Meine Frau hatte mehr als einmal meine Aufmerksamkeit auf die Form des weißen Flecks gelenkt, von dem ich schon gesprochen habe, und der den einzigen Unterschied zwischen dem fremden Tier und dem von mir getöteten bildete. Der Leser wird sich erinnern, daß dieser Fleck zwar groß, aber ursprünglich von sehr unbestimmter Form war. Doch durch kleine Veränderungen – Veränderungen, die so unmerklich waren, daß meine Vernunft sie lange Zeit als Einbildungen bekämpfte – hatte er schließlich einen genau erkennbaren Umriß angenommen. Er stellte jetzt etwas dar, das ich nur schaudernd nennen kann – und schon deshalb allein flößte mir das Untier Abscheu und Furcht ein, und ich würde mich längst von ihm befreit haben, wenn ich es nur gewagt hätte. Es stellte nämlich jetzt einen entsetzlichen, unheimlichen Gegenstand dar, einen Galgen. O dieses trauervolle und schreckliche Wahrzeichen von Schmach und Verbrechen, von Seelenangst und Tod!

Und jetzt war ich wirklich über alle menschlichen Begriffe elend. Ein unvernünftiges Tier – dessen Gefährten ich mit Absicht getötet hatte –, ein Tier ohne Verstand war bestimmt, mir, einem nach dem Ebenbilde Gottes geschaffenen Menschen, ein solches unerträgliches Leid zuzufügen. Weh mir! Weder bei Tage noch bei Nacht fand ich von da ab den Segen der Ruhe. Am Tage ließ mich das Tier keinen Augenblick allein, und des Nachts wachte ich stündlich aus Träumen voll unsagbarer Angst auf, um den heißen Atem der Bestie auf meinem Gesicht zu fühlen, während sein Gewicht wie ein verkörpertes Alpdrücken, das ich nicht abschütteln konnte, in ewig gleicher Schwere auf meinem Herzen lastete.

Unter dem Druck solcher Qualen verschwanden die letzten schwachen Spuren des Guten aus meiner Seele. Böse Gedanken wurden meine einzigen Vertrauten – die schwärzesten und teuflischsten Gedanken. Meine gewöhnliche, verdrossene Stimmung steigerte sich zu einem Haß auf alle Dinge und Menschen, und leider war bei den häufigen und unbezähmbaren Wutausbrüchen, denen ich mich blind überließ, gerade meine Frau, die sich nie beklagte, stets das geduldige Opfer.

Eines Tages begleitete sie mich in einer Wirtschaftsangelegenheit in den Keller des alten Gebäudes, das wir jetzt, durch unsere Armut gezwungen, bewohnen mußten. Der Kater folgte mir die steile Treppe hinab, und da er mich beinahe zu Fall brachte, geriet ich in eine wahnsinnige Wut. Ich vergaß in meinem Zorn die kindische Furcht, die bisher meine Hand gelähmt hatte, erhob eine Axt und schlug damit nach dem Tier, das sicher des Todes gewesen wäre, wenn ich es getroffen hätte. Aber der Hieb wurde durch die Hand meiner Frau eingehalten. Über diese Einmischung erfaßte mich eine mehr als höllische Raserei. Ich riß mich von ihr los und begrub die Axt in ihrem Gehirn. Ohne einen Laut von sich zu geben, fiel sie tot auf den Fleck hin. Als der entsetzliche Mord geschehen war, machte ich mich sofort und mit kühler Überlegung daran, den Leichnam zu verbergen. Ich wußte, daß ich ihn weder bei Tage noch bei Nacht aus dem Hause entfernen konnte, ohne daß mich die Nachbarn bei dem Unternehmen gesehen hätten. Allerlei Pläne drangen in mein Gehirn. Einmal wollte ich den Körper in kleine Stücke zerteilen und sie durch Feuer zerstören. Ein andermal beschloß ich, im Keller eine Grube zu graben. Auch überlegte ich, ob ich ihn in den Brunnen im Hofe werfen könnte, oder dachte daran, ihn wie eine Ware in eine Kiste zu packen, um ihn durch einen Lastträger fortschaffen zu lassen. Schließlich kam ich auf den Plan, den ich für besser als alle andern hielt. Ich beschloß, ihn im Keller zu vermauern, wie es nach alten Berichten die mittelalterlichen Mönche mit ihren Opfern gemacht haben.

Der Keller war auch für ein solches Vorhaben wohl geeignet. Die Mauern waren leicht gebaut und erst kürzlich mit einem groben Mörtelbelag beworfen worden, der infolge der feuchten Luft nicht hatte trocknen können. Auch sprang an der Wand ein blinder Kamin vor, der hohl und nur angelegt war, um ein gleichmäßiges Aussehen des Kellers zu erzielen. Ich zweifelte nicht, daß ich hier leicht die Ziegelsteine entfernen, den Körper hineinstecken und alles wieder so in seinen früheren Zustand bringen konnte, daß sicherlich kein Auge etwas Verdächtiges bemerken würde.

Meine Berechnung erwies sich auch als richtig. Mit einem Brecheisen entfernte ich ohne Mühe die Steine, lehnte den Körper gegen die eigentliche Mauer, stützte ihn in der Lage und stellte in kurzer Zeit alles wieder so her, wie es früher gewesen war. Ich hatte mir mit größtmöglicher Vorsicht Mörtel und Sand verschafft und machte davon einen Bewurf, den man nicht von dem alten unterscheiden konnte, und den ich dann über die neue Mauerung strich. Als ich fertig war, überkam mich das befriedigende Gefühl, daß nun alles in Ordnung sei. An der Mauer war auch nicht die leiseste Spur von der stattgefundenen Veränderung mehr zu sehen. Mit größter Sorgfalt hatte ich den Schutt von dem Boden aufgelesen. Ich sah mich triumphierend um und sagte zu mir selber: »Hier ist wenigstens meine Arbeit nicht vergebens gewesen.«

Mein nächstes war, nach dem Tier zu suchen, das mir so viel Elend verursacht hatte, denn ich war jetzt fest entschlossen, es zu töten. Hätte ich es jetzt getroffen, so wäre sein Schicksal besiegelt gewesen. Aber es schien, als ob die schlaue Bestie durch meinen heftigen Wutausbruch gewarnt worden sei, denn sie floh mich offenbar in meiner jetzigen Stimmung. Ich kann unmöglich beschreiben oder nur andeuten, welches wundervolle Gefühl der Erleichterung mir die Abwesenheit des abscheulichen Geschöpfes bereitete. Auch während der Nacht ließ es sich nicht sehen, und so verbrachte ich zum ersten Male, seit es ins Haus gekommen war, eine Nacht voll ruhigem und gesundem Schlaf. Ja, ich schlief fest, trotzdem eine Mordtat auf meiner Seele lastete.

Der zweite und der dritte Tag vergingen, und mein Quälgeist erschien noch immer nicht. Endlich einmal konnte ich wieder frei aufatmen. Der Unhold war von Angst erfüllt von meiner Schwelle geflohen. Nie würde ich ihn wiedersehen! Mein Glücksgefühl war unendlich! Das Schuldbewußtsein meiner schwarzen Tat störte mich dabei nur wenig. Man hatte ein paar Fragen an mich gestellt, aber diese waren leicht beantwortet. Selbst eine Haussuchung hatte man abgehalten, aber dabei natürlich nichts gefunden. Ich sah dem Glück meiner Zukunft mit Ruhe entgegen.

Am vierten Tag nach der Ermordung kam eine Abteilung von Polizeibeamten ganz unerwartet in das Haus und begann aufs neue, alle Räume sorgfältig zu untersuchen. In dem sicheren Gefühl, daß das Versteck nicht gefunden werden konnte, machte mir das aber wenig Sorgen. Die Beamten baten mich, sie bei ihrem Forschen zu begleiten. Kein Winkel und keine Ecke blieb undurchsucht.

Schließlich stiegen sie, und zwar zum dritten oder vierten Male, in den Keller hinab. Ich zuckte mit keiner Muskel, und mein Herz schlug ruhig wie bei einem, der in einen unschuldigen Schlaf versunken ist. Ich ging durch den Keller von einem zum anderen Ende, ich faltete meine Arme auf der Brust und schritt behaglich auf und ab. Die Polizeibeamten waren schließlich zufriedengestellt und schickten sich an, zu gehen. Die Freude in meinem Innern war aber zu stark, als daß ich sie zurückhalten konnte. Es brannte mich, ihnen wenigstens ein Wort des Triumphes zu sagen und ihren Glauben an meine Schuldlosigkeit zu verstärken.

»Meine Herren«, sagte ich zuletzt, als die Abteilung die Treppe hinaufstieg, »ich freue mich, Ihren Verdacht beseitigt zu haben. Ich wünsche Ihnen allen Wohlsein und etwas mehr Höflichkeit. Übrigens, meine Herren, ist dies ein sehr gut gebautes Haus.« (In dem tollen Wunsch, etwas Unbefangenes zu sagen, wußte ich überhaupt nicht mehr, was ich äußerte.) »Es ist ein ausgezeichnet gut gebautes Haus. Diese Mauern – Sie wollen gehen, meine Herren? – sind aus solidem Material.« Und dann schlug ich rein aus Übermut mit einem Spazierstock, den ich in der Hand trug, laut gegen das Mauerwerk, hinter dem der Leichnam meiner Frau stand.

Gott möge mich schützen und bewahren vor den Klauen des Erbfeindes! Kaum war der Widerhall meiner Schläge durch die Stille gedrungen, als er durch einen Laut aus dem Innern des Grabes beantwortet wurde! Es war ein Schrei, der anfangs erstickt und gebrochen klang wie das Schluchzen eines Kindes. Dann aber schwoll er schnell zu einem langen, lauten und ununterbrochenen Schreien, einem ganz unnatürlichen und unmenschlichen Heulen an. Es war ein Wehklagen, aus dem Angst und Triumph zugleich tönten, so wie man es vielleicht aus den Tiefen der Hölle hören könnte, wenn sich das verzweifelte Stöhnen der Verdammten mit dem schadenfrohen Jauchzen der Dämonen mischt.

Es wäre Wahnsinn, über meine Gedanken etwas zu sagen. Halb ohnmächtig taumelte ich gegen die andere Wand. Die Abteilung blieb einen Augenblick bewegungslos auf der Treppe, wie gelähmt von Schreck und Grauen. Dann aber begann ein Dutzend starker Arme an der Wand zu arbeiten. Sie stürzte ein, und vor den Augen der Anwesenden stand aufrecht der schon ziemlich verweste und mit geronnenem Blut befleckte Leichnam. Auf seinem Kopf saß mit rotem, aufgerissenem Rachen und dem einzigen glühenden Auge die abscheuliche Bestie, deren List mich zum Mord verführt hatte, und die mich jetzt mit ihrer anklagenden Stimme dem Henker überlieferte. Ich hatte den Unhold in das Grab mit eingemauert.

Das Faß Amontilladowein

Die tausend Kränkungen, die Fortunato mir zufügte, ertrug ich, so gut es ging, aber als er zu Beschimpfungen überging, schwur ich, mich zu rächen. Sie kennen mich natürlich viel zu genau, um anzunehmen, daß ich irgendeine Drohung geäußert hätte. Für mich war nur eines sicher, nämlich, daß meine Rache einmal kommen werde, und gerade, weil mein Entschluß so fest stand, hütete ich mich, bei der Durchführung irgendeine Gefahr zu laufen. Ich mußte ihn nicht nur bestrafen, sondern ihn bestrafen, ohne selbst bestraft zu werden. Eine Beleidigung ist nicht gerächt, wenn den Rächer eine Vergeltung überkommt. Sie ist auch nicht gerächt, wenn der Rächer es dem Beleidiger nicht fühlbar machen kann, wofür er jetzt bestraft wird.

Also wohlverstanden, weder durch Worte noch durch Handlungen gab ich Fortunato Veranlassung zu irgend einem Mißtrauen gegen mich, und ich pries ihn vor allem als hervorragenden Weinkenner. In wenigen Italienern steckt der Geist des echten Kunstkenners. Meistens ist ihr Enthusiasmus nur vorgetäuscht und dient ihnen, wenn Zeit und Gelegenheit es erfordern, britische oder österreichische Millionäre zu betrügen. Was Bilder und sonstige Kunstschätze anging, so war Fortunato wie seine Landsleute ein Prahlhans, aber von alten Weinen verstand er wirklich etwas. In dieser Hinsicht glich ich ihm übrigens, ich war ebenfalls ein Kenner italienischer Weinsorten und machte, wo ich es nur konnte, darin große Einkäufe.

Es war eines Abends in der tollsten Karnevalszeit, als ich in der Dämmerung meinen Freund traf. Mit überschwänglicher Freundlichkeit kam er auf mich zu, denn er hatte viel getrunken. Er war maskiert und trug ein enganliegendes, buntgestreiftes Narrenkostüm mit einer hohen, rundlichen Schellenkappe auf dem Kopf. Ich war so erfreut, ihn zu sehen, daß ich mir fast nicht genug tun konnte, ihm die Hand zu schütteln.

»Mein lieber Fortunato«, sprach ich zu ihm, »welch ein Glück, Sie zu treffen! Wie außerordentlich gut Sie aussehen! Denken Sie, ich habe ein Faß angeblichen Amontilladowein erhalten, aber ich bin mir nicht ganz sicher.«

»Was?« rief er, »Amontillado? Ein ganzes Faß? Unmöglich! Und mitten im Karneval!«

»Ich war der Sache nicht ganz sicher«, antwortete ich, »und trotzdem töricht genug, den vollen Amontilladopreis zu bezahlen, ohne Sie in der Angelegenheit um Rat zu fragen. Aber

Sie waren nicht zu finden, und ich fürchtete, daß mir der Einkauf entginge.«

»Amontillado!«

»Es ist nicht bestimmt.«

»Amontillado!«

»Ich war gezwungen, auf ihre Forderung einzugehen.«

»Amontillado!«

»Schade, daß Sie verhindert sind, ich bin gerade auf dem Wege zu Luchresi. Wenn jemand ein scharfes Urteil hat, dann ist er es. Er wird mir sagen –«

»Luchresi kann Amontillado nicht von Sherry unterscheiden.«

»Und doch behaupten einige Narren, Sie ließen sich in Ihrem Urteil von seinem Geschmack bestimmen.«

»Kommen Sie mit!«

»Wohin?«

»In Ihre Keller.«

»Nein, mein lieber Freund, ich will Ihre Gutmütigkeit nicht ausnützen. Ich sehe, Sie haben eine Verabredung und Luchresi –«

»Ich habe keine Verabredung. Kommen Sie!«

»Nein, mein Freund. Wenn Sie auch keine Verabredung haben, Sie sind aber, wie ich bemerke, stark erkältet. Und in meinen Kellern herrscht eine unerträgliche Feuchtigkeit, sie sind ganz mit Salpeter überzogen.«

»Wir wollen trotzdem gehen, die Erkältung ist nicht der Rede wert. Amontillado! Sie sind damit angeführt worden. Und was Luchresi angeht, der kann Sherry nicht von Amontillado unterscheiden.«

Mit diesen Worten ergriff Fortunato meinen Arm, und ich ließ mich, nachdem ich eine Maske von schwarzer Seide angetan und einen kurzen Rock übergeworfen hatte, eiligst von ihm nach meinem Palazzo führen.

Keiner von der Dienerschaft war zu Hause; sie hatten sich alle entfernt, um sich noch einmal einen lustigen Abend zu machen. Meine Mitteilung, daß ich erst gegen Morgen nach Hause kommen werde, und mein Befehl, daß niemand ausgehen dürfte, hatten genügt, um alle bis zum Letzten zu veranlassen, sofort nach meinem Weggehen ebenfalls zu verschwinden.

Ich nahm zwei Fackeln aus ihren Behältern und gab eine Fortunato. Dann führte ich ihn durch eine Reihe von Gemächern nach dem Gewölbegang, der in die Keller führte. Ich schritt eine lange Wendeltreppe hinab, wobei ich ihn bat, mir vorsichtig zu folgen.

Endlich kamen wir unten an und standen nun auf dem feuchten Boden der Katakomben der Montresors. Der Gang meines Freundes war schwankend, und die Glöckchen auf seiner

Mütze klingelten bei jedem Schritt, den er machte.

»Das Faß?« fragte er.

»Es ist weit hinten«, sagte ich. »Aber bemerken Sie den weißen Überzug, der diese Kellerwände bedeckt?«

Er wandte sich nach mir um und sah mich mit zwei glasigen Augen an, die deutlich seine Betrunkenheit zeigten.

»Salpeter?« fragte er schließlich.

»Salpeter«, antwortete ich. »Übrigens, wie lange sind Sie schon so erkältet?«

Mein armer Freund begann heftig zu husten und konnte eine Weile kein Wort hervorbringen. »Es ist nichts«, meinte er endlich.

»Kommen Sie«, sagte ich mit fester Stimme. »Wir wollen umkehren, Ihre Gesundheit geht über alles. Sie sind reich, angesehen, bewundert, geliebt, Sie sind glücklich, wie ich es einmal früher war. Ihr Leben ist zu wertvoll, an meinem ist nichts gelegen. Wir wollen zurückgehen, ich möchte nicht die Verantwortung tragen, wenn Sie krank werden. Übrigens wird ja auch Luchresi –«

»Genug«, unterbrach er mich. »Der Husten hat nichts zu bedeuten, er wird mich nicht umbringen. Ich sterbe doch nicht an einem Husten.«

»Gewiß nicht«, antwortete ich. »Und ich möchte Sie auch nicht unnötigerweise beunruhigen. Immerhin sollten Sie vorsichtig sein, ein Schluck von diesem Medoc wird uns vor der Feuchtigkeit schützen.«

Damit nahm ich aus der langen Reihe von Flaschen, die auf dem Boden lagen, eine auf und schlug ihr den Hals ab.

»Trinken Sie«, sagte ich, indem ich ihm das Glas reichte.

Er hob es mit einem Blinzeln an die Lippen. Dann hielt er inne und nickte mir vertraulich zu, während die Glöckchen klingelten.

»Ich trinke«, sagte er, »auf die Toten, die hier rings begraben sind.«

»Und ich auf Ihr langes Leben.«

Dann nahm er wieder meinen Arm, und wir gingen weiter.

»Diese Kellergewölbe«, sagte er, »sind doch riesengroß.«

»Wir Montresors«, antwortete ich, »waren auch eine große und zahlreiche Familie.«

»Wie ist doch Ihr Wappen?«

»Ein großer goldener Menschenfuß auf einem blauen Felde. Der Fuß zertritt eine sich windende Schlange, deren Fänge sich in den Absatz graben.«

»Und Ihr Wahlspruch?«

»Nemo me impune lacessit.«

»Gut!« sagte er.

Der Wein funkelte in seinen Augen, und die Glöckchen klingelten. Auch mir stieg der Medoc heiß in den Kopf. Wir kamen an langen Wänden von aufgehäuften Skeletten vorbei, zwischen denen Weinfässer und Tonnen standen, und gerieten in den abgelegensten Teil der Katakomben. Wieder blieb ich stehen, und diesmal wagte ich, Fortunato über dem Ellbogen am Arm zu fassen.

»Der Salpeter!« sagte ich, »sehen Sie, wie er zunimmt. Er bedeckt die Gewölbe wie Moos. Wir befinden uns jetzt unter dem Flußbett, die Feuchtigkeit tröpfelt auf die Knochen herab. Kommen Sie, wir wollen zurückgehen, ehe es zu spät ist. Ihr Husten –«

»Es ist nichts«, meinte er. »Gehen wir. Aber zuerst noch einen Schluck von dem Medoc.«

Ich brach eine Flasche De Grâve auf und reichte sie ihm hin. Er leerte sie in einem Zug. Seine Augen flackerten wie Feuer. Er lachte und warf die Flasche mit einer Bewegung in die Höhe, die ich nicht verstand.

Ich sah ihn verwundert an, er wiederholte die seltsame Bewegung.

»Sie verstehen das nicht?« fragte er.

»Nein«, antwortete ich.

»Dann gehören Sie nicht zur Bruderschaft.«

»Was meinen Sie?«

»Sie sind kein Maurer.«

»O doch«, sagte ich.

»Sie? Unmöglich! Ein Freimaurer?«

»Ich bin ein Maurer«, antwortete ich.

»Geben Sie mir ein Kennzeichen«, sagte er.

»Dies ist eins«, antwortete ich und zog unter den Falten meines Rockes eine Maurerkelle hervor.

»Sie scherzen«, rief er, indem er ein paar Schritte zurückwich.

»Aber wir wollen nach dem Amontillado gehen.«

»Gut«, sagte ich, indem ich das Werkzeug unter dem Rock verbarg und ihm wieder meinen Arm anbot. Er hing sich schwer darauf, und wir setzten unseren Weg fort. Durch eine Flucht niedriger Kreuzgewölbe stiegen wir tiefer und dann wieder empor. Endlich ging es noch einmal hinab und wir gelangten in eine tiefe Krypta, in der die Luft so schlecht war, daß die Fackeln mehr glühten als flammten.

Am äußersten Ende der Krypta erschien eine zweite, die weniger groß war. An den Wänden waren bis hoch an die Gewölbedecken menschliche Gebeine aufgeschichtet, ähnlich so, wie man es in den großen Katakomben von Paris sieht. Drei Seiten dieser inneren Krypta waren noch so verziert, von der vierten hatte man die Knochen herabgeworfen, und sie lagen wirr auf der Erde, wobei sie an einer Stelle einen ziemlichen Hügel bildeten. In der Wand, die so durch das Wegnehmen der Knochen freigelegt war, sahen wir noch eine tiefere Krypta oder eine Nische, die vier Fuß tief, drei Fuß breit und sechs oder sieben Fuß hoch war. Sie schien zu keinem besonderen Zweck angelegt zu sein, sondern nur den Zwischenraum zwischen zwei riesigen Pfeilern zu bilden, die die Wölbung der Katakomben trugen. Nach hinten schloß sie eine Wand von festem Granit ab.

Vergeblich versuchte Fortunato, indem er seine glimmende Fackel hochhob, in die Tiefe der Nische hineinzuspähen. Das schwache Licht gab keine Möglichkeit dazu.

»Gehen Sie vor«, sagte ich, »hier drinnen liegt der Amontillado. Was Luchresi angeht –«

»Er ist ein Ignorant«, unterbrach mich mein Freund und schritt unsicher weiter, während ich ihm auf den Hacken folgte. In einem Augenblick hatte er das Ende der Nische erreicht, und da sein Weitergehen durch die Felswand verhindert wurde, blieb er in blöder Verwirrung stehen. Einen Moment später hatte ich ihn aber schon an den Granit gefesselt. Zwei eiserne Krampen waren nämlich darauf angebracht, die in horizontaler Lage ungefähr zwei Fuß voneinander entfernt waren. An dem einen hing eine kurze Kette, am andern ein Vorhängeschloß. Indem ich die Kette um seine Taille zog, war es nur eine Arbeit von wenigen Sekunden, sie festzumachen. Er war viel zu erstaunt, um Widerstand zu leisten: Ich zog den Schlüssel ab und trat aus der Nische zurück.

»Befühlen Sie die Wand«, sagte ich. »Überall finden Sie Salpeter. Es ist wirklich hier sehr feucht, und ich möchte Sie noch einmal anflehen, nun umzukehren. Sie wollen nicht? Dann bin ich wahrhaftig gezwungen, Sie allein zu lassen. Ich will Ihnen aber zuerst noch alle kleinen Aufmerksamkeiten erweisen, die in meiner Macht sind.«

»Der Amontillado«, rief mein Freund, der sich noch nicht von seiner Verblüffung erholt hatte.

»Gewiß«, antwortete ich, »der Amontillado.«

Mit diesen Worten ging ich an den vorhin erwähnten Knochenhügel, schob ihn zur Seite, worauf ein Haufen von Bausteinen und Mörtel frei wurde. Mit diesem Material und meiner Maurerkelle begann ich eifrig, eine Mauer vor dem Eingang zur Nische zu errichten.

Ich hatte kaum die erste Steinreihe gelegt, als ich entdeckte, daß die Trunkenheit Fortunatos in hohem Maße geschwunden war. Das erste Anzeichen davon war ein tiefes, klagendes Stöhnen aus dem Hintergrund der Nische. Das war nicht das Stöhnen eines Betrunkenen. Dann folgte ein langes und hartnäckiges Schweigen. Ich legte die zweite Reihe, die dritte und die vierte, und dann hörte ich ein wütendes Zerren an der Kette. Das Geräusch dauerte mehrere Minuten, und ich hörte inzwischen mit der Arbeit auf und setzte mich auf die Knochen, um ihm besser lauschen zu können. Als das Klirren schließlich ein Ende nahm, griff ich wieder zu meiner Kelle und beendete ohne Unterbrechung die fünfte, sechste und siebente Reihe Steine. Die Mauer reichte mir jetzt ungefähr bis zur Brusthöhe. Ich machte eine Pause, hielt die Fackel über das Mauerwerk und ließ ein paar Strahlen auf die Figur da drinnen fallen.

Eine Folge von lauten und schrillen Schreien, die plötzlich aus der Kehle des Angeketteten kamen, warfen mich heftig zurück. Einen Augenblick zitterte und schwankte ich. Ich zog meinen Degen aus der Scheide und begann damit nach der Nische zu tasten. Doch ein kurzes Überlegen beruhigte mich. Meine Hand griff nach dem festen Aufbau der Katakomben, und ich fühlte mich sicher. Ich näherte mich wieder der Mauer, ich begann auf das gellende Geschrei zu antworten. Ich erwiderte es, begleitete es, ich übertraf es an Stärke. Ich tat das so lange, bis der andere still wurde.

Es war jetzt Mitternacht, und mein Unternehmen näherte sich seinem Ende. Ich hatte die achte, neunte und zehnte Lage beendet. Auch die elfte und letzte war beinahe fertig, nur noch ein Stein mußte hineingesetzt und mit Mörtel beklebt werden. Sein Gewicht war schwer und ich legte ihn halb in seine richtige Lage. Aber jetzt drang aus der Nische ein lautes Lachen, so daß mir die Haare zu Berge standen. Dann tönte eine klagende Stimme, die ich nur schwer als die des vornehmen Fortunato erkennen konnte.

»Ha, ha, ha! – he, he, he!« klang die Stimme. »Ein wirklich guter Spaß, ein ausgezeichneter Witz! Wir werden lange darüber zu lachen haben in dem Palazzo – he, he, he! – und über unsern Wein – he, he, he!«

»Über den Amontillado!« sagte ich.

»He, he, he! He, he, he! – jawohl, den Amontillado. Aber wird es nicht langsam spät? Werden sie nicht auf uns warten im Palazzo, die Dame Fortunato und die andern? Wir wollen gehen.«

»Ja«, sagte ich, »wir wollen gehen.«

»Um der Liebe Gottes willen, Montresor!«

»Ja«, rief ich, »um der Liebe Gottes willen!«

Aber nach diesen Worten wartete ich vergebens auf Antwort. Ich wurde ungeduldig, ich rief laut.

»Fortunato!« Keine Antwort. Ich rief wieder.

Noch immer keine Antwort. Ich stieß eine Fackel durch die kleine Öffnung und ließ sich hineinfallen. Als Entgegnung folgte nur ein Klingeln der Glöckchen. Mein Herz war beklommen, es kam durch die feuchte Luft in den Katakomben. Schleunigst beendete ich meine Arbeit. Ich stieß den letzten Stein in die Öffnung und bestrich die Fugen mit Mörtel. Gegen die Mauer schichtete ich dann die alte Schicht von Knochen auf, und seit einem halben Jahrhundert hat sie kein Sterblicher gestört.

Die Maske des roten Todes

Der rote Tod hatte schon lange Zeit das Land verwüstet. Noch nie war eine Seuche so verhängnisvoll oder so entsetzlich gewesen. Blut war ihre Essenz und ihr Siegel – rotes und schreckliches Blut. Die Krankheit begann mit scharfen Schmerzen und plötzlichem Schwindel, dann folgte eine Blutung aus allen Poren und schließlich der Tod. Die roten Flecken auf dem Körper und besonders auf dem Gesicht des Opfers waren das Pestbanner, das die Befallenen von jeder Hilfe und sogar vom Mitgefühl ihrer Mitmenschen ausschloß. Und der ganze Verlauf von den ersten Symptomen bis zum Ende dauerte nicht mehr als eine halbe Stunde.

Aber der Fürst Prospero war eine glückliche, furchtlose und lebenskluge Natur. Als seine Gebiete schon halb entvölkert waren, lud er tausend gesunde und lustige Edelleute und Hofdamen ein und zog mit ihnen nach der tiefen Abgeschlossenheit eines seiner burgartigen Herrensitze. Es war dies ein riesiges und prächtiges Gebäude, das der Fürst ganz nach seinem eigenen, etwas seltsamen, aber großartigen Geschmack errichtet hatte. Ringsherum lief eine feste und hohe Mauer mit eisernen Toren. Als die Hofgesellschaft eingezogen war, brachte man Schmelzöfen und schwere Hämmer und schweißte die Riegel zu. Auf diese Weise wollte man sowohl das plötzliche Eindringen Verzweifelter wie das Hinausdrängen Übermütiger verhindern. Das Schloß war reichlich mit Vorräten versehen, und die Hofgesellschaft brauchte so vorbereitet keine Ansteckung zu fürchten. Mochte draußen die Welt für sich selber sorgen, inzwischen war es töricht, sich trübe Gedanken zu machen. Der Fürst hatte für alle Mittel zerstreuender Vergnügungen gesorgt. Es gab Spaßmacher und Bänkelsänger, es gab Tänzer und Musiker, es gab Schönheit und Wein. Alles dieses und völlige Sicherheit herrschten im Schloß. Draußen aber herrschte der rote Tod.

Eines Tages, gegen Ende des fünften oder sechsten Monats seiner Abschließung, während im Lande die Pest noch aufs heftigste wütete, lud Fürst Prospero seine tausend Freunde zu einem Maskenball von unerhörtem Glanz ein.

Ein wundervolles Bild bot diese Maskerade, aber am seltsamsten wirkten doch die Räume, in denen sie abgehalten wurde. Es waren ihrer sieben – eine Zimmerflucht von kaiserlicher Pracht. In vielen Palästen formen solche Saalreihen eine lange gerade Linie, und die Schiebetüren gleiten rechts und links fast bis an die Wände zurück, so daß man ungehindert durch die ganze Länge hindurchblicken kann. Hier aber war alles anders, wie man es auch bei der Vorliebe des Herzogs für das Ungewöhnliche erwarten konnte. Die Räume standen so unregelmäßig gegeneinander, daß man auf einmal kaum mehr als einen überblicken konnte. Alle zwanzig oder dreißig Meter kam eine scharfe Ecke und damit ein ganz neuer Effekt. Aus jedem Zimmer sah man rechts und links in der Wand durch ein hohes und schmales gotisches Fenster auf einen engen Korridor, der den Biegungen der Zimmerflucht folgte. Diese Fenster waren von buntem Glas, und ihre Farben paßten sich der Ausstattung der zugehörigen Zimmer an. Das am weitesten nach Osten gelegene Zimmer war zum Beispiel in blau gehalten, und in lebhaftem Blau schimmerten die Fenster. Das zweite Zimmer hatte purpurne Vorhänge und Tapeten, und hier waren die Scheiben purpurfarben. Das dritte glänzte ganz in Grün, ebenso die Fenster. Das vierte war in Orange ausgestattet und beleuchtet, das fünfte in Weiß, das sechste in Violett. Der siebente Raum war vollständig in schwarzem Samt ausgeschlagen, der die Decke verhüllte und in schweren Falten von den Wänden auf einen ebenfalls schwarzen Samtteppich herabhing. Dieses Zimmer war das einzige, in dem die Farbe der Fenster nicht mit der Ausstattung übereinstimmte. Die Scheiben glühten hier in einem tiefen, blutroten Scharlach. Nun befand sich in keinem der sieben Zimmer inmitten der Überfülle goldner Ornamente, die alle Winkel schmückten und von den Decken herabhingen, irgendeine Lampe oder ein Kandelaber. Nirgendwo gab es Lampen- oder Kerzenlicht. Aber in den Korridoren zur Seite der Zimmer stand hinter jedem Fenster ein schwerer Dreifuß mit loderndem Holzkohlenfeuer, das seinen Glanz durch das gefärbte Glas sandte und so die Zimmer blendend erleuchtete. Die buntesten und phantastischsten Effekte wurden auf diese Weise hervorgebracht, aber in dem nach Westen gelegenen schwarzen Saal wirkte das aus den blutroten Scheiben auf die dunklen Vorhänge strömende Licht einfach gespenstig. Die Gesichtszüge der Eingetretenen erhielten einen so unheimlichen Ausdruck, daß nur wenige aus der Gesellschaft die Kühnheit besaßen, ihren Fuß über diese Schwelle zu setzen.

In diesem Gemach befand sich auch an der westlichen Wand eine riesengroße Standuhr aus Ebenholz. Ihr Pendel schwang mit dumpfem, schwerem und gleichförmigem Klang hin und her, und wenn der Minutenzeiger seinen Kreis vollendet hatte, und die Stunde schlug, dann kam aus dem metallenen Räderwerk der Uhr ein Klang, so klar und laut und tief, so wundervoll musikalisch und doch von so seltsamem Ausdruck, daß jedesmal die Musiker des Orchesters mitten in ihrem Spiel einen Augenblick innehielten und gezwungen waren, diesem Ton zu lauschen. Natürlich machten auch die Tänzer eine kurze Pause, und die ganze fröhliche Gesellschaft geriet in Verwirrung. Man bemerkte, daß während der Glockenschläge selbst die Ausgelassensten erbleichten, und daß die Älteren und Ruhigeren sich mit der Hand über die Stirne fuhren, als seien sie von einem Traum befangen. Sobald aber der letzte Nachklang verweht war, ging ein leichtes Lachen mit einem Male durch die Gesellschaft. Die

Musiker sahen sich gegenseitig an, als begriffen sie ihre vorherige Nervosität und Torheit nicht, und sie gelobten einander mit flüsternder Stimme, beim nächsten Glockenschlag nicht wieder einer solchen Schwäche nachzugeben. Aber sechzig Minuten später (dreitausendsechshundert Sekunden der fliehenden Zeit) schlug die Glocke von neuem, und wieder kam die gleiche Verwirrung, das gleiche Erzittern und Nachdenken wie vorher.

Trotzdem aber war es eine fröhliche und prächtige Lustbarkeit. Der Herzog besaß einen einzigartigen Geschmack. Er hatte ein Auge für Farben und Farbenwirkungen und verachtete das Herkömmliche und Gewohnte. Was er ersann, war kühn und glänzend, und seine Ideen grenzten manchmal an das Barbarische. Man hätte ihn mitunter sogar für wahnsinnig halten können, aber sein Gefolge wußte, daß er es nicht war. Man mußte schon in unmittelbaren Verkehr mit ihm treten, um sicher zu sein, daß er geistig normal war.

Er hatte zum großen Teil selbst die Ausschmückung der sieben Zimmer für dieses Prunkfest geleitet und auch der Art des Maskierung seinen Geschmack gegeben. Diese Masken waren sicherlich grotesk. Alles war an ihnen ein Blitzen und Flittern, alles war pikant und phantastisch und erinnerte an das, was man später in der Oper »Hernani« gesehen hat. Es gab seltsame Figuren mit unmöglichen Gliedern und Verkleidungen – wirre Phantasien, wie sie ein Wahnsinniger träumt. Viel Schönes sah man, viel Lustiges und Tolles, aber auch manches Schreckliche und einiges, das direkt Widerwillen erzeugen konnte. Wie ein Gewirr von tollen Träumen, so wandelte das hin und her durch die sieben Zimmer. Und diese verkörperten Traumbilder glitten von einem Raum in den andern, nahmen jedesmal eine andere Farbe an, und es war, als ob die ausgelassene Musik des Orchesters nur ein Echo ihrer Fußtritte sei. Bis dann plötzlich wieder einmal in dem samtüberzogenen Zimmer die Ebenholzuhr schlug, und alles still stand, und nichts zu hören war, außer dem Glockenschlag. Dann blieben die Traummasken wie angefroren auf ihren Plätzen. Aber nur einen Augenblick währte diese Stille, der Nachklang der Uhr starb hinweg und ein leichtes, halbunterdrücktes Lachen folgte ihm nach. Und wieder schwoll die Musik, die Träume würden lebendig und glitten so lustig wie je von einem Zimmer zum andern, um durch die bunten Scheiben immer wieder mit anderem Licht überflutet zu werden. Aber in das Zimmer, das von den sieben am meisten westwärts lag, wagte sich allmählich keine Maske mehr hinein. Denn das schwarze Dunkel dort schien langsam zu schwinden, und ein immer roteres Licht strömte durch die buntgefärbten Scheiben. Die Schwärze des schwarzen Teppichs verblich, und wer es wagte, seinen Fuß daraufzusetzen, dem drang aus der Ebenholzglocke ein dumpfes Gedröhne ans Ohr, das viel schauerlicher war als alles, was die Ohren der in anderen Zimmern Herumtollenden erreichte.

Diese anderen Räume waren dicht von einem wogenden Menschenschwarm erfüllt, und ein heißes, fieberisches Leben herrschte hier. Immer toller wirbelte das festliche Treiben, bis schließlich auf der Uhr die Mitternacht zu schlagen begann. Und wie es vorher geschehen war, hielt die Musik mit Spielen an, die Tänzer standen bewegungslos da, und eine unbehagliche Erstarrung breitete sich über alle Dinge. Aber da diesmal zwölf Glockenschläge tönten, so geschah es vielleicht durch das Mehr an Zeit, daß jetzt ernsthaftere Gedanken in die Herzen auch der Lustigsten eindrangen. Und ehe der leise Nachklang des letzten Schlages in tiefes Schweigen versunken war, bemerkten einige in der Menge die Anwesenheit einer maskierten Figur, die bisher keinem Menschen aufgefallen war. Als sich das Gerücht von dieser neuen Erscheinung im Flüstertone verbreitet hatte, erhob sich in der ganzen Gesellschaft ein Tuscheln und Murmeln, das Mißbilligung und Erstaunen ausdrückte und zu Worten der Angst, des Entsetzens und Abscheus anschwoll.

Unter den vielen phantastischen Verkleidungen hätte natürlich eine Erscheinung von mehr gewöhnlicher Art nicht eine solche Erregung hervorrufen können. Die Maskenfreiheit war tatsächlich fast unbegrenzt, aber diese Gestalt hatte sich weit über alle Grenzen, die des Fürsten Toleranz gezogen hatte, hinweggesetzt. Doch es gibt Stellen selbst in den Herzen der Gleichgültigsten, die sich nicht ohne Schmerzen berühren lassen, und auch die ganz Verdorbenen, denen Leben und Sterben nie Spott sind, haben Dinge, über die sie keinen Spott hören wollen. In der ganzen Gesellschaft schien nur ein einziges Gefühl über das Witzlose und Unschickliche im Kostüm des Unbekannten zu herrschen. Die Figur war schlank und sehr groß und vom Kopf bis zum Fuß in Leichentücher gehüllt. Die Maske, die das Gesicht verbarg, glich so genau den starren Zügen eines Toten, daß man auch beim schärfsten Hinsehen nicht die Täuschung erkennen konnte. Und doch hätten die tollen Festteilnehmer dies alles, wenn auch nicht gebilligt, so doch ertragen. Aber der Maskenträger war so weit gegangen, daß er das Bild des roten Todes darstellte. Die Leichentücher waren mit Blut bespritzt, und die breite Stirn zeigte wie das ganze Gesicht die entsetzlichen Scharlachflecke.

Langsam und feierlich, wie um die Rolle möglichst natürlich zu gestalten, schritt die geisterhafte Erscheinung zwischen den Tänzern auf und ab. Nun aber fielen die Augen des Fürsten Prospero darauf, und wenn er im ersten Augenblick, sei es vor Schreck oder vor Abscheu, stark zusammengezuckt war, so stieg ihm im nächsten der helle Zorn in die Stirn.

»Wer wagt es«, fragte er grimmig die in der Nähe befindlichen Höflinge, »uns mit diesem lästerlichen Spott zu beschimpfen? Ergreift ihn und reißt ihm die Maske vom Gesicht, damit wir wissen, wen wir morgen früh an den Festungszinnen aufzuhängen haben!«

Fürst Prospero stand in dem östlichen oder blauen Zimmer, als er diese Worte ausstieß. Er war ein starker und stolzer Mann, seine Stimme klang laut und klar durch alle sieben Räume, während er die Musik mit einer Handbewegung zum Schweigen gebracht hatte.

Inmitten einer Gruppe von bleichen Höflingen stand der Fürst in dem blauen Zimmer. Auf seine Worte hin machten auch einige von ihnen eine leichte Bewegung, um sich auf den Eindringling zu stürzen, der in diesem Augenblick gar nicht weit entfernt war und nun mit ruhigem, festem Schritt dem Sprecher noch näher trat. Aber infolge eines namenlosen Grauens, das die wahnsinnige Anmaßung des Maskierten der ganzen Gesellschaft eingeflößt hatte, fand nicht einer den Mut, die Hand auszustrecken und ihn zu ergreifen, so daß er unbelästigt in kaum einem Meter Entfernung an dem Prinzen vorbeischritt. Und während die ganze Gesellschaft wie auf einen Impuls aus den Mitten der Zimmer nach den Wänden zurückwich, machte er mit dem gleichen feierlichen und abgemessenen Schritt, der ihn vom ersten Augenblick an ausgezeichnet hatte, seinen Weg durch das blaue Zimmer nach dem purpurnen, durch das purpurne nach dem grünen, durch das grüne nach dem orangefarbenen und durch dieses dann nach dem weißen, so daß er schließlich bis zum violetten Zimmer kam, ehe eine entschiedene Bewegung gemacht wurde, um ihn festzuhalten. Jetzt aber stürzte Fürst Prospero, wahnsinnig vor Wut und Scham über seine eigene vorübergehende Feigheit, durch alle sechs Zimmer, während die anderen von einer tödlichen Angst befallen waren, so daß ihm keiner zu folgen wagte. Er hielt seinen gezückten Dolch in der Hand und hatte sich in wuchtiger Schnelligkeit bis auf drei oder vier Fuß der zurückweichenden Gestalt genähert, die inzwischen am Ende des schwarzen Zimmers angelangt war und sich plötzlich nach ihrem Verfolger umwandte. Man hörte einen scharfen Schrei, und der Dolch fiel blitzend auf den samtenen Teppich, auf den gleich darauf auch Fürst Prospero tot zu Boden sank. Nun aber ergriff der wilde Mut der Verzweiflung eine Schar von Festteilnehmern. Gemeinsam stürzten sie in das schwarze Gemach, aber als sie die Maske ergriffen, die mit ihrer hohen Gestalt steif und bewegungslos im Schatten der Ebenholzglocke stand, da erstarrten sie in unaussprechbarem Grauen, denn hinter den Leichengewändern und der Totenmaske, nach denen sie so schnell und gewaltsam ergriffen hatten, fanden sie ein absolutes, leeres Nichts.

Und nun erkannten sie die Gegenwart des roten Todes. Wie der Dieb in der Nacht war er gekommen, und einer nach dem andern sanken die Genossen des Maskenfestes in den blutbetauten Hallen nieder und starben verzweifelt, wo sie zu Boden gefallen waren. Mit dem Erlöschen des letzten Lebens blieb auch die Ebenholzuhr stehen. Die Flammen auf den Dreifüßen erloschen, und Dunkel, Verfall und der rote Tod herrschten über allem.

Die Rache des Zwerges

Es gab wohl kaum einen Menschen, der so sehr einen lustigen Spaß liebte wie der König. Er ging förmlich darin auf, und wer ihm einen guten Witz recht übermütig zu erzählen wußte, der war sicher, seine Gunst zu gewinnen. Daher kam es auch, daß seine sieben Minister alle ausgezeichnete Spaßmacher waren. Aber nicht nur in ihrer Vorliebe für lustige Scherze glichen sie dem König, sondern auch in ihrer schweren, fettigen Wohlbeleibtheit. Ob nun die Menschen dick werden durch das Lachen, oder ob die Dicken eine natürliche Veranlagung zur Lustigkeit haben, jedenfalls ist ein magerer Spaßvogel eine seltene Sache.

Aus feineren, geistvollen Witzen machte sich der König aber gar nichts. Er hatte eine Vorliebe für das Derbe, und eher ließ er sich eine allzulange als eine spitzfindige Geschichte erzählen, denn alles Feine ermüdete ihn. Er würde Rabelais Gargantua dem Zadig Voltaires entschieden vorgezogen haben, wie überhaupt ein toller Streich, den er mitansehen konnte, seinem Geschmack mehr behagte als eine nur erzählte Geschichte.

Zu der Zeit, in der diese Erzählung spielt, gab es an den Höfen noch berufsmäßige Spaßmacher. Gerade die größeren Potentaten legten noch Wert darauf, einen Hofnarren zu halten, der in einem buntscheckigen Gewand und mit einer Schellenkappe herumlief und als Entgelt für die Brosamen, die von der Königs Tisch fielen, zu jeder Zeit und auf den leisesten Wink mit scharfen Witzen aufwarten mußte.

Unser König hatte natürlich auch seinen Hofnarren. Er brauchte, wie er sagte, etwas Verrücktes – schon als Gegengewicht gegen die tiefe Weisheit seiner sieben klugen Minister – um von seiner eigenen Weisheit gar nicht zu reden.

Sein Narr oder berufsmäßiger Spaßmacher war aber nicht nur ein Narr, er war, was ihm in den Augen des Königs einen dreifachen Wert gab, zugleich auch ein Zwerg und ein Krüppel. Zwerge gab es in jenen Zeiten an den Höfen ebenso häufig als Hofnarren, und manchem Monarchen würde es schwer gefallen sein, die Zeit totzuschlagen, die ja an den Höfen langsamer verlief als anderswo, ohne einen Spaßmacher, mit dem er lachen konnte, und einen Zwergen, über den er lachte. Aber, wie schon vorhin gesagt, in neunundneunzig von hundert Fällen sind die Spaßmacher fette, runde und plumpe Gesellen, so daß unser König sich schon etwas darauf einbilden konnte, in Hoppfrosch einen dreifachen Schatz in einer Person zu besitzen.

Der Name Hoppfrosch war dem Zwerge natürlich nicht von seinen Paten bei der Taufe gegeben worden, er hatte ihn nach gemeinsamer Beratung der sieben Minister erhalten, und zwar wegen seiner Unfähigkeit, wie andere Menschen zu gehen. Hoppfrosch konnte sich tatsächlich nur ruckweise vorwärts bewegen. Seine Gangart war ein abwechselndes Springen und Rutschen, das dem König ein unbegrenztes Vergnügen bereitete und ihn vor allem auch tröstete. Denn der König konnte gegen ihn trotz seines vorspringenden Bauchs und seines Wasserkopfes immer noch für eine stattliche Figur gelten.

Aber obgleich sich Hoppfrosch infolge der Mißbildung seiner Beine nur mühsam und schwer auf ebener Erde bewegen konnte, so befähigte ihn eine erstaunliche Muskelkraft seiner Arme, die ihm die Natur als Entgelt für die Minderwertigkeit seiner unteren Glieder gegeben hatte, zu einer wundervollen Fertigkeit im Klettern, sobald er nur einen Strick, einen Baum oder sonst etwas Ersteigbares fand. Bei solchen Kunststücken glich er mehr einem Eichhörnchen oder einem kleinen Affen als einem Frosch.

Es war nicht genau bekannt, aus welchem Lande Hoppfrosch stammte. Es mußte aber sicherlich eine barbarische Gegend sein, von der niemand je etwas gehört hatte, und die weit entfernt vom Hof und seinem König lag. Hoppfrosch und ein junges Mädchen, das fast gerade so zwerghaft klein wie er selber, aber von zartestem Ebenmaß war und wundervoll tanzen konnte, hatte man mit Gewalt aus ihrer Heimat geraubt und verschleppt, und später waren die beiden dem Könige von einem seiner siegreichen Generale als Geschenk zugesandt worden.

Unter solchen Umständen kam es ganz von selbst, daß zwischen den beiden kleinen Gefangenen eine große Vertrautheit entstand, und sie wurden bald geschworene Freunde. Hoppfrosch, der trotz seiner vielen Fähigkeiten nicht sehr beliebt war, konnte Trippetta keine großen Dienste erweisen. Aber sie wurde, trotzdem sie Zwergin war, wegen ihrer Grazie und zarten Schönheit allgemein bewundert und gehätschelt. Dadurch besaß sie einen bedeutenden Einfluß und verfehlte nie, so oft sie es konnte, ihn zugunsten von Hoppfrosch zu verwenden.

Bei irgend einer großen Staatsaktion beschloß nun der König, eine Maskerade abzuhalten, und jedesmal, wenn ein Maskenfest oder etwas ähnliches bei Hofe stattfand, dann spielten natürlich Hoppfroschs und Mariettas Talente die Hauptrolle. Besonders war Hoppfrosch so erfinderisch in neuen Ideen für Prunkaufzüge und in Kostümen für die Maskenbälle, daß nichts ohne seine Mitwirkung geschehen konnte.

Der für das Fest bestimmte Abend war gekommen. Einen prächtigen Saal hatte man unter Trippettas Leitung mit allem Zierrat geschmückt, der auf einem Maskenball Eindruck machen konnte. Der ganze Hof befand sich in fieberhafter Erwartung. Was die Maskenkostüme anging, so war darüber wohl sicher jeder zu einem Entschluß gekommen. Manche wußten schon seit Wochen, welche Rolle sie spielen wollten, und es bestand darüber nirgendwo mehr ein Zweifel – als nur noch bei dem König und bei seinen sieben Ministern. Warum sie sich eigentlich nicht entscheiden konnten, war unklar. Vielleicht waren sie zu scherzhaft gestimmt, oder, was wahrscheinlicher ist, sie fanden es bei ihrer Korpulenz schwierig, überhaupt einen Entschluß zu fassen. Jedenfalls verging darüber die Zeit, und als sie sich nicht mehr zu helfen wußten, ließen sie Trippetta und Hoppfrosch holen.

Die beiden kleinen Freunde gehorchten dem Befehl des Königs und fanden ihn mit den sieben Mitgliedern des Kabinettsrats bei Wein sitzen, aber er schien in sehr schlechter Laune zu sein. Er wußte, daß Hoppfrosch den Wein nicht liebte, denn dieser erregte den armen Krüppel fast bis zum Wahnsinn, und Wahnsinn ist kein angenehmes Gefühl. Aber der König liebte nun einmal derbe Scherze, und darum machte es ihm Vergnügen, Hoppfrosch zu zwingen, sich zu betrinken und, wie der König es nannte, lustig zu sein.

»Komm her, Hoppfrosch«, rief er, als der Hofnarr und seine Freundin in das Zimmer traten. »Schluck diesen Humpen auf das Wohl deiner fernen Freunde« – hier seufzte Hoppfrosch – »und dann gib uns eine Probe deiner Erfindungsgabe. Wir brauchen Charaktermasken – etwas ganz Neues, noch nie Dagewesenes. Wir haben es satt, immer wieder dasselbe zu sehen. Los, trink! Der Wein wird deinen Verstand schärfen.«

Hoppfrosch versuchte, wie gewöhnlich, mit einem Scherz auf die Worte des Königs zu erwidern, aber es gelang ihm nicht. Er hatte zufällig gerade Geburtstag, und der Befehl, auf das Wohl seiner fernen Freunde zu trinken, trieb ihm die Tränen in die Augen. Manche schweren und bitteren Tropfen fielen in den Pokal, als er ihn demütig aus der Hand des Tyrannen entgegennahm.

»Aha«, brüllte lachend der König, als der Zwerg widerstrebend den Becher leerte. »Sieh mal, was ein Glas guten Weines vermag! Deine Augen beginnen schon zu leuchten.«

Der arme Bursche! Seine großen Augen glühten mehr als sie leuchteten, denn die starke Wirkung, die der Wein auf sein erregbares Gehirn ausübte, trat fast unmittelbar ein. Zitternd stellte er den Pokal auf den Tisch und stierte mit einem halbwahnsinnigen Blick auf die Anwesenden. Sie schienen alle höchst belustigt zu sein über den Erfolg, den der Spaß des König hatte.

»Und nun ans Geschäft«, sagte der erste Minister, ein sehr dicker Mann.

»Ja«, meinte der König, »also, Hoppfrosch, du mußt uns helfen. Charaktermasken, mein lieber Freund! Wir brauchen Charakter – wie alle – ha, ha, ha!« Und da das sicherlich ein Witz sein sollte, brachen alle sieben in das gleiche Lachen aus. Hoppfrosch lachte ebenfalls, obgleich nur schwach und etwas zerstreut.

»Also los«, rief der König ungeduldig, »fällt dir nichts ein?«

»Ich bemühe mich, etwas Neues auszudenken«, antwortete der Zwerg ausdruckslos, denn er war ganz verwirrt von dem Wein.

»Du bemühst dich?« schrie der Tyrann wütend. »Was willst du damit sagen? Ah, ich verstehe. Du bist mißgestimmt und brauchst mehr Wein. Hier, trink dies!« Und er füllte von neuem den Pokal und bot ihn dem Krüppel an, der ihn, nach Luft schnappend, anstarrte.

»Trink, sage ich!« brüllte setzt der Unhold, »oder beim höllischen Feind –«

Der Zwerg zauderte, und der König wurde rot vor Wut. Die Höflinge grinsten. Trippetta aber, bleich wie der Tod, trat vor des Königs Stuhl und fiel auf die Knie, indem sie um Schonung für ihren Freund flehte.

Der Tyrann betrachtete sie, außer sich vor Erstaunen über ihre Kühnheit, einige Augenblicke. Er schien nicht recht zu wissen, was er tun oder sagen sollte, um seinem Unwillen Ausdruck zu geben. Schließlich stieß er sie, ohne eine Silbe zu sprechen, heftig zurück und goß ihr den Inhalt des vollen Humpens ins Gesicht.

Das arme Mädchen erhob sich, so gut sie es vermochte, und ohne nur einen Seufzer zu wagen, nahm sie wieder ihren früheren Platz unten am Tisch ein.

Eine halbe Minute lang herrschte ein tödliches Schweigen, während dessen man das Fallen eines Blattes oder einer Feder gehört hätte. Es wurde durch einen leisen, aber scharfen und knirschenden Ton unterbrochen, der aus jeder Ecke des Zimmers zugleich zu kommen schien.

»Was – was machst du da für ein Geräusch?« fragte der König, indem er sich wütend nach dem Zwerge wandte.

Dieser schien sich jetzt ganz von seiner Trunkenheit erholt zu haben und sah fest und ruhig dem Tyrannen ins Gesicht, wobei er gleichmütig sagte:

»Ich – ich? Wie könnte ich das gewesen sein?«

»Das Geräusch schien von draußen zu kommen«, bemerkte einer der Höflinge. »Ich glaube, es war der Papagei am Fenster, der seinen Schnabel an den Drähten des Käfigs wetzte.«

»So war es«, sagte der König, als beruhigte ihn diese Erklärung sehr. »Aber bei meiner Ritterehre, ich hätte schwören mögen, dieser Vagabund habe mit den Zähnen geknirscht.«

Jetzt lachte der Zwerg (der König war ein viel zu großer Freund von Späßen, um je an einem Lachen Anstoß zu nehmen) und zeigte zwei Reihen großer, fester und sehr grimmiger Zähne. Auch erklärte er sich gern bereit, so viel Wein zu trinken, wie man von ihm verlangte. Der Monarch war beruhigt, und Hoppfrosch, der einen frischen Humpen ohne bemerkbare üble Wirkung herunterschluckte, beschäftigte sich sofort und sehr verständig mit dem Plan zur Maskerade.

»Ich weiß nicht, was mich darauf brachte«, bemerkte er sehr ruhig, und als ob er nie in seinem Leben Wein getrunken hätte, »aber gerade, als Eure Majestät das Mädchen geschlagen und ihr den Wein ins Gesicht geschüttet hatten – gerade als Eure Majestät dies getan hatten, und der Papagei draußen vor dem Fenster dieses seltsame Geräusch machte, fiel mir etwas Großartiges ein. Es handelte sich um einen lustigen Gebrauch aus meiner Heimat, den wir dort bei unsern Maskeraden oft ausübten und der hier etwas ganz Neues sein wird. Unglücklicherweise gehören aber acht Personen dazu, und –«

»Das sind wir ja«, rief der König und lachte über seine scharfsinnige Entdeckung dieser Zufälligkeit. »Wir sind genau acht – ich und meine sieben Minister. Weiter, wie ist es mit dem Spaß?«

»Wir nennen ihn«, antwortete der Krüppel, »die acht aneinandergeketteten Orang-Utangs, und es gibt wirklich einen ausgezeichneten Spaß, wenn man die Sache richtig spielt.«

»Wir wollen sie schon spielen«, bemerkte der König, indem er sich in die Brust warf und seine Augen zusammenkniff.

»Der Haupteffekt bei dem Spaß«, fuhr Hoppfrosch fort, »liegt in dem Schreck, der dabei den Damen eingeflößt wird.«

»Großartig!« brüllten der König und seine Minister im Chor.

»Ich werde Sie als Orang-Utans verkleiden«, sagte der Zwerg weiter. »Sie können das mir überlassen. Die Ähnlichkeit soll so täuschend sein, daß die ganze Festgesellschaft Sie für richtige Tiere halten und natürlich in einen heillosen Schrecken geraten wird.«

»O, das wird eine prächtige Geschichte«, rief der König. »Hoppfrosch, ich werde einen Mann aus dir machen.«

»Die Ketten dienen dazu, durch ihr Klirren die Verwirrung zu steigern. Es soll aussehen, als seien Sie gemeinsam Ihren Wärtern entflohen. Eure Majestät können sich kaum den Eindruck vorstellen, den das plötzliche Erscheinen von acht aneinandergeketteten Orang-Utans in einer Maskengesellschaft macht, besonders, wenn die meisten sie für echte Bestien halten, die nun mit wilden Schreien durch eine Menge elegant und vornehm gekleideter Männer stürmen. Der Kontrast ist wundervoll.«

»Er muß es sein!« sagte der König und brach mit seinen Ministern auf, um Hoppfroschs Idee eiligst in die Wege zu setzen, denn es wurde langsam spät.

Die Art, wie der Zwerg die Gruppe als Orang-Utans verkleidete, war sehr einfach und doch sehr wirkungsvoll. Zu jener Zeit hatte man solche Tiere schwerlich schon einmal in einem zivilisierten Lande gesehen, und da die Verkleidung, die der Zwerg herrichtete, einen ziemlich bestialischen und jedenfalls furchterweckenden Eindruck erzielte, so hielt man ihr Aussehen für naturgetreu genug.

Zunächst wurden der König und seine Minister in enganliegende, baumwollene Hemden und Hosen gekleidet. Diese wurden dann mit Teer überstrichen. Einer von der Gruppe schlug jetzt das Ankleben von Federn vor, aber der Zwerg verstand es, diese Idee ihnen sofort auszureden, indem er sie alle acht durch den Augenschein davon überzeugte, daß nichts so sehr das Fell eines Orang-Utans vortäuschen könnte als Flachs. Dieses wurde also in dicken Lagen auf den Teer geklebt und dann eine lange Kette geholt. Diese wurde zuerst um die Taille des Königs geschlungen und fest verknotet, dann kamen die andern der Reihe nach daran, und als sie alle gefesselt waren, bildeten sie, wenn sie sich, soweit sie konnten, von einander stellten, einen großen Kreis. Um nun alles so natürlich wie möglich zu machen, befestigte Hoppfrosch die beiden Kettenenden noch kreuzweise als Durchmesser durch den Kreis, gerade so wie man heute in Borneo gefangene Schimpansen und andere große Affen fesselt. Der große Saal, in der die Maskerade stattfinden sollte, war rund gebaut und sehr hoch, und das Tageslicht konnte nur durch ein einziges Fenster oben in der Spitze hereinströmen. Bei Nacht – und für diese Zeit war ja der Raum eigentlich gebaut – wurde er in der Hauptsache durch einen großen Kronleuchter erhellt, der an einer Kette von der Mitte des Deckenfensters herabhing und, wie gewöhnlich bei solchen Lampen, durch ein Gegengewicht auswärts und abwärts gezogen werden konnte. Doch hatte man des besseren Aussehens halber dieses Gegengewicht außerhalb der Kuppel auf dem Dach angebracht.

Die Ausstattung des Raumes war der Oberaufsicht Trippettas überlassen worden, aber in gewissen Einzelheiten hatte sie sich, wie es schien, nach dem ruhigeren Urteil ihres Freundes, des Zwerges gerichtet. Auf seinen Rat war bei dieser Gelegenheit der Kronleuchter entfernt worden. Das Herabfallen von Wachstropfen, das bei einem so warmen Wetter nicht zu verhindern war, konnte der kostbaren Kleidung der Gäste leicht verhängnisvoll werden, sobald diese in die Mitte des Saales und damit unter den Kronleuchter kamen. Dafür waren an verschiedenen Stellen, wo sie nicht im Wege standen, Armleuchter aufgestellt, und in die Hand jeder Karytide, die die Wand stützte – es waren ihrer wohl fünfzig oder sechzig – hatte man eine wohlriechende Fackel gesteckt.

Auf den Rat Hoppfroschs warteten die acht Orang-Utans mit ihrem Eintritt in den Saal geduldig bis Mitternacht, da dann die Zahl der Gäste am größten sein würde. Kaum aber hatte die Uhr zu schlagen aufgehört, da stürzten oder vielmehr purzelten sie alle zusammen hinein, denn durch die Ketten waren sie natürlich in ihrer Bewegung gehindert, so daß einer über den andern stolperte.

Das Entsetzen der Maskengesellschaft war ungeheuer, was dem König großen Spaß machte. Wie man erwartet hatte, gab es nicht wenige Gaste, die die gefährlich aussehenden Geschöpfe wirklich für wilde Tiere irgend welcher Art, wenn nicht gar für Orang-Utans hielten. Viele Frauen fielen vor Schreck in Ohnmacht, und wenn der König nicht so vorsichtig gewesen wäre, alle Waffen aus dem Festsaal entfernen zu lassen, dann hätte der Spaß der Acht vielleicht ein blutiges Ende gefunden. So aber stürzte alles nach den Türen. Doch diese waren auf Befehl des Königs unmittelbar nach seinem Eintritt verschlossen, und die Schlüssel waren auf Rat des Zwerges diesem anvertraut worden.

Inzwischen stieg nun der Aufruhr aufs höchste, und jeder aus der Maskengesellschaft dachte nur an seine eigene Sicherheit, weil ja bei dem starken Drängen der kopflos gewordenen Menge viel wirkliche Gefahr vorlag. Daher bemerkte niemand, daß die Kette, an der der Kronleuchter sonst gehangen, und die man jetzt nach oben gezogen hatte, sich ganz langsam wieder herabzusenken begann, bis der große Haken an ihrem Ende nur noch drei Fuß über dem Fußboden schwebte.

Kurz danach befanden sich der König und seine sieben Freunde, die inzwischen immerzu nach allen Richtungen durch den Saal getaumelt waren, gerade in der Mitte des Saales und damit gerade unter der Kette. Diese Gelegenheit benutzte der Zwerg, der ihnen dicht auf dem Fuße gefolgt war und sie fortwährend zum Umherlaufen angereizt hatte. Er faßte ihre eigene Kette dort, wo sie kreuzweise übereinander ging, und legte sie blitzschnell in den Haken, an dem sonst der Kronleuchter gehangen hatte. Im selben Augenblick wurde auch schon die Kronleuchterkette von unsichtbarer Hand soweit in die Hohe gezogen, daß man den Haken nicht mehr erfassen konnte. Die Orang-Utans gerieten so dicht aneinander und standen Gesicht neben Gesicht gerade in der Mitte.

Inzwischen hatte sich die Maskengesellschaft in gewissem Maße von ihrem Schreck erholt. Sie begann nun die ganze Sache als einen wohlvorbereiteten Scherz zu betrachten und brach über die komische Lage, in der sich die Affen befanden, in ein lautes Gelächter aus.

»Überlaßt sie mir!« schrie jetzt Hoppfrosch, und seine schrille Stimme übertönte allen Lärm. »Überlaßt sie mir. Ich glaube, ich kenne sie. Ich brauche sie nur einmal näher zu betrachten und kann dann bald sagen, wer sie sind.«

Hiermit schwang er sich über die Köpfe der Menge, bis er an die Wand geriet, riß dort aus der Hand einer Karyatide die Fackel und gelangte auf dieselbe Art wieder in die Mitte des Saales. Dann aber sprang er mit der Gelenkigkeit eines Affen auf den Kopf des Königs und kletterte von da ein paar Fuß hoch die Kette hinauf, wobei er die Fackel hinabhielt, wie um die Orang-Utan-Gruppe genauer zu betrachten, und noch immer schrie: »Ich werde es bald heraushaben, wer sie sind.«

Plötzlich, während die ganze Gesellschaft, die Affen mit eingeschlossen, immer krampfhafter lachten, stieß der Spaßmacher einen schrillen Pfiff aus, und im gleichen Augenblick flog die Kette mit einem Ruck ungefähr dreißig Fuß nach oben. Dabei wurden die entsetzten und zappelnden Orang-Utans mitgerissen, so daß sie jetzt zwischen dem Deckenfenster und dem Fußboden in der Luft schwebten. Hoppfrosch, der die Kette nicht losgelassen hatte, schwebte noch immer in gleichem Abstand über den acht Verkleideten, und fuhr fort, als sei nichts geschehen, seine Fackel nach ihnen hinabzustrecken, als wollte er auch jetzt noch herausfinden, wer sie wären.

Die Festgesellschaft war über das plötzliche Emporschweben so grenzenlos erstaunt, daß eine Minute lang ein tiefes Schweigen folgte. Dieses wurde durch denselben leisen, aber scharfen und knirschenden Ton unterbrochen, der vorher dem König inmitten seiner Minister so aufgefallen war, als er Trippetta den Wein ins Gesicht gegossen hatte. Aber diesmal war es nicht zweifelhaft, woher dieser Ton stammte. Er kam von dem Raubtiergebiß des Zwergen, der mit den Zähnen knirschte und mit schäumendem Mund und von wahnsinniger Wut entstellten Zügen in die aufwärts gerichteten Gesichter des Königs und seiner sieben Genossen starrte.

»Aha«, rief endlich der rasende Hofnarr. »Aha! Jetzt sehe ich endlich, wer diese Leute sind!« Und wie wenn er jetzt den König noch genauer betrachten wollte, hielt er die Fackel an die Flachsschicht, die ihn rings umgab, und die sich sofort in eine hellodernde Flamme verwandelte. In weniger als einer halben Minute bildeten die acht Orang-Utans ein einziges Feuermeer, während die Menge, die sie von unten betrachtete, entsetzt aufschrie, aber nicht imstande war, ihnen auch nur die geringste Hilfe zu leisten.

Als die Flammen, deren Glut sich plötzlich verstärkte, den Hofnarren zwangen, an der Kette höher hinaufzuklettern, fiel die Menge von neuem in kurzes Schweigen. Diese Gelegenheit benutzte der Zwerg, um noch einmal zu sprechen.

»Ich sehe jetzt deutlich«, sagte er, »welcher Art diese Maskierten sind. Es sind ein großer König und seine sieben geheimen Räte. Ein König, der sich nicht schämte, ein schutzloses Mädchen zu schlagen, und sieben Räte, die ihm dabei zujubelten. Ich aber bin nur Hoppfrosch, ein gewöhnlicher Hofnarr – und dies ist mein letzter Spaß.«

Der Zwerg hatte kaum diese Worte gesprochen, als auch schon infolge der leichten Entzündbarkeit sowohl des Flachses wie des Teers das Werk seiner Rache vollendet war. Die acht Leichen hingen in ihren Ketten, eine schwärzliche, qualmende, widerliche und formlose Masse. Der Krüppel schleuderte seine Fackel auf sie hinab, kletterte gewandt zur Decke empor und verschwand durch das Lichtfenster.

Wahrscheinlich hatte sich Trippetta inzwischen auf dem Dach des Festsaales aufgehalten und ihrem Freund bei seiner furchtbaren Rache geholfen. Die beiden mögen wohl zusammen in ihre Heimat entkommen sein, denn man hat nie wieder von ihnen gehört.

Der alte Mann mit dem Geierauge

Gewiß, ich war immer nervös, ich war ganz schrecklich nervös und bin es noch – aber brauche ich deswegen wahnsinnig zu sein? Die Krankheit hatte meine Sinne geschärft, sie aber nicht zerstört noch abgestumpft. Vor allem besaß ich ein äußerst feines Gehör. Ich hörte alle Dinge im Himmel und auf der Erde und auch alles, was in der Hölle geschah. Bin ich darum wahnsinnig? Achten Sie bitte darauf, wie vernünftig, wie ruhig ich die ganze Geschichte erzähle.

Es ist unmöglich zu sagen, wie diese Idee zum erstenmal in mir auftauchte, aber als ich sie einmal gefaßt halte, quälte sie mich Tag und Nacht. Einen besonderen Grund hatte ich nicht. Haß war nicht vorhanden. Im Gegenteil, ich liebte den alten Mann, und er hatte mir nie etwas Böses zugefügt, noch mich je beleidigt. Nach seinem Geld trug ich kein Verlangen. Ich glaube, es war wohl sein Auge! Ja, das war es! Er hatte das Auge eines Geiers – ein blaßblaues, verschwommenes Auge. Wenn er mich damit ansah, überlief es mich kalt, und so faßte ich langsam – sehr langsam – den Entschluß, ihn ums Leben zu bringen, um mich auf diese Weise von seinem Auge zu befreien. So liegt die Sache. Sie halten mich für wahnsinnig, aber Wahnsinnige haben keinen Verstand. Und Sie hätten mich sehen sollen. Sie hätten beobachten sollen, wie klug ich vorging, mit welcher Umsicht – mit welcher Vorausberechnung und Verstellung ich zu Werke ging! Nie bin ich gegen den alten Mann so freundlich gewesen wie in der Woche, bevor ich ihn tötete. Und jede Nacht gegen zwölf Uhr drückte ich ganz leise auf die Klinke seiner Stubentüre und öffnete sie. Und wenn ich sie gerade so weit geöffnet hatte, daß mein Kopf hindurch konnte, schob ich eine Blendlaterne hinein, die so dicht geschlossen war, daß auch nicht ein Lichtstrahl herausdrang, und steckte dann erst meinen Kopf hinein. O, Sie würden gelacht haben, wenn Sie zugesehen hätten, wie geschickt ich meinen Kopf hineinsteckte. Ich bewegte ihn nur ganz, ganz langsam, um den alten Mann nicht im Schlaf zu stören, und es dauerte eine Stunde, bis ich ihn so weit hatte, daß ich den Alten auf seinem Bette konnte liegen sehen. Haha! – würde ein Wahnsinniger so klug gehandelt haben? Und dann, wenn mein Kopf ganz im Zimmer war, öffnete ich vorsichtig die Laterne – o, ganz vorsichtig, damit die Scharniere nicht knackten – ich öffnete sie nur so weit, daß ein einziger dünner Lichtstrahl auf sein Geierauge fiel. Und das tat ich sieben lange Nächte hindurch – jede Nacht um zwölf Uhr –, aber ich fand sein Auge immer geschlossen. Und so war es mir unmöglich, meinen Entschluß auszuführen, denn es war ja nicht der alte Mann, der mich quälte, sondern sein böses Auge. Und jeden Morgen, wenn es hell wurde, ging ich kühn in sein Zimmer und sprach freimütig mit ihm. In herzlichem Ton nannte ich ihn bei seinem Namen und fragte ihn, wie er die Nacht verbracht hätte. Sie begreifen wohl, daß er ein wirklich gründlich kluger alter Mann hätte sein müssen, um zu vermuten, daß ich ihn jede Nacht genau um zwölf Uhr im Schlafe beobachte.

In der achten Nacht war ich noch vorsichtiger als sonst beim Öffnen der Tür. Der Minutenzeiger einer Uhr bewegt sich schneller, als es meine Hand tat. Nie zuvor war ich so meiner Fähigkeiten, meiner Klugheit bewußt gewesen als in dieser Nacht. Ich konnte mich kaum enthalten, meinem Triumphgefühl Ausdruck zu geben. Man denke, daß ich es war, der Zoll um Zoll die Tür öffnete, während er nicht einmal von meinen Taten und Plänen träumte. Ich kicherte unwillkürlich bei diesem Gedanken, und vielleicht hat er das gehört, denn er bewegte sich plötzlich erschrocken in seinem Bett. Nun glauben Sie, ich hätte mich zurückgezogen? – O nein. In seinem Zimmer herrschte eine pechschwarze, dicke Dunkelheit, denn die Fensterladen waren aus Furcht vor Einbrechern fest geschlossen, und so wußte ich, daß er das Öffnen der Tür nicht sehen konnte. Ich schob sie also unentwegt weiter auf.

Ich hatte meinen Kopf schon hineingesteckt und war dabei, die Laterne zu öffnen, als mein Daumen von dem Zinnverschluß abglitt. Sofort sprang der alte Mann im Bett auf und schrie: »Wer ist da?«

Ich verhielt mich ganz still und sagte nichts. Eine ganze Stunde hindurch bewegte ich keine Muskel, und in all der Zeit hörte ich nicht, daß er sich wieder hinlegte. Er saß noch immer aufrecht im Bett und lauschte, gerade so wie ich Nacht für Nacht gesessen habe, wenn ich auf die Totenwürmer in der Täfelung lauschen mußte.

Endlich hörte ich ein leises Stöhnen, und ich wußte, daß es das Stöhnen der Todesangst war. Es war kein Stöhnen aus Schmerz oder Kummer – o nein! – es war ein dumpfer, halberstickter Laut, der aus der Tiefe der Seele kommt, wenn sie vor Grauen fast vergeht. Ich kannte den Laut gut. Manch eine Nacht, gerade um zwölf Uhr, wenn alle Welt schlief, war er auch aus meinem Herzen aufgestiegen, und sein Echo hatte das Entsetzen, das mich zerriß, aufs höchste getrieben. Ich sage, ich kannte ihn wohl. Ich wußte, was der alte Mann fühlte, und bemitleidete ihn, obgleich ich innerlich kicherte. Ich wußte, daß er seit dem ersten leisen Geräusch, als er sich im Bett aufgerichtet hatte, die ganze Zeit über wach gewesen, und daß die Furcht seitdem in ihm immerzu gewachsen war. Er hatte vergebens versucht, sie als grundlos abzuschütteln. Er hatte sich gesagt: »Es war nichts als der Wind im Kamin, es war nur eine Maus, die über den Fußboden lief«, oder: »es war ein Heimchen, das einmal zirpte.« Jawohl, mit solchen Annahmen hatte er sich zu trösten versucht und doch alles vergeblich gefunden. Es war alles vergeblich, denn der Tod war mit seinem schwarzen Schatten vor ihn hingetreten und hatte sein Opfer eingehüllt. Und die bedrückende Nähe dieses unsichtbaren Schattens ließ ihn fühlen – sehen und hören konnte er nichts –, daß sich mein Kopf im Zimmer befand.

Als ich eine lange Zeit sehr geduldig gewartet hatte, ohne daß er sich niederlegte, beschloß ich, den Schlitz der Laterne ein ganz klein wenig zu öffnen. Sie können sich gar nicht denken, wie unendlich vorsichtig und langsam ich das tat, bis endlich so dünn wie der Faden eines Spinngewebes ein einzelner feiner Strahl aus der Öffnung glitt und gerade auf das Geierauge fiel.

Es stand offen – weit, weit offen – und ich wurde wütend, als ich darauf starrte. Ich sah es mit völliger Deutlichkeit – ein einziges mattes Blau mit einem widerlichen, trüben Schleier darüber, so daß mir das Mark in den Knochen zu frieren begann. Sonst aber konnte ich weder von dem Gesicht noch von dem Körper des alten Mannes etwas erblicken, denn ich hatte wie durch Instinkt den Strahl genau auf den verdammten Fleck gerichtet.

Übrigens, habe ich Ihnen nicht gesagt, daß das, was Sie für Wahnsinn halten, nur eine Überschärfe meiner Sinne ist? Nun, ich versichere Ihnen, in diesem Augenblick kam an meine Ohren ein leiser, dumpfer und schneller Ton, wie ihn eine Uhr macht, die in Baumwolle eingewickelt ist. Auch diesen Ton kannte ich sehr gut. Es war der Herzschlag des alten Mannes. Er verstärkte meine Wut, wie das Schlügen einer Trommel den Soldaten zur Tapferkeit entflammt.

Aber auch jetzt noch bezwang ich mich und blieb still. Ich atmete kaum und hielt die Laterne bewegungslos. Ich versuchte, so genau es ging, den Strahl immerzu auf das Auge zu richten. Inzwischen verstärkte sich das höllische Herzklopfen, es wurde mit jedem Augenblick schneller und schneller, lauter und lauter. Das Entsetzen des alten Mannes muß außerordentlich groß gewesen sein! Es wurde lauter, sage ich, mit jedem Moment lauter! Ich habe Ihnen erzählt, daß ich nervös bin – ich bin es wirklich. Jetzt in der toten Stunde der Nacht, inmitten des entsetzlichen Schweigens des alten Hauses, erregte ein so unheimliches Geräusch wie dieses in mir einen unüberwindlichen Schrecken. Trotzdem bezwang ich mich noch einige Minuten länger und stand ganz still.

Aber noch lauter und lauter schlug das Herz, bis ich dachte, es müßte zerspringen. Und jetzt überfiel mich eine neue Angst – ich dachte, der Nachbar könnte es hören! Damit war des alten Mannes letzte Stunde gekommen. Mit einem gellenden Schrei riß ich die Laterne auf und stürzte ins Zimmer. Auch er schrie, aber nur einmal. In einem Augenblick riß ich ihn auf den Boden und preßte das schwere Bett über ihn. Dann lachte ich froh, weil ich endlich die Tat begangen hatte. Aber noch viele Minuten lang schlug das Herz in einem dumpfen Ton. Doch das störte mich nicht, denn man konnte das nicht mehr durch die Mauer hören. Schließlich hörte es auf, und der alte Mann war tot. Ich entfernte das Bett und besah mir die Leiche.

Ja, er war mausetot. Ich legte meine Hand auf sein Herz und hielt sie da viele Minuten lang.

Das Herz schlug nicht mehr, er war mausetot, und sein Geierauge würde mich nicht mehr quälen.

Wenn Sie mich nun noch immer für wahnsinnig halten, so werden Sie Ihre Ansicht ändern, sobald Sie hören, mit welcher Vorsicht ich daran ging, den Körper zu verbergen. Die Nacht ging zu Ende und ich arbeitete schnell, aber schweigend. Zunächst trennte ich alle Glieder vom Körper, ich schnitt den Kopf, die Arme und die Beine ab.

Ich hob drei Bretter vom Fußbodenbelag auf und legte alles zwischen die Balken. Dann fügte ich die Bretter so geschickt und schlau wieder in die alte Lage, daß kein menschliches Auge – nicht einmal sein Geierauge – irgend etwas Verdächtiges bemerken konnte. Ich brauchte nichts auszuwaschen, keinen einzigen Fleck oder Blutstropfen. Dafür war ich viel zu klug, ich hatte alles in einer Wanne aufgefangen – ha ha!

Wie ich meine Arbeit beendet hatte, war es vier Uhr und noch ganz dunkel. Gerade schlug die Uhr, da hörte ich ein Klopfen an der Stubentür. Leichten Herzens ging ich hinab, um zu öffnen, denn was hatte ich jetzt noch zu fürchten? Drei Männer traten herein, die sich mit größter Höflichkeit als Kriminalbeamte vorstellten. Ein Nachbar hatte während der Nacht einen Schrei gehört und war, da er eine Untat vermutete, nach dem Polizeiamt gegangen. Die Beamten waren nun gekommen, um eine Haussuchung vorzunehmen.

Ich lächelte – was hatte ich zu befürchten? Ich begrüßte die Herren und sagte, ich hätte selbst im Traum aufgeschrien. Der alte Mann, so erwähnte ich, sei aufs Land gereist. Ich begleitete meine Besucher durch das ganze Haus und bat sie, alles genau zu durchsuchen.

Schließlich führte ich sie in das Zimmer des alten Mannes und zeigte ihnen seine Besitztümer, die alle sicher und unberührt waren.

Im Hochgefühl meiner Sicherheit brachte ich Stühle in die Kammer und bat sie, sich hier von ihren Mühen auszuruhen, wobei ich mich im wilden Übermut meines Triumphes gerade auf den Fleck setzte, unter dem die Leiche meines Opfers lag.

Die Beamten waren beruhigt, mein Benehmen hatte sie von meiner Unschuld überzeugt. Mir war aber auch seltsam leicht zumute. Sie saßen und plauderten von gleichgültigen Dingen, während ich ihnen fröhliche Antworten gab. Aber nicht lange danach fühlte ich, wie ich bleich wurde, und ich hätte gern gehabt, wenn sie gegangen wären. Mein Kopf schmerzte, und in meinem Ohr meinte ich ein Pochen zu vernehmen, während sie ruhig dasaßen und weiterplauderten. Das Pochen in meinem Ohr wurde deutlicher, es ließ nicht nach, sondern wurde immer lauter. Um das Gefühl loszuwerden, begann ich immer mehr zu reden, doch es blieb und trat immer bestimmter auf – bis ich schließlich merkte, daß das Geräusch gar nicht in meinen Ohren entstand.

Zweifellos wurde ich jetzt sehr bleich – obgleich ich noch schneller und mit erhobener Stimme sprach. Doch der Klang wuchs – ich konnte nichts dagegen tun. Es war ein leises, dumpfes, schnelles Geräusch – gerade wie von einer Uhr, die in Baumwolle eingewickelt ist. Ich keuchte nach Atem – aber die Beamten hörten es nicht. Ich sprach schneller, heftiger, doch das Geräusch verstärkte sich unaufhörlich. Ich erhob mich und stritt mit ihnen wegen einer Kleinigkeit unter lauten Bemerkungen und heftigen Gestikulationen, aber das Geräusch nahm unaufhörlich zu. Warum gingen sie denn nicht? Mit schweren Tritten schritt ich im Zimmer auf und ab, als hätten mich die Bemerkungen der Männer wütend gemacht – doch das Geräusch nahm unaufhörlich zu.

O Gott, was sollte ich tun? Ich schäumte – ich raste – ich fluchte! Ich erhob den Stuhl, auf dem ich gesessen hatte, und schob ihn scharrend über die Dielen, aber das Geräusch übertönte alles und nahm unaufhörlich zu. Es wurde lauter – lauter – immer lauter! Und immer noch saßen die Männer in fröhlichem Geplauder und lächelten. War es denn möglich, daß sie es nicht hörten? Allmächtiger Gott! Nein, nein! Sie hörten es! – sie vermuteten alles! – sie wußten es sogar und machten sich über meine Angst lustig! – Das habe ich damals gedacht, und ich denke es heute noch. Aber alles war besser als diese endlose Qual! Alles war erträglicher als diese Ungewißheit! Ich konnte dieses heuchlerische Lächeln nicht länger mehr ansehen! Ich fühlte, ich mußte schreien oder sterben! Und da – jetzt kam es wieder – dieses Pochen! Lauter! lauter! lauter! immer lauter!

»Ihr Schurken!« schrie ich, »verstellt euch nicht länger! Ich gestehe die Tat! – reißt die Dielen auf! Hier, hier – hier schlägt dieses entsetzliche Herz!«

Die Mordtat in der Rue Morgue

Im Jahre 18 . . verlebte ich den Frühling und einen Teil des Sommers in Paris und lernte dort einen Herrn Auguste Dupin kennen. Dieser junge Mann stammte aus einer guten, man darf wohl sagen, sehr bekannten Familie, war aber durch eine Reihe widriger Umstände so arm geworden, daß darunter sein Lebensmut zusammenbrach, und er sich weder um eine Stellung in der Welt, noch um die Wiedergewinnung seines Vermögens bekümmerte. Seine Gläubiger hatten ihm aus Gefälligkeit einen kleinen Rest seines väterlichen Vermögens gelassen, von dessen geringen Zinsen er bei äußerster Einschränkung notdürftig seinen Unterhalt bestreiten konnte. Natürlich mußte er auf alles irgendwie Entbehrliche verzichten, und Bücher, die man ja in Paris leicht erhalten kann, waren sein einziger Luxus.

Wir trafen uns zum erstenmal in einer kleinen Buchhandlung in der Rue Montmartre, und der Zufall, daß wir beide gerade nach demselben seltenen und merkwürdigen Buch suchten, brachte uns näher zusammen. Von da ab verkehrten wir immer häufiger miteinander. Ich interessierte mich sehr für seine Familiengeschichte, die er mir mit dem ganzen Freimut eines Franzosen, der von sich selber spricht, erzählte. Ich war auch erstaunt über seine ungeheure Belesenheit, und vor allem entzückte mich die wilde Glut und die lebendige Frische seiner Phantasie. Für die Studien, die mich in Paris fesselten, mußte die Gesellschaft eines solchen Mannes von unschätzbarem Wert sein. Ich gestand ihm dies ganz offen, und wir kamen schließlich überein, während meines Aufenthaltes in Paris zusammenzuziehen. Da meine Vermögensumstände besser waren als die seinigen, so hatte er nichts dagegen, daß ich die Wohnung mietete und in dem Geschmack, der zu unserer beiderseitigen phantastisch trüben Stimmung paßte, einrichtete. Es war ein altes, verfallenes, wunderlich aussehendes Haus in einem abgelegenen und trostlosen Teil des Faubourg St. Germain, das lange Zeit wegen eines Aberglaubens, um den wir uns nicht kümmerten, leergestanden hatte.

Es war ein Glück, daß die Welt nichts von dem Leben, das wir dort führten, wußte, man hätte uns sonst für Wahnsinnige, wenn auch vielleicht für Wahnsinnige harmloser Art, erklärt. Wir hielten uns ganz abgeschlossen, und empfingen nie Besucher. Ich verheimlichte allen meinen früheren Bekannten meine neue Adresse, und Dupin war schon seit Jahren in Paris ein Unbekannter geworden. Wir lebten also ganz allein für uns.

Mein Freund hatte eine wunderliche Vorliebe für die Nacht, er schwärmte direkt für sie, und ich teilte bald diese bizarre Neigung wie alle andern, so daß ich mich auch seinen seltsamen Einfällen widerstandslos überließ. Zwar konnte die Göttin der Dunkelheit nicht immer bei uns verweilen, aber wir schufen uns künstlich ihr Reich. Schon beim ersten Morgendämmern schlossen wir die schweren Fensterladen unseres alten Hauses und zündeten eine Reihe stark parfümierter Kerzen an, die nur ein gespenstiges und mattes Licht verbreiteten. Dann überließen wir uns ganz unserm Träumen – wir lasen, schrieben und plauderten, bis uns die Uhr verkündete, daß die wirkliche Dunkelheit gekommen war. Arm in Arm schlenderten wir nunmehr durch die Straße und setzten die Unterhaltung des Tages fort. Oder wir machten ausgedehnte Streifzüge bis tief in die Nacht hinein und suchten inmitten der seltsamen Lichter und Schatten der übervölkerten Stadt nach ungewöhnlichen geistigen Eindrücken, wie sie ein ruhiges Beobachten bietet.

Bei solchen Gelegenheiten mußte ich immer wieder über die hervorragend scharfe analytische Denkkraft Dupins staunen. Wenn er eine Gelegenheit fand, sie auszuüben oder mir gar Proben davon zu zeigen, so machte ihm das ein großes Vergnügen, wie er selbst gern eingestand. Er rühmte sich mir gegenüber mit einem leisen, kichernden Lachen, daß für ihn alle Menschen Fenster in der Brust trügen, und bewies mir dann sofort seine Behauptung durch eine wahrhaft verblüffende Kenntnis meiner geheimsten Gedanken. Sein Benehmen war bei solchen Gelegenheiten kühl und unpersönlich, seine Augen blickten ins Leere, während seine sonst so volle Tenorstimme in einen Diskant überging, der unangenehm geklungen hätte, wenn nicht die ganze Aussprache so behutsam und deutlich gewesen wäre. Wenn ich ihn in solchen Stimmungen sah, dann mußte ich an die alte Theorie von den zwei Seelen im Menschen denken und ergötzte mich an der Vorstellung eines doppelten Dupin, wovon der eine aufbauend und der andere zersetzend dachte.

Eines Tages, als wir gemeinsam die Abendausgabe der »Gazette des Tribunaux« durchsahen, erregte der nachfolgende Artikel unsere Aufmerksamkeit.

»Außergewöhnliche Mordtat. Heute morgen gegen drei Uhr wurden die Bewohner des Quartier St. Roch durch ein anhaltendes schreckliches Geschrei aus dem Schlafe geweckt. Das Geschrei kam offenbar aus dem vierten Stock eines Hauses in der Rue Morgue, das ganz allein von einer Madame L'Espanaye und ihrer Tochter, Mademoiselle Camille L'Espanaye, bewohnt wird. Nachdem man eine Zeitlang vergebens versucht hatte, auf gewöhnliche Art in das Haus einzudringen, wurde die Haustür mit einer Brechstange erbrochen, und acht oder zehn Nachbarn traten, begleitet von zwei Polizisten, hinein. Inzwischen hatte das Schreien aufgehört, aber als die Gesellschaft die ersten Treppenstufen hinaufeilte, unterschied man zwei oder mehrere rauhe Stimmen, die wütend miteinander stritten, und zwar schien das aus dem oberen Teil des Hauses zu kommen. Beim Erreichen des zweiten Stockwerkes waren auch diese Laute verstummt, und alles blieb vollkommen still. Die Gesellschaft zerteilte sich jetzt und eilte von einem Zimmer zum andern. Endlich gelangte man im vierten Stockwerk in ein großes, nach hinten gelegenes Zimmer, dessen Tür mit Gewalt erbrochen werden mußte, da sie von innen mit einem Schlüssel verschlossen war. Hier bot sich nun ein Bild dar, das jeden Eindringenden mit Entsetzen und Grauen erfüllte.

Das Zimmer befand sich in wildester Unordnung, die Möbeleinrichtung war zerbrochen und nach allen Richtungen hin verstreut. Aus einer Bettstelle hatte man alle Bettstücke gerissen und sie mitten im Zimmer auf den Boden geworfen. Ein blutbeflecktes Rasiermesser lag auf einem Stuhl, und auf dem Kamin sah man zwei oder drei lange und dicke Strähne von grauem Menschenhaar, das ebenfalls in Blut getaucht war und mit den Wurzeln aus der Haut gerissen zu sein schien. Auf dem Boden fand man vier Goldstücke, einen Ohrring von Topas, drei große silberne Löffel, drei kleinere von Alfenid und zwei Beutel, die ungefähr viertausend Frank in Gold enthielten. Die Schubladen einer in einer Ecke stehenden Kommode waren aufgerissen und offenbar beraubt worden, obgleich sich noch viele Kleidungsstücke darin befanden. Eine kleine eiserne Kassette wurde unter den Bettstücken (nicht unter der Bettstelle) entdeckt. Sie war offen, und der Schlüssel steckte noch im Schloß. Sie enthielt aber nichts als ein paar alte Briefe und sonstige unwichtige Papiere. Von Madame L'Espanaye war keine Spur zu sehen, da man aber an der Feuerstelle eine ungewöhnlich große Menge Ruß bemerkte, untersuchte man den Kamin und zog daraus zum Entsetzen der Anwesenden die Leiche der Tochter hervor. Sie war, mit dem Kopf nach unten, ein großes Stück weit gewaltsam hineingepreßt worden. Der Körper war noch ganz warm, und man fand auf ihm viele Hautabschürfungen, die ohne Zweifel durch die gewaltsame Art, mit der man ihn hinaufgestoßen hatte, verursacht waren. Das Gesicht zeigte eine Reihe schwerer Kratzwunden, und auf der Kehle waren dunkle Flecken und tiefe Eindrücke von Fingernägeln, als ob die Verstorbene erwürgt worden sei.

Nach sorgfältiger, aber ergebnisloser Durchsuchung des ganzen Hauses kam die Gesellschaft in einen kleinen gepflasterten Hof, der ebenfalls nach hinten hinauslag, und hier lag die Leiche der alten Dame. Ihr Hals war so vollständig durchschnitten, daß bei einem Versuch, sie aufzuheben, der Kopf abfiel. Der Körper sowohl wie der Kopf waren so schrecklich verstümmelt, daß sie kaum noch menschenähnlich aussahen.

Bis jetzt hat man, soviel wir wissen, noch nicht den geringsten Anhalt zur Aufklärung des entsetzlichen Dramas gefunden.«

Am nächsten Tage brachte das Blatt noch folgende weiteren Einzelheiten:

»Die Tragödie in der Rue Morgue. Es sind bis jetzt eine große Anzahl von Personen in dieser ganz außergewöhnlichen und entsetzlichen Affäre vernommen worden. Nachstehend geben wir ein Gesamtbild der Zeugenaussagen.

Pauline Dubourg, Wäscherin, erklärt, daß sie die Verstorbenen seit drei Jahren gekannt und für sie gewaschen hat. Die alte Dame und ihre Tochter standen in einem sehr guten, ja herzlichen Verhältnis zueinander. Sie waren prompte Bezahler. Zeugin weiß nicht, wodurch sie ihren Lebensunterhalt erwarben, vermutet aber, daß es durch Kartenlegen geschah. Man glaubte auch, daß sie Geld zurückgelegt hätten. Die Zeugin hat nie eine fremde Person im Hause getroffen, wenn sie Wäsche abholte oder hinbrachte. Sie weiß bestimmt, daß kein Dienstmädchen gehalten wurde. Außer im vierten Stockwerk schien kein Zimmer des Hauses möbliert zu sein.

Pierre Moreau, Tabakhändler, bekundet, daß er seit fast vier Jahren kleinere Mengen Schnupftabak an Madame L'Espanaye verkauft habe. Er ist in der Nachbarschaft geboren und hat dort immer gewohnt. Die Verstorbene und ihre Tochter wohnten in dem Hause, in dem man ihre Leichen fand, seit mehr als sechs Jahren. Vorher hatte ein Juwelenhändler darin gewohnt, der die oberen Räume an verschiedene Parteien weiter vermietete. Das Haus war Eigentum der Madame L., und da ihr die Ausnutzung der Räume durch ihren Mieter nicht paßte, zog sie selbst ein, ohne irgend einen Teil an sonst jemand abzutreten. Die alte Dame war kindisch. Der Zeuge hat die Tochter während der sechs Jahre vielleicht fünf- oder sechsmal gesehen; die beiden lebten außerordentlich zurückgezogen, standen aber im Rufe, wohlhabend zu sein. In der Nachbarschaft wurde erzählt, Madame L. legte Karten – der Zeuge glaubte es aber nicht. Er hat außer der alten Dame und ihrer Tochter nie jemand ins Haus hineingehen sehen, höchstens ein- oder zweimal einen Dienstmann und vielleicht acht- oder zehnmal einen Arzt.

Eine Reihe anderer Zeugen aus der Nachbarschaft machte ähnliche Aussagen. Niemand von ihnen erwähnte, daß Besucher ins Haus kamen; es wußte auch kein Mensch, ob Madame L. oder ihre Tochter lebende Verwandte hätten. Die Laden an den vorderen Fenstern wurden selten geöffnet, und die an der Hinterfront waren überhaupt immer geschlossen, mit Ausnahme des großen Zimmers im vierten Stockwerk. Das Haus war keineswegs alt und befand sich in gutem Zustand.

Isidore Muset, Polizist, sagt aus, er sei gegen drei Uhr morgens herbeigerufen worden und habe vor der Haustür etwa zwanzig oder dreißig Personen getroffen, die versuchten, hineinzukommen. Er brach schließlich die Tür mit seinem Seitengewehr – nicht mit einem Brecheisen – auf. Dieses machte ihm übrigens keine großen Schwierigkeiten, da es eine Doppeltür war, die man weder oben noch unten verriegelt hatte. Die Schreie ertönten fortgesetzt, bis der Eingang erbrochen war, und hörten dann plötzlich auf. Sie schienen von einer oder mehreren Personen in großer Todesangst ausgestoßen zu sein – sie waren laut und langgezogen, nicht kurz und schnell aufeinanderfolgend. Der Zeuge eilte den andern auf der Treppe voran. Als er den ersten Stock erreichte, hörte er zwei Stimmen heftig und laut miteinander streiten. Die eine Stimme war rauh, die andere viel schriller – eine ganz sonderbare Stimme.

Er konnte einige Worte der rauhen Stimme verstehen, die von einem Franzosen kam und sicherlich keine Frauenstimme war. Er unterschied die Worte sacré und diable. Die schrille Stimme war die eines Ausländers, ob sie aber eine männliche oder eine weibliche Stimme war, vermochte der Zeuge nicht zu entscheiden. Er konnte auch nicht verstehen, was gesagt wurde, hielt die Sprache aber für Spanisch. Der Zeuge schilderte den Zustand des Zimmers und der Leiche so, wie sie in dem gestrigen Bericht beschrieben wurde.

Henri Duval, ein Nachbar, von Beruf Silberschmied, gibt an, daß er zu den ersten gehörte, die in das Haus eindrangen. Er bestätigt im allgemeinen die Aussagen Musets. Die schrille Stimme hält er für Italienisch, jedenfalls sei es kein Französisch gewesen. Er versteht kein Italienisch, glaubt aber nach dem Klang, daß der Sprecher ein Italiener gewesen sei. Er hat Madame L. und ihre Tochter gekannt und sich öfter mit ihnen unterhalten. Er war sicher, daß die schrille Stimme nicht von ihnen herrührte.

Odenheimer, Speisewirt, meldete sich freiwillig als Zeuge. Da er nicht französisch sprach, mußte er durch einen Dolmetsch vernommen werden. Er stammt aus Amsterdam und kam an dem Hause vorbei, als das Schreien ertönte. Es dauerte etwa zehn Minuten lang, die lauten, langgezogenen Rufe waren entsetzlich und qualvoll anzuhören. Der Zeuge war einer von denen, die mit in das Haus eindrangen. Er bestätigt die vorgenannten Aussagen, nur ist er der festen Ansicht, daß die schrille Stimme die eines Mannes, und zwar eines Franzosen gewesen sei. Er konnte aber die ausgestoßenen Worte nicht verstehen. Sie kamen laut, schnell und ungleichmäßig – es sprach aus ihnen sowohl Furcht als Ärger. Die Stimme war nicht so sehr schrill als mißtönend, er konnte sie eigentlich nicht schrill nennen. Die tiefe Stimme rief wiederholt sacré, diable und einmal mon Dieu.

Jules Mignaud, Bankier, Mitinhaber der Firma Mignaud et Fils, Rue Deloraine. Er ist der ältere Mignaud und gibt an, daß Madame L'Espanaye einiges Vermögen hätte. Sie besaß bei ihm seit etwa acht Jahren ein Bankkonto und machte häufig kleinere Einzahlungen. Sie hatte niemals Geld abgehoben außer an ihrem dritten Tage vor ihrem Tode, wo sie persönlich 4000 Frank holte. Die Summe wurde in Gold ausbezahlt, und ein Beamter begleitete sie mit dem Geld.

Adolphe Lebon, Angestellter der Firma Mignaud et Fils, erklärt, daß er an dem betreffenden Tage gegen Mittag Madame L'Espanaye mit den 4000 Frank, die sich in zwei Beuteln befanden, zu ihrer Wohnung begleitete. Als die Tür geöffnet wurde, erschien Mademoiselle L. und nahm ihm den einen Beutel aus der Hand, während die alte Dame den anderen nahm. Er verneigte sich dann und ging wieder fort. Er hat zu jener Zeit weiter keinen Menschen in der Straße gesehen. Es ist eine sehr einsame Nebenstraße.

William Bird, Schneider, seit zwei Jahren in Paris wohnhaft, war einer von denen, die in das Haus eindrangen. Er hörte die streitenden Stimmen und verstand die

Worte sacré und mon Dieu. Die schrille Stimme klang sehr laut, viel lauter als die grobe. Sie war sicherlich nicht die Stimme eines Engländers, sondern wahrscheinlich die eines Deutschen. Vielleicht war es auch eine Frauenstimme. Der Zeuge versteht kein Deutsch.

Vier der vorgenannten Zeugen wurden nun nochmals ausgefragt und bekundeten, daß die Tür zu dem Zimmer, in dem man die Leiche der Mademoiselle L. fand, von innen verschlossen war, als man sie erreichte. Alles war vollkommen still, und man hörte weder Stöhnen noch sonst ein Geräusch. Als die Tür aufgebrochen wurde, war niemand zu sehen. Sowohl im vorderen als im hinteren Zimmer waren die Schiebefenster herabgelassen und von innen fest verschlossen. Eine Verbindungstür zwischen den beiden Zimmern war zugemacht, aber nicht verschlossen. Die Tür, die aus dem vorderen Zimmer in den Flur führte, war verschlossen, und der Schlüssel steckte innen im Schloß. Es befand sich im vierten Stock am Ende des Flurs, und zwar nach vorne heraus, noch ein kleines Zimmer, dessen Tür halb offen stand. Hier waren alte Betten, Kisten und ähnliches Gerümpel aufgehäuft. Alles wurde herausgenommen und untersucht, wie überhaupt im ganzen Hause nicht der kleinste Winkel undurchsucht blieb. Selbst das Innere der Kamine wurde mit Besen abgetastet. Das Haus hat vier Stockwerke mit Mansardenzimmern darüber. Eine Falltür im Dach war sehr sorgfältig vernagelt und schien seit Jahren nicht mehr geöffnet zu sein. Über die Zeit, die zwischen dem Streit der beiden Stimmen und dem Aufbrechen der Tür verfloß, gingen die Ansichten der Zeugen auseinander. Doch muß es sich um drei bis höchstens fünf Minuten gehandelt haben. Die Tür ließ sich nur mit Schwierigkeiten öffnen.

Alfonso Garcio, Leichenbestatter, wohnt in der Rue Morgue. Er ist ein geborener Spanier und gehört zu den Leuten, die in das Haus eindrangen. Er stieg aber nicht mit die Treppen hinauf, da er nervös ist und sich vor den Folgen der Aufregung fürchtete. Er hörte die streitenden Stimmen und erkannte die rauhe als die eines Franzosen, obgleich er nicht verstand, was gesagt wurde. Er ist überzeugt, daß die schrille Stimme die eines Engländers war. Er versteht zwar kein Englisch, urteilt aber nach dem Klang.

Alberto Montani, Zuckerbäcker, sagt aus, daß er als einer der ersten ins Haus eingedrungen ist. Er hörte die erwähnten Stimmen. Die grobe war die eines Franzosen, der, wie es schien, jemand Vorwürfe machte. Den Sinn der schrillen Stimme konnte er nicht verstehen. Sie war zu schnell und zu ungleich. Er hält sie für die eines Russen. Sonst deckt sich seine Aussage mit der der anderen. Er ist Italiener, hat nie mit einem Russen gesprochen.

Auf besonderes Befragen bekundeten verschiedene Zeugen, daß sämtliche Kamine im vierten Stock zu eng seien, um irgend jemand Durchgang zu gewähren. Die erwähnten Besen waren an Rohren angebrachte zylindrische Bürsten, wie sie die Kaminfeger benutzen. Diese Bürsten würden durch alle Kaminröhren aufwärts und abwärts hindurchgezogen. Eine hintere Treppe, über die jemand hinabgestiegen sein könnte, während die Gesellschaft hinaufeilte, ist nicht vorhanden. Der Körper der Mademoiselle L'Espanaye war so fest in den Kamin hineingepreßt, daß es nur den vereinten Kräften von vier oder fünf Mann gelang, ihn herauszuziehen.

Paul Dumas, Arzt, bekundet, daß er bei Tagesanbruch geholt wurde, um die Leichen zu untersuchen. Sie lagen beide in dem Zimmer, wo man Mademoiselle L. gefunden hatte, auf der Matratze in der Bettstelle. Der Körper der jungen Dame war sehr zerschunden und verletzt, was offenbar von dem gewaltsamen Hineinpressen in den Kamin kam. Die Kehle war am meisten beschädigt. Gerade unter dem Kinn befanden sich verschiedene tiefe Kratzwunden und eine Reihe fahler Flecken, die offenbar von Fingereindrücken herrührten. Das Gesicht war entsetzlich verfärbt und die Augäpfel aus den Höhlen getreten. Die Zunge war teilweise durchbissen. Eine große Quetschung, die wahrscheinlich durch das Einpressen eines Knies entstanden war, wurde über der Magengrube entdeckt. Nach der Ansicht des Herrn Dumas ist Mademoiselle L'Espanaye von einer oder mehreren unbekannten Personen erwürgt worden. Der Leichnam der Mutter wies entsetzliche Verstümmelungen auf. Sämtliche Knochen des rechten Beines und Armes waren zerschmettert, das linke Schienbein fast zersplittert, ebenso wie alle Rippen auf der linken Seite. Überhaupt zeigte der ganze Körper grauenhafte Quetschungen und Verfärbungen. Es schien unmöglich, die Ursache der Verletzungen anzugeben. Eine schwere Holzkeule, eine dicke Eisenstange, ein Stuhl oder sonst eine große, wuchtige, stumpfe Waffe konnten in der Hand eines sehr starken Mannes eine solche Wirkung herbeigeführt haben. Es war ausgeschlossen, daß eine Frau das getan hätte. Der Kopf der Verstorbenen war, als der Zeuge ihn sah, vollständig vom Körper getrennt und größtenteils zerschmettert. Den Hals hatte man offenbar mit einem sehr scharfen Instrument, wahrscheinlich mit dem Rasiermesser durchschnitten.

Alexandre Etienne, Wundarzt, wurde mit Monsieur Dumas zur Leichenschau hinzugezogen. Er bestätigte das Gutachten und die Meinung seines Kollegen.

Obgleich noch eine Reihe weiterer Zeugen vernommen wurde, konnte sonst nichts von Bedeutung ermittelt werden. Noch nie ist in Paris ein so geheimnisvoller und in allen Einzelheiten so unerklärlicher Mord begangen worden – wenn es überhaupt ein Mord gewesen ist. Die Polizei ist vollkommen ratlos – ein ungewöhnlicher Fall bei einer so blutigen Tat. Es gibt auch nicht die geringste Spur, die zur Entdeckung der Täter führen könnte.«

Die Abendausgabe der Zeitung berichtete, daß im Stadtviertel St. Roch noch immer die größte Aufregung herrsche. Man habe die betreffenden Baulichkeiten aufs neue sorgfältig durchsucht und die Zeugen noch einmal vernommen, ohne zu einem Ergebnis zu kommen. Eine spätere Notiz meldete, daß Adolphe Lebon verhaftet und abgeführt worden sei, obgleich außer den schon berichteten keine neuen Verdachtsgründe gegen ihn vorlagen.

Dupin schien sich für den Fortgang dieser Ereignisse sehr zu interessieren, wenigstens schloß ich das aus seinem Benehmen, denn er sprach nicht darüber. Erst nach der Mitteilung von der Verhaftung Lebons fragte er mich um meine Meinung über die Mordtaten.

Ich konnte mich nur dem Urteil von ganz Paris anschließen, daß diese Geschichte ein unlösbares Geheimnis sei. Ich fand keine Spur, die es ermöglichen könnte, den Mörder aufzufinden.

»Wir dürfen die Spuren nicht nach der bisherigen, höchst oberflächlichen Untersuchung beurteilen«, meinte Dupin. »Die Pariser Polizei gilt allgemein für scharfsinnig, ist aber nur schlau und nichts mehr. In ihrem Vorgehen steckt keine Methode, sie läßt sich von zufälligen Umständen leiten. Sie macht immer ein großes Wesen von den Maßnahmen, die sie getroffen hat, aber manchmal passen diese so wenig zu ihrer Aufgabe, daß man unwillkürlich an Monsieur Jourdain denkt, der bekanntlich seinen Schlafrock anzog, um die Musik besser verstehen zu können. Mitunter gelingen der Polizei überraschende Ergebnisse, die sie dann aber meist nur ihrem Eifer und ihrer Energie verdankt. Wo diese Eigenschaften nichts nützen, da nützt auch nichts ihr angeblicher Scharfsinn. Vidocq zum Beispiel hatte Einfälle und besaß eine große Ausdauer. Aber ihm fehlte das geschulte Denken, und so brachte ihn gerade sein eifrigstes Forschen auf falsche Wege. Seine Einfälle nutzten ihm nichts, weil er sich nicht von den Tatsachen losmachen konnte. Einen oder zwei Punkte durchschaute er mit ungewöhnlicher Klarheit, aber während er sich darin verbohrte, verlor er die Übersicht über das Ganze. Man kann manchmal auch zu gründlich vorgehen, und die Wahrheit liegt nicht immer in der Tiefe eines Brunnens.

Was nun diesen Doppelmord angeht, so wollen wir unsere eigene Untersuchung veranstalten, ehe wir uns ein Urteil darüber bilden. Die Nachforschung wird uns Vergnügen machen« – ich hielt diesen Ausdruck für sehr unangebracht, sagte aber nichts –, »und im übrigen hat mir Lebon einmal einen Dienst erwiesen, für den ich ihm dankbar bin. Wir wollen uns das Haus einmal ansehen, ich kenne G., den Polizeipräfekten, und werde die nötige Erlaubnis leicht bekommen.«

Nachdem wir die Erlaubnis erhalten hatten, begaben wir uns sofort nach der Rue Morgue. Sie ist eine der elenden Durchgangsstraßen zwischen der Rue Richelieu und der Rue St. Roch. Da dieses Stadtviertel weit von dem unsrigen entfernt war, kamen wir erst spät am Nachmittag an. Das Haus war leicht gefunden, denn eine Menge Menschen stand an der andern Straßenseite und starrte mit zweckloser Neugierde auf die geschlossenen Fensterladen. Es war das übliche Pariser Haus mit einem Toreingang, neben dem sich das Beobachtungsfensterchen der Portierloge befand. Wir schritten zunächst einmal die Straße auf und ab und betraten eine Seitengasse, die uns mit einer neuen Wendung zur Hinterfront des Gebäudes führte. Während dieser Zeit beobachtete Dupin nicht nur das Haus, sondern auch die ganze Nachbarschaft mit einer Genauigkeit, für die ich keinen Grund wußte.

Wir gingen dann wieder zurück an den Haupteingang, klingelten und zeigten unseren Ausweis, worauf wir durch die diensthabenden Beamten eingelassen wurden. Wir erstiegen die Treppe und kamen in das Zimmer, wo man den Leichnam der Mademoiselle L'Espanaye gefunden hatte, und wo die beiden Toten noch immer lagen. Man hatte, wie meist in solchen Fällen, alles in der ursprünglichen Unordnung gelassen. Ich bemerkte nichts, was nicht auch schon in der »Gazette des Tribunaux« erwähnt war. Dupin untersuchte sorgfältig jeden Gegenstand, auch die beiden Leichen. Dann gingen wir durch die andern Zimmer und auch in den Hinterhof, wobei uns überall ein Polizist begleitete. Die Untersuchung zog sich bis zur Dunkelheit hin, worauf wir uns verabschiedeten. Auf dem Heimwege betrat mein Freund auf einen Augenblick den Geschäftsraum einer Tageszeitung.

Ich habe schon gesagt, daß Dupin allerlei Schrullen hatte, mit denen ich mich abfinden mußte. Diesmal lehnte seine Laune jede Unterhaltung über die Angelegenheit bis zum Mittag des nächsten Tages ab. Dann fragte er mich plötzlich, ob mir etwas Ungewöhnliches in bezug auf die Roheit des Verbrechens aufgefallen sei.

Er betonte den Ausdruck »etwas Ungewöhnliches« so seltsam, daß ich unwillkürlich schauderte.

»Nein, nichts Ungewöhnliches«, antwortete ich, »wenigstens nichts, was wir nicht auch in der Zeitung schon gelesen haben.«

»Die Gazette«, entgegnete er, »ist leider nicht genug auf das ungewöhnlich Grauenhafte der Tat eingegangen. Aber wir wollen uns mit den törichten Ausführungen dieser Zeitung nicht weiter abgeben. Ich glaube, daß man das Geheimnis aus demselben Grunde für so unlösbar hält, der mir die Lösung so leicht erscheinen ließ – nämlich weil das Ganze einen so unnatürlichen Charakter hatte. Die Polizei ist verblüfft über das anscheinende Fehlen eines Motives – nicht für den Mord selbst, aber für die Roheit, mit der er ausgeführt wurde. Sie kommt auch nicht über die scheinbare Unmöglichkeit hinweg, die Tatsache der sich streitenden Stimmen mit der Abwesenheit irgend welcher lebenden Personen in dem abgeschlossenen Zimmer in Übereinstimmung zu bringen, besonders da es keinen Ausgang außer der Vordertreppe gab. Das wilde Durcheinander in dem Zimmer, der mit dem Kopf nach unten in den Kamin hineingepreßte Leichnam, der grauenhaft verletzte Körper der alten Dame, dies und das übrige, was ich nicht noch einmal aufzuzählen brauche, haben genügt, um den gerühmten Scharfsinn der Kriminalbeamten vollständig zu lähmen und sie auf falsche Bahnen zu lenken. Sie sind in den groben, aber häufigen Irrtum verfallen, das Ungewöhnliche mit dem Unmöglichen zu verwechseln. Aber gerade solche Abweichungen vom Gewöhnlichen führen zur Entdeckung der Wahrheit, wenn diese überhaupt gefunden werden kann. Bei Untersuchungen wie der hier vorliegenden soll man nicht so sehr fragen: Was ist geschehen? sondern: Was ist das ganz Neuartige an dem Geschehenen? Tatsächlich ist die Leichtigkeit, mit der ich die Lösung des Geheimnisses finden werde oder schon gefunden habe, die direkte logische Folge seiner anscheinenden Unlösbarkeit in den Augen der Polizei.«

Ich starrte meinen Freund in stummem Erstaunen an.

»Ich erwarte jetzt«, fuhr er fort, indem er nach der Tür unseres Zimmers blickte, »einen Mann, der, wenn er auch vielleicht nicht der Urheber dieser Bluttaten ist, doch in gewissem Maße in ihre Ausführung verwickelt sein muß. An dem schlimmsten Teil der begangenen Verbrechen ist er wahrscheinlich unschuldig. Ich glaube, daß sich meine Annahme als richtig erweisen wird, denn darauf stützt sich meine Hoffnung, das ganze Rätsel lösen zu können. Ich erwarte diesen Mann hier in diesem Zimmer, und zwar kann er jeden Augenblick eintreten. Es ist möglich, daß er überhaupt nicht kommt, aber die Wahrscheinlichkeit spricht für sein Kommen. Sollte er hereintreten, dann müssen wir ihn festhalten. Hier sind Pistolen, wir verstehen ja beide, sie im Notfalle zu gebrauchen.«

Ich nahm die Pistolen, ohne daß ich wußte, was ich tat, und etwas von dem Gehörten zu glauben, während Dupin in seinen Ausführungen wie in einem Selbstgespräch fortfuhr.

»Daß die streitenden Stimmen«, sagte er, »die die Gesellschaft auf der Treppe hörte, nicht die Stimmen der Frauen sein konnten, ist klar bewiesen. Wir brauchen uns also nicht bei der Annahme aufzuhalten, die alte Dame habe zuerst ihre Tochter umgebracht und dann Selbstmord begangen. Ich erwähne den Punkt nur, um methodisch vorzugehen, denn Madame L'Espanaye hatte auch schwerlich die nötige Kraft, um den Leichnam ihrer Tochter in einer solchen Art in den Kamin zu pressen. Außerdem ist bei den Wunden an ihrem Körper ein Selbstmord völlig ausgeschlossen. Es ist also von einer dritten Partei ein Mord begangen worden, und man hat die Stimmen dieser dritten Partei sich streiten gehört. Lassen Sie mich nun übergehen – nicht zu der ganzen Zeugenaussage über diese Stimmen – aber zu dem, was ungewöhnlich an dieser Zeugenaussage war. Ist Ihnen daran etwas Ungewöhnliches aufgefallen?«

Ich bemerkte, daß alle Zeugen darin übereinstimmten, die rauhe Stimme sei die eines Franzosen gewesen, daß aber die Aussagen über die schrille oder, wie einer sie nannte, mißtönende Stimme weit auseinandergingen.

»Das ist klar«, sagte Dupin, »aber es betrifft noch nicht das Ungewöhnliche an den Zeugenaussagen. Ihnen ist also nichts Besonderes aufgefallen, und doch gab es etwas Besonderes. Die Zeugen stimmten, wie Sie bemerkten, über die rauhe Stimme überein. Hierüber herrschte Einmütigkeit. Was nun aber die schrille Stimme angeht, so liegt hier das Ungewöhnliche nicht in dem Auseinandergehen der Auffassung, sondern darin, daß ein Italiener, ein Engländer, ein Spanier, ein Holländer und ein Franzose sie jeder als die eines Ausländers beschrieb und sicher war, daß es nicht die eines Landsmannes gewesen sei. Keinen schien sie an eine ihm geläufige oder bekannte Sprache zu erinnern, sondern an das Gegenteil. Der Franzose, der kein Spanisch verstand, hielt es für Spanisch, der Holländer, der des Französischen nicht mächtig war, für Französisch, der Engländer, der nie Deutsch gehört hatte, für Deutsch, und so weiter. Wie ungewöhnlich muß nun diese Stimme gewesen sein, daß sie solche Zeugenaussagen veranlassen und den Vertretern von fünf großen europäischen Sprachen nichts Verwandtklingendes bieten konnte. Sie werden einwenden, es könnte die Stimme eines Asiaten oder eines Afrikaners gewesen sein. Weder Asiaten noch Afrikaner sind häufig in Paris, aber ohne den Einwurf abzuweisen, möchte ich Sie bitten, auf drei Punkte zu achten. Ein Zeuge nennt die Stimme eher mißtönend als schrill. Zwei andere haben sie als schnell und ungleichmäßig bezeichnet. Drittens erwähnt kein Zeuge, daß Worte oder wortähnliche Laute zu unterscheiden waren.

Ich weiß nicht«, fuhr Dupin fort, »welchen Eindruck ich bis jetzt mit meinen Ausführungen auf Sie gemacht habe, aber ich stehe nicht an, zu behaupten, daß man allein schon durch die Zeugenaussagen über die rauhe und die schrille Stimme auf eine Vermutung kommt, die die richtigen Wege zur Aufdeckung des Geheimnisses zeigt. Welcher Art diese Vermutung ist, das will ich jetzt noch nicht sagen. Jedenfalls war sie für mich stark genug, um meinen Untersuchungen in dem Zimmer eine ganz bestimmte Richtung zu geben.

Versetzen wir uns in Gedanken noch einmal in dieses Zimmer zurück. Wonach werden wir da vor allem suchen? Nach dem Wege, auf dem die Mörder entkommen sind. Es ist selbstverständlich, daß wir beiden hier nicht an übernatürliche Ereignisse glauben, Madame und Mademoiselle L'Espanaye sind nicht durch Geister getötet worden. Die Täter waren Wesen von Fleisch und Blut und sind auch nicht auf eine übernatürliche Art entkommen. Aber wie? Glücklicherweise gibt es nur eine Art logischer Folgerung, und die muß uns hier zu einem Ergebnis führen. Prüfen wir, eine nach der andern, die Möglichkeiten des Entkommens. Es ist klar, daß die Mörder sich in dem Zimmer, in dem man Mademoiselle L'Espanaye auffand, oder in dem anstoßenden noch befanden, als die eindringende Gesellschaft die Treppe hinaufeilte. Es kann sich also nur um Auswege handeln, die von einem der beiden Zimmer ausgingen. Die Polizei hat die Dielen, die Decken und das Mauerwerk der Decken überall bloßgelegt, kein geheimer Ausgang wäre ihrer Sorgsamkeit entgangen. Ich habe aber ihren Augen nicht getraut und selber gesucht, es ist kein geheimer Ausgang vorhanden. Beide Zimmertüren, die zum Flur führten, waren sorgfältig verschlossen, und die Schlüssel steckten innen. Nehmen wir die Kamine vor. Obgleich sie unmittelbar über den Feuerstellen acht oder zehn Fuß breit sind, lassen sie in ihrem ganzen Verlauf nicht einmal den Leib einer großen Katze durch. Da also alle andern Auswege unmöglich sind, so wenden wir uns zu den Fenstern. Durch die Fenster an der Vorderwand des Hauses konnte niemand entkommen, ohne von der Menge auf der Straße bemerkt zu werden. Die Mörder müssen also unbedingt durch die Fenster des Hinterzimmers entkommen sein. Nachdem wir auf einem so unwiderleglichen

Wege zu dieser Schlußfolgerung gekommen sind, dürfen wir uns durch irgendeine scheinbare Unmöglichkeit nicht davon abbringen lassen. Es bleibt uns nur übrig, zu beweisen, daß diese scheinbare Unmöglichkeit gar keine Unmöglichkeit ist.

In dem Zimmer gibt es zwei Fenster. Das eine liegt ganz frei, keine Möbelstücke stehen davor. Die untere Hälfte des zweiten Fensters ist durch das Kopfende der schweren Bettstelle verdeckt, die fest dagegen angeschoben ist. Man fand, daß das erstgenannte Fenster von innen fest verschlossen war. Es widerstand der größten Kraftanstrengung, es hochzuschieben. Man entdeckte an der linken Seite im Rahmen ein großes Bohrloch, in das ein kräftiger Nagel fest bis zum Kopf hineingetrieben war. Bei der Untersuchung des andern Fensters fand man einen ähnlichen Nagel auf ähnliche Weise angebracht. Auch hier führte ein kräftiger Versuch, die Scheibe hochzuschieben, zu keinem Ergebnis. Die Polizei war nunmehr vollkommen davon überzeugt, daß ein Entkommen auf diesem Wege nicht stattgefunden habe, und hielt es für überflüssig, die Nägel zu entfernen und die Fenster zu öffnen.

Meine eigene Untersuchung war aber etwas eingehender, und zwar aus dem Grunde, weil ich wußte, daß alle diese offenbaren Unmöglichkeiten in Wirklichkeit doch keine sein konnten.

Ich begann nachträglich folgenden Gedankengang. Die Mörder waren durch eins dieser Fenster entkommen. In diesem Falle konnten sie die Fenster nicht von innen wieder so festgemacht haben, wie man sie fand – eine Schlußfolgerung, deren Klarheit jedes weitere Forschen der Polizei an diesem Punkte zu Ende brachte. Da die Fenster nun von innen verschlossen waren, so mußten sie die Fähigkeit haben, sich von selbst zu verschließen. Eine andere Möglichkeit gab es gar nicht. Ich trat also an den freistehenden Fensterrahmen, entfernte mir vieler Mühe den Nagel, und versuchte die Scheibe hochzuschieben. Sie widerstand, wie ich vermutet hatte, allen meinen Bemühungen. Ich wußte jetzt, daß es eine verborgene Feder geben müßte, und diese Übereinstimmung mit meiner Idee überzeugte mich, daß meine Schlüsse richtig waren, so rätselhaft der Umstand mit den Nägeln bis jetzt noch war. Ein sorgfältiges Suchen brachte die verborgene Feder zum Vorschein. Ich drückte darauf und verzichtete, zufrieden mit der Entdeckung, auf das Aufziehen der Scheibe. Ich setzte nun den Nagel wieder hinein und betrachtete ihn aufmerksam. Eine Person, die durch dieses Fenster geklettert war, hätte es wieder schließen können, und die Feder wäre eingeschnappt. Aber der Nagel konnte nicht wieder hineingesteckt werden. Die Folgerung war klar und verringerte das Feld meiner Untersuchungen. Die Mörder mußten durch das andere Fenster entkommen sein. Angenommen nun, die Federn waren bei beiden Fenstern die gleichen, dann mußte es einen Unterschied in den Nägeln geben oder wenigstens in der Art, wie sie angebracht waren. Ich stieg auf die Matratze der Bettstelle und besah mir über das Kopfende hinweg genau den zweiten Fensterrahmen. Ich bog meine Hand hinunter und entdeckte sofort die Feder. Ich drückte darauf, sie war, wie ich vermutet hatte, genau wie die andere. Ich betrachtete jetzt den Nagel. Er war so kräftig wie der erste, und offenbar auch ebenso angebracht, da er fast bis zum Kopf hineingetrieben war.

Jetzt werden Sie sagen, ich habe vor einem unlöslichen Rätsel gestanden. Aber wenn Sie das glauben, dann mißverstehen Sie die Natur meines Denkens. Um einen Jagdausdruck zu gebrauchen, ich hatte auch nicht einen Augenblick die richtige Fährte verloren. In der Kette meiner Folgerungen fehlte kein Glied. Ich war dem Geheimnis bis zum letzten Punkt gefolgt, und dieser Punkt war der Nagel. Er sah, wie ich schon erwähnte, genau so aus wie der in dem andern Fenster, aber diese Tatsache, so zwingend sie zu sein schien, wollte gar nichts besagen gegen die Feststellung, daß hier an diesem Punkte meine Fährte zu Ende ging. Es muß etwas mit dem Nagel nicht stimmen, sagte ich mir. Ich faßte ihn an und hielt den Kopf mit ungefähr einem Viertel der Nagellänge in meinen Fingern. Der Rest befand sich in dem Bohrloch, in dem er abgebrochen war. Die Bruchstelle war alt und ziemlich verrostet. Ich steckte jetzt das Kopfende sorgfältig wieder an die Stelle, woher ich es genommen hatte, und der Nagel sah wieder ganz heil aus. Indem ich auf die Feder drückte, hob ich leise das Fenster ein paar Zoll breit empor, und der Nagelkopf ging mit. Ich schloß wieder das Fenster, und der Nagel sah vollkommen so aus wie vorher.

Soweit war nun dieses Rätsel gelöst. Der Mörder war durch das Fenster hinter dem Bett entkommen. Indem es von selbst herabglitt oder auch herabgezogen wurde, hatte es sich durch das Einschnappen der Feder geschlossen. Und da die Polizisten den Widerstand der Feder für den des Nagels hielten, so glaubten sie, daß eine weitere Untersuchung unnötig sei.

Die nächste Frage war die nach der Art des Hinabsteigens. Über diesen Punkt hatte mich der Spaziergang belehrt, den ich mit Ihnen um das Gebäude herum gemacht habe. Etwa fünfeinhalb Fuß von dem betreffenden Fenster entfernt läuft ein Blitzableiter herab. Von diesem Blitzableiter aus konnte unmöglich jemand das Fenster erreichen oder gar hineinklettern. Ich bemerkte aber, daß die Fensterblenden im vierten Stock von jener besonderen Art waren, die die französischen Tischler Ferrades nennen. Diese Blenden, die jetzt selten geworden sind, die man aber an sehr alten Häusern in Lyon und Bordeaux noch häufig antrifft, haben die Form einer gewöhnlichen Tür (und zwar einer einfachen, nicht einer Doppeltür). Die untere Hälfte ist durch Querstäbe mit Abständen gegittert, so daß sie einen ausgezeichneten Halt für die Hände bietet. Im vorliegenden Fall sind die Laden mindestens dreieinhalb Fuß breit. Als wir sie von der Hinterfront des Hauses aus sahen, waren sie halb geöffnet, das heißt, sie standen rechtwinklig von der Wand ab. Es ist anzunehmen, daß die Polizei, ebenso wie ich es tat, die Rückseite des Gebäudes besichtigt hat. Aber indem sie so diese Ferrades von der Seite sah, bemerkte sie nicht ihre große Breite oder hat sich jedenfalls über den Umstand weiter keine Gedanken gemacht. Im übrigen hatte sie sich ja schon die feste Meinung gebildet, daß an dieser Seite ein Entweichen nicht stattgefunden habe, und veranstaltete natürlich hier nur eine sehr oberflächliche Untersuchung. Mir aber wurde klar, daß die Blende, die zu dem Fenster am Kopfende des Bettes gehörte, wenn sie dicht an die Wand heranschwingen würde, bis auf zwei Fuß an den Blitzableiter herankäme. Es war also einleuchtend, daß bei Anwendung eines ganz ungewöhnlichen Maßes von Behendigkeit und Mut ein Eindringen in das Fenster von dem Blitzableiter aus habe stattfinden können. Ein Räuber, der also zweieinhalb Fuß weit greifen konnte (wir nehmen jetzt an, daß die Blende vollständig zurückgeschlagen war), der konnte auch einen festen Halt an dem Gitterwerk gewinnen. Wenn er sich dann mit den Füßen fest abstieß, und dem Laden einen kühnen Schwung gab, dann kam er mit dem sich schließenden Laden dicht an das Fenster und vielleicht sogar direkt in das Zimmer. Beachten Sie aber wohl, daß ich ein ganz ungewöhnliches Maß von Behendigkeit für notwendig erklärt habe, um ein so gefährliches und schwieriges Unternehmen durchzuführen. Ich wollte Ihnen erstens einmal zeigen, daß die Sache so möglich gewesen ist, zweitens und hauptsächlich wollte ich Ihnen aber einprägen, welch ein ganz außerordentliches, ja fast übernatürliches Maß von Gewandtheit dazu gehört haben muß.

Sie werden nun zweifellos sagen, daß ich, um einen juristischen Ausdruck zu gebrauchen, zur Klarstellung des Falles nicht gerade die Schwierigkeiten der Ausführung zu sehr betonen müßte. Dies mag einem Juristen praktisch erscheinen, aber bei vernunftgemäßem Denken ist es ein Fehler. Hier aber möchte ich Ihnen zweierlei so deutlich wie möglich vor Augen stellen, nämlich die soeben erwähnte, ganz ungewöhnliche Behendigkeit und dann die überaus eigenartige, schrille (oder mißtönende) und ungleiche Stimme, über deren Nationalität sich auch nicht zwei Zeugen einigen konnten, und in deren Lauten gar keine erkennbaren Worte zu unterscheiden waren.«

In diesem Augenblick tauchte in mir eine unbestimmte und blasse Ahnung von dem auf, was eigentlich Dupins Meinung war. Ich war nahe daran, ihn zu verstehen, ohne daß ich aber völlige Klarheit gewinnen konnte, geradeso wie man sich öfters dunkel an etwas erinnert, ohne aber zu wissen, was es eigentlich ist. Mein Freund fuhr inzwischen in seinen Ausführungen fort.

»Sie werden bemerkt haben«, sagte er, »daß ich von der Art, wie der Täter entkommen ist, zu der Art des Eindringens übergegangen bin. Ich wollte damit darlegen, daß beides in der gleichen Weise und auf demselben Wege geschah. Wir wenden uns jetzt wieder dem Innern des Zimmers zu und machen uns noch einmal klar, wie es hier ausgesehen hat. Die Schubladen der Kommode, so heißt es, waren ausgeplündert worden, obgleich sich noch viele Kleidungsstücke darin befanden. Diese Schlußfolgerung erscheint mir ungereimt, sie ist auch nicht mehr als eine Annahme, und zwar eine recht törichte. Woher wissen wir, daß die in den Schubladen gefundenen Sachen nicht alles war, was sie ursprünglich enthielten? Madame

L'Espanaye und ihre Tochter führten ein äußerst abgeschlossenes Leben, sie empfingen keine Besuche, gingen selten aus und hatten keine Veranlassung, ihre Kleidungsstücke häufig zu wechseln. Das, was man fand, war jedenfalls von ebenso guter Qualität, wie alles, was die Damen sonst besaßen. Wenn ein Dieb etwas genommen hätte, warum nahm er nicht das beste – warum nahm er nicht alles? Mit einem Wort, warum ließ er viertausend Frank in Gold liegen, um sich mit einem Bündel Leinen zu belasten? Das Gold wurde zurückgelassen. Fast die ganze Summe, die Monsieur Mignaud, der Bankier, erwähnte, fand man in Beuteln auf dem Fußboden. Ich möchte daher, daß Sie die Annahme eines Diebstahls als Motiv gänzlich fallen lassen, denn diese Annahme ist in den Köpfen der Polizei nur durch die Zeugenaussage entstanden, daß das Geld an der Haustüre abgegeben wurde. Zehnmal größere Zufälligkeiten als diese, daß drei Tage vor dem Morde die Ermordeten Geld empfingen, ereignen sich jeden Tag, ohne daß man ihnen auch nur die geringste Beachtung erweist. Überhaupt pflegen Leute, die nichts von den Gesetzen der Wahrscheinlichkeit wissen, sich gerade an solche Zufälle anzuklammern. Wäre in dem gegenwärtigen Falle das Geld verschwunden gewesen, dann hätte die Tatsache, daß es gerade drei Tage vorher ausgezahlt war, mehr als eine zufällige Bedeutung gehabt. Sie wäre dann als Motiv in Betracht gekommen. Aber so, wie die Dinge wirklich liegen, müssen wir den Verüber der grausigen Tat für einen offenbaren Idioten halten, wenn er zugleich mit dem Gold auch seinen eigentlichen Zweck im Stich gelassen hat.

Behalten wir also die Punkte, auf die ich Sie aufmerksam gemacht habe, fest im Gedächtnis – die seltsame Stimme, die ungewöhnliche Behendigkeit und das auffallende Fehlen eines Motivs bei einem so grauenhaft rohen Mord – und betrachten wir die Untat selber. Eine Frau ist mit der Hand erwürgt und mit dem Kopf nach unten in einen Kamin hineingepreßt worden. Gewöhnliche Mörder pflegen ihre Opfer nicht auf solche Weise umzubringen, und am allerwenigsten entledigen sie sich nicht so der Ermordeten. Sie werden zugeben, daß in der Art, wie die Leiche in den Kamin hineingezwängt worden ist, etwas liegt, das über alle Begriffe hinausgeht, und mit jedem, auch dem niedrigsten menschlichen Gefühl unvereinbar ist, selbst wenn wir annehmen, daß die Täter zum entartetsten Auswurf gehören. Und dann bedenken Sie, wie groß die Kraft gewesen sein muß, die den Körper so gewaltsam in die Öffnung emporgezwängt hat, wenn die vereinten Anstrengungen mehrerer Personen kaum genügten, um sie wieder herabzuziehen!

Wenden wir uns jetzt zu anderen Beweisen für die hier angewendete erstaunliche Kraft. Auf dem Kamin fand man dicke Strähnen – sehr dicke Strähnen grauen Menschenhaars, die mit den Wurzeln herausgezogen waren. Sie wissen, wie ungeheuer schwer es ist, selbst nur zwanzig oder dreißig Haare zugleich aus der Kopfhaut herauszuziehen. Sie haben ja die Strähnen selbst gesehen, an den Wurzeln klebten noch einzelne Hautfetzen – ein sicheres Zeichen, mit welcher ungeheuerlichen Kraft fast eine halbe Million Haare auf einmal herausgerissen wurden. Der Hals der alten Dame war nicht einfach durchschnitten, nein, der ganze Kopf war glatt vom Körper abgetrennt – und das mit einem so winzigen Instrument, wie es ein Rasiermesser ist. Ferner möchte ich, daß Sie die brutale Roheit dieser Untaten betrachten. Dabei spreche ich nicht von den Verletzungen am Körper der Madame L'Espanay. Monsieur Dumas und sein würdiger Kollege, Monsieur Etienne, haben begutachtet, die Verletzungen seien durch ein stumpfes Werkzeug verursacht worden, und so weit ist das Urteil dieser Herren ganz richtig. Das stumpfe Werkzeug war zweifelsohne das Steinpflaster im Hofe, auf das das Opfer aufschlug, als man es durch das Fenster über dem Kopfende des Bettes hinauswarf. So einfach diese Erklärung ist, sie entging doch der Polizei, und zwar aus demselben Grunde, warum ihr die Breite der Fensterladen entging – weil durch die Geschichte mit den Nägeln ihre Begriffe hermetisch verschlossen waren gegen jede Annahme, daß die Fenster überhaupt geöffnet sein konnten.

Wenn Sie nun zu allem diesen noch über die seltsame Unordnung in dem Zimmer nachgedacht haben, dann sind wir so weit, einmal alle bisherigen Ergebnisse zusammenzustellen, nämlich eine erstaunliche Behendigkeit, eine übermenschliche Kraft, eine brutale Roheit, ein Mord ohne Motiv, eine bis zum Grotesken verzerrte, gefühllose Grauenhaftigkeit und eine Stimme, die Menschen der verschiedensten Nationalität fremdartig erscheint und keine unterscheidbaren Worte verstehen läßt. Zu welchem Ergebnis kommen wir damit? Welchen Eindruck haben Sie daraus gewonnen?«

Ein kalter Schauder zog mir über den Rücken, als Dupin diese Frage an mich stellte. »Es ist ein Wahnsinniger«, sagte ich, »der diese Tat begangen hat, irgendein tobsüchtiger Verrückter, der aus dem Irrenhaus entsprungen ist.«

»In gewisser Hinsicht«, antwortete er, »ist Ihre Annahme nicht unbegründet. Aber selbst in ihren wildesten Anfällen haben Verrückte nicht eine so unnatürliche Stimme, wie sie auf der Treppe gehört wurde. Geisteskranke gehören irgendeiner Nation an, und so unzusammenhängend ihre Worte auch sein mögen, einzelne Silben versteht man doch. Außerdem hat kein Geisteskranker ein solches Haar, wie ich es hier in der Hand halte. Ich habe diesen kleinen Haarbüschel aus den krampfhaft zusammengepreßten Fingern der Madame L'Espanay genommen. Können Sie mir sagen, was Sie davon halten?«

»Dupin«, rief ich ganz außer Fassung, »das ist ein ganz merkwürdiges Haar – das ist kein Menschenhaar!«

»Ich habe das auch nicht behauptet«, erwiderte er. »Aber ehe wir diesen Punkt entscheiden, möchte ich, daß Sie einen Blick auf die kleine Zeichnung werfen, die ich hier auf diesem Papier entworfen habe. Es ist eine Nachbildung von dem, was ein Zeugenbericht dunkle Flecken und tiefe Eindrücke von Fingernägeln auf der Kehle der Mademoiselle L'Espanaye nennt.« Mein Freund breitete das Papier auf dem Tisch vor uns aus und fuhr dann in seiner Darlegung fort. »Sie werden bemerken, daß diese Zeichnung die Vorstellung von einem starken und festen Griff erregt. Nichts von einem Abgleiten ist zu bemerken. Jeder Finger hat wahrscheinlich bis zum Tode die Stelle festgehalten, wo er sich von Anfang an mit entsetzlichem Zufassen eingegraben hat. Versuchen Sie nun einmal, alle Ihre Finger zur gleichen Zeit auf die betreffenden Eindrücke zu setzen, die Sie hier sehen.«

Ich machte den Versuch, aber er mißlang. »Das ist nicht der Eindruck einer menschlichen Hand!« sagte ich endlich.

»Lesen Sie nunmehr«, erwiderte Dupin, »diesen Abschnitt aus Cuvier.« Es war eine genaue anatomische und äußerliche Beschreibung des großen gelbbraunen Orang-Utans der ostindischen Inseln. Seine riesige Größe, die erstaunliche Kraft und Behendigkeit, die wilde Grausamkeit und die Neigung zum Nachahmen sind hinlänglich bekannt. Ich verstand jetzt auf einmal die entsetzlichen Einzelheiten der Mordtat.

»Die Beschreibung der Finger«, sagte ich, als ich zu Ende gelesen hatte, »paßt genau zu dieser Zeichnung. Ich bin sicher, daß kein Tier außer einem Orang-Utan der hier erwähnten Art die von Ihnen gezeichneten Fingereindrücke gemacht haben konnte. Auch gleicht dieser Büschel gelbbraunen Haares genau dem Haar der von Cuvier erwähnten Bestie. Trotzdem kann ich durchaus nicht die Einzelheiten des entsetzlichen Geheimnisses begreifen. Auch hat man zwei Stimmen gehört, die sich miteinander stritten, und von diesen war die eine sicherlich die eines Franzosen.«

»Gewiß, und Sie werden sich auch einer Äußerung erinnern, die fast alle Zeugen dieser Stimme zuschrieben, nämlich des Ausrufs: Mon Dieu! Einer von diesen Zeugen, der Zuckerbäcker Montani, hat daraus einen vorwurfsvollen Ton herausgehört. Nun habe ich gerade auf diese beiden Worte meine Hoffnung gesetzt, das Rätsel vollständig lösen zu können. Ein Franzose war Augenzeuge der Mordtat, und es ist möglich – ja sogar mehr als wahrscheinlich, daß er an allen Einzelheiten der stattgefundenen Bluttat unschuldig war. Der Orang-Utan mag ihm entlaufen sein, und er verfolgte ihn dann bis zu dem Zimmer, worauf er ihn infolge der aufregenden Ereignisse überhaupt nicht wieder eingefangen hat. Es sei dem, wie es sei. Wir wollen jedenfalls diese bloßen Annahmen, als etwas anderes können wir sie kaum bezeichnen, nicht weiter fortsetzen. Jedenfalls, wenn der fragliche Franzose, wie ich vermute, an der grausigen Tat unschuldig ist, so wird ihn diese Anzeige, die ich gestern auf unserm Rückwege in der Geschäftsstelle der Zeitung »Le Monde« aufgab (das Blatt tritt für Schiffahrts-Interessen ein und wird von Seeleuten viel gelesen), ihn in unsere Wohnung bringen.«

Damit überreichte er mir ein Zeitungsblatt, das folgende Anzeige enthielt: Eingefangen wurde im Bois de Boulogne am . . . (hier war das Datum des Tages nach der Mordtat genannt) frühmorgens ein sehr großer, gelbbrauner Orang-Utan von der auf Borneo lebenden Art. Der

Eigentümer (man sagt, es sei ein Matrose, der zu einem Malteser Schiff gehört) kann das Tier nach genügendem Ausweis und Zahlung von einigen Unkosten für Gefangennahme und Pflege zurückbekommen. Zu melden Rue . . ., Nr. . . ., Faubourg St. Germain, im 3. Stock.

»Wie können Sie denn wissen«, fragte ich, »daß der Mann ein Matrose ist und zu einem Malteser Schiff gehört?«

»Ich weiß das nicht«, sagte Dupin. »Ich bin dessen nicht sicher. Hier haben Sie aber ein schmales Stück Band, das nach seiner Größe und seiner fettigen Beschaffenheit offenbar dazu gedient hat, das Haar zu einem langen Zopf zusammenzubinden, wie es die Matrosen noch so häufig tun. Auch ist dies ein echter Seemannsknoten, und zwar ein solcher, wie er den Maltesern eigen ist. Ich nahm das Band unten am Blitzableiter auf, von einer der beiden Ermordeten konnte es nicht herstammen. Wenn mich übrigens das Band zu einem falschen Schlusse verleitet hat, und der Franzose ist kein Seemann, so kann meine Bemerkung in der Zeitungsanzeige doch nichts schaden. Er wird einfach annehmen, ich sei durch irgendeinen Umstand irregeführt worden, und sich darüber keine Gedanken machen. Habe ich aber mit meiner Vermutung recht gehabt, so ist viel gewonnen. Als Mitwisser wird der Franzose, wenn er auch an der Mordtat unschuldig ist, natürlich Bedenken haben, sich auf die Anzeige zu melden und nach dem Orang-Utan zu fragen. Er wird aber folgern: Ich bin unschuldig, ich bin arm. Mein Orang-Utan ist von großem Wert und bedeutet für mich geradezu ein Vermögen. Warum soll ich ihn wegen leerer Befürchtungen verlieren? Ich brauche ihn nur zu holen. Er wurde im Bois de Boulogne gefunden – also sehr weit von der Stelle der Mordtat entfernt. Wie kann man je auf den Verdacht kommen, ein Tier habe die Tat begangen? Die Polizei ist auf falscher Fährte – sie hat nicht die kleinste Spur gefunden. Selbst wenn man das Tier als Täter aufspürte, so kann man mir unmöglich die Mitwisserschaft nachweisen, oder selbst ein solches Mitwissen mir als Schuld auslegen. Im übrigen kennt man mich. Der Mann, der die Anzeige aufgegeben hat, bezeichnet mich als Besitzer des Tieres. Ich weiß nicht einmal, wie weit seine Kenntnis geht. Wenn ich einen so wertvollen Anspruch aufgäbe, so würde ich mich ja gerade dadurch verdächtig machen und so die Aufmerksamkeit der Polizei entweder auf mich oder auf das Tier lenken. Deshalb will ich mich auf die Anzeige hin melden, mir den Orang-Utan holen und ihn versteckt halten, bis Gras über die Geschichte gewachsen ist.«

In diesem Augenblick hörten wir einen Schritt auf der Treppe.

»Halten Sie Ihre Pistolen bereit«, sagte Dupin, »aber zeigen Sie sie erst, wenn ich ein Zeichen dazu gebe.«

Die vordere Haustür hatten wir offen gelassen, der Besucher war ohne zu klingeln hereingetreten und machte jetzt einige Schritte zur Treppe hinauf. Dann aber schien er zu zaudern, und gleich darauf hörten wir ihn wieder hinabgehen. Dupin war schon dabei, zur Tür zu eilen, als wir den Mann wieder heraufkommen hörten. Diesmal zauderte er nicht wieder, sondern kam entschlossen herauf und klopfte an unsere Tür.

»Herein!« rief Dupin in einem freundlichen und herzlichen Ton. Ein Mann trat herein, offenbar ein Seemann, eine große, kräftige und muskulöse Erscheinung, mit einem etwas verwegenen, aber doch nicht ganz unsympathischen Gesichtsausdruck. Sein stark von der Sonne verbranntes Gesicht war mehr als zur Hälfte von einem starken Bartwuchs bedeckt. Er trug einen schweren, eichenen Knotenstock, schien aber sonst unbewaffnet zu sein. Er machte eine ungeschickte Verbeugung und bot uns in einem Französisch, das trotz des Neuchateller Akzents den geborenen Pariser verriet, guten Abend.

»Bitte, setzen Sie sich«, sagte Dupin. »Sie kommen vermutlich wegen des Orang-Utans. Wahrhaftig, ich beneide Sie fast wegen seines Besitzes, es ist ein ungewöhnlich schönes und ohne Zweifel auch sehr wertvolles Tier. Für wie alt schätzen Sie ihn?«

Der Matrose holte tief Atem, und man sah ihm an, daß ihm eine schwere Last vom Herzen gefallen war. Dann antwortete er in beruhigtem Ton:

»Ich kann das nicht sagen, aber er wird schwerlich älter als vier oder fünf Jahre sein. Haben Sie ihn hier?«

»O nein, wir waren hier nicht darauf eingerichtet. Er befindet sich ganz in der Nähe in der Rue Dubourg in einem Mietstall. Sie können ihn morgen früh abholen. Sie sind ja wohl imstande, sich als Besitzer auszuweisen?«

»Natürlich bin ich das, Herr.«

»Es tut mir leid, daß ich ihn verliere«, sagte Dupin.

»Ich will natürlich nicht, daß Sie all diese Mühe umsonst gehabt haben, Herr«, sagte der Mann. »Das kann ich nicht verlangen. Ich bin gern bereit, eine Belohnung für die Auffindung des Tieres zu bezahlen, das heißt, in vernünftigen Grenzen.«

»Schön«, antwortete mein Freund. »Das ist alles ganz recht. Warten Sie – was soll ich verlangen? O! Jetzt weiß ich es. Als Belohnung verlange ich folgendes: Sie sollen mir, soweit Sie können, eine volle Auskunft über die Mordtat in der Rue Morgue geben.«

Dupin sprach die letzten Worte in einem sehr leisen Ton und ganz ruhig. Ebenso ruhig ging er an die Tür, schloß sie ab und steckte den Schlüssel in die Tasche. Dann zog er eine Pistole aus der Brusttasche und legte sie ohne die geringste Verwirrung auf den Tisch.

Der Seemann bekam ein tiefrotes Gesicht, als wenn er am Ersticken wäre. Er sprang auf seine Füße und griff nach seinem Knotenstock, aber im nächsten Augenblick fiel er heftig zitternd auf seinen Stuhl zurück und sah aus wie der Tod selbst. Er sprach kein Wort, und ich bemitleidete ihn von ganzem Herzen. »Mein Freund«, sagte Dupin in gütigem Ton, »Sie beunruhigen sich wirklich ganz unnötig. Wir beabsichtigen nichts Böses gegen Sie. Ich gebe Ihnen mein Ehrenwort als anständiger Mensch und als Franzose, daß Ihnen kein Übel widerfahren soll. Ich weiß ganz genau, daß Sie an den Untaten in der Rue Morgue unschuldig sind. Ich kann aber auch nicht leugnen, daß Sie in die Sache verwickelt sind. Aus meinen bisherigen Worten dürften Sie ersehen, daß ich mir Kenntnis von der Angelegenheit auf einem Wege verschafft habe, von dem Sie sich nichts träumen lassen. Nun stehen die Dinge so, daß Sie nichts getan haben, was Sie hätten vermeiden können, und gewiß nichts, was Sie mitschuldig macht. Sie haben nicht einmal gestohlen, wo Sie es ungestraft hätten tun können. Sie haben nichts zu verheimlichen. Es liegt für Sie kein Grund vor, irgend etwas zu verheimlichen. Anderseits verpflichtet Sie Ihre Ehre, alles zu bekennen, was Sie wissen. Ein unschuldiger Mann ist jetzt eingesperrt und steht unter Anklage wegen eines Verbrechens, dessen Täter Sie bezeichnen können.«

Der Seemann hatte bei den ruhigen Worten Dupins seine Geistesgegenwart in beträchtlichem Maße wiedergewonnen, aber sein früheres verwegenes Aussehen war ganz vergangen.

»So wahr mir Gott helfe«, sagte er nach kurzer Pause, »ich will Ihnen alles sagen, was ich über die Sache weiß. Aber ich erwarte nicht, daß Sie auch nur die Hälfte davon glauben – ich wäre ja ein Narr, wenn ich das erwartete. Trotzdem bin ich unschuldig, und ich will meinem Herzen Luft machen, selbst wenn ich dafür sterben müßte.«

Was er uns mitteilte, war in der Hauptsache folgendes: Er hatte kürzlich eine Fahrt nach dem indischen Archipelagus gemacht. Eine Gesellschaft, der er zugeteilt wurde, landete auf Borneo und machte einen Vergnügungsausflug nach dem Innern. Dabei hatte er mit einem Freunde einen Orang-Utan gefangen, und da dieser Freund starb, so war er alleiniger Besitzer des Tieres geworden. Auf der Heimfahrt hatte ihm die unbezähmbare Wildheit seines Gefangenen viele Ungelegenheiten gemacht, aber endlich war es ihm doch gelungen, ihn sicher in seine Pariser Wohnung zu überführen, wo er ihn, um nicht die lästige Neugierde seiner Nachbarn zu erregen, sorgfältig abgeschlossen hielt. Seine Absicht war, das Tier zu verkaufen, sobald es von einer Wunde am Fuß, die es sich auf dem Schiff durch einen Splitter zugezogen hatte, geheilt war.

Als er in der Nacht des Mordes von einem Matrosenvergnügen heimkam, fand er das Tier in seinem eigenen Schlafzimmer, wohin es aus dem daneben liegenden, wie er glaubte gut befestigten Verschlag ausgebrochen war. Mit dem Rasiermesser in der Hand saß es richtig eingeseift vor dem Spiegel und versuchte, sich zu rasieren. Offenbar hatte es durch das Schlüsselloch seines Verschlages seinen Herrn bei einer solchen Tätigkeit beobachtet. Der Matrose war maßlos erschrocken über den Anblick des mit dieser gefährlichen Waffe versehenen wilden Tieres, das sicherlich wohl imstande war, sie auch zu gebrauchen, und blieb einige Augenblicke ganz regungslos. Er war aber gewöhnt, die Bestie in ihren wildesten Stimmungen mit Hilfe einer Peitsche zur Ruhe zu bringen, und griff auch jetzt danach. Als das der Orang-Utan sah, sprang er plötzlich durch die Tür der Kammer, schwang sich die Treppe hinab und gelangte durch ein unglücklicherweise offenstehendes Fenster auf die Straße.

Der Matrose folgte verzweifelt. Der Affe aber, der immer noch das Rasiermesser in der Hand hielt, blieb von Zeit zu Zeit stehen, um sich nach seinem Verfolger umzublicken und ihm Grimassen zu schneiden, bis dieser ganz nahe herangekommen war. Dann eilte er weiter, und die Jagd setzte sich so eine ganze Weile fort. In den Straßen herrschte eine tiefe Stille, denn es war fast drei Uhr morgens. In einem Gäßchen hinter der Rue Morgue erregte ein Licht, das aus dem offenen Fenster von Madame L'Espanayes Schlafzimmer im vierten Stock ihres Hauses strahlte, die Aufmerksamkeit des Flüchtlings. Er eilte nach dem Gebäude und kletterte, als er den Blitzableiter sah, mit einer unbegreiflichen Leichtigkeit hinauf. Dann erfaßte er die Fensterblende, die ganz gegen die Wand zurückgelehnt war, und schwang sich damit direkt auf das Kopfende des Bettes. Für das ganze Kunststück brauchte er noch nicht eine Minute. Als der Orang-Utan das Zimmer betrat, stieß er die Blende wieder zurück.

Inzwischen war der Seemann verblüfft, aber doch auch erfreut. Er hatte jetzt starke Hoffnung, die Bestie wieder zu fangen, denn aus der Falle, in die sie sich hineinbegeben hatte, konnte sie nur an dem Blitzableiter wieder herab, und es war leicht, sie dabei abzufangen. Im übrigen machte der Mann sich aber doch Gedanken, was sie wohl im Hause anfangen werde. Diese Besorgnis veranlaßte ihn, dem Flüchtling zu folgen. Die Ersteigung eines Blitzableiters bietet keine große Schwierigkeit, besonders für einen Seemann. Aber als er in der Höhe des Fensters angelangt war, das weit von ihm ab zu seiner Linken lag, konnte er nicht weiter. Es war ihm nur möglich, sich so weit hinüberzulehnen, daß ihm ein Blick in das Zimmer gelang. Aber bei diesem Blick verlor er vor übergroßem Schreck fast seinen Halt. Es war nämlich gerade der Moment, da die entsetzlichen Schreie durch die Nacht tönten, die die Bewohner der Rue Morgue aus ihrem Schlummer aufweckten. Madame L'Espanaye und ihre Tochter trugen ihre Nachtkleider und hatten sich offenbar damit beschäftigt, verschiedene Papiere in die schon erwähnte eiserne Kassette zu legen, die sie mitten in das Zimmer gestellt hatten. Die Kassette stand offen, und der Inhalt lag daneben auf dem Boden. Die Opfer müssen dem Fenster den Rücken zugekehrt haben, und nach der Zeit zu urteilen, die zwischen dem Eindringen der Bestie und dem Beginn des Schreiens verfloß, scheint es, daß das Tier nicht sofort bemerkt wurde. Das Anschlagen der Fensterblende hatte man wohl dem Wind zugeschrieben.

Als der Matrose hineinblickte, hatte der riesige Affe Madame L'Espanaye beim Haar gepackt (es war lose, da sie es gerade gekämmt hatte) und fuhr ihr in Nachahmung der Rasierbewegungen mit dem Messer über das Gesicht. Die Tochter war in Ohnmacht gefallen und lag bewegungslos ausgestreckt auf dem Boden. Da die alte Dame schrie und sich sträubte, wobei ihr das Haar ausgerissen wurde, so geriet der Orang-Utan, der anfangs wahrscheinlich friedlich gestimmt war, in Wut. Mit einem einzigen schnellen Schwung seines muskulösen Armes trennte er ihr fast den Kopf vom Leibe. Der Anblick des Blutes entflammte dann seine Wut zur Raserei. Zähnefletschend und mit blitzenden Augen stürzte er sich auf den Körper des Mädchens und grub seine furchtbaren Finger in ihre Kehle, worauf er sie nicht eher losließ, bis sie tot war. Einer seiner umherschweifenden wilden Blicke fiel in diesem Augenblick über das Kopfende des Bettes hinaus nach draußen, wo gerade das vor Schreck verzerrte Gesicht seines Herrn zu erblicken war. Die Wut des Tieres, das sich zweifellos an die gefürchtete Peitsche erinnerte, verwandelte sich sofort in Angst. Im Gefühl, Strafe verdient zu haben, schien es die Spuren seiner blutigen Taten verbergen zu wollen und fuhr in einem Wahnsinn von nervöser Erregung im Zimmer umher, wobei es die Einrichtungsgegenstände zu Boden warf und sie zerstörte und das Bettzeug aus der Bettstelle herausriß. Schließlich ergriff er zuerst den Körper der Tochter und zwängte ihn so in den Kamin hinein, wie man ihn nachher fand. Dann packte er die alte Dame und schleuderte sie mit dem Kopf voran durch das Fenster.

Als sich der Affe mit seiner verstümmelten Last dem Fenster näherte, fuhr der Seemann entsetzt nach dem Blitzableiter zurück, ließ sich, so schnell es ging, hinabgleiten und flüchtete nach Hause, wobei er sich aus Angst vor den Folgen der Bluttat um das weitere Schicksal des Affen nicht mehr kümmerte. Die Worte, die die Gesellschaft auf der Treppe hörte, waren die Ausrufe des Entsetzens und Schreckens von seiten des Seemanns, untermischt mit dem teuflischen Geschrei der Bestie.

Es bleibt nicht mehr viel hinzuzusetzen. Der Orang-Utan muß an dem Blitzableiter entlang, gerade im Moment, bevor man die Tür aufbrach, entkommen sein. Das Fenster hat er wohl nach seinem Durchklettern geschlossen. Er wurde übrigens später von seinem Eigentümer selbst gefangen und an den Jardin des Plantes für eine sehr hohe Summe verkauft. Lebon entließ man sofort, als wir im Zimmer des Polizeipräfekten alles klarlegten. Obgleich nun dieser Beamte meinem Freunde eigentlich sehr gewogen war, so konnte er doch seinen Ärger über die Wendung, die die Sache genommen hatte, nicht ganz verhehlen und machte ein paar sarkastische Bemerkungen über das Recht jedes Menschen, sich um seine eigenen Angelegenheiten bekümmern zu dürfen.

»Lassen Sie ihn reden«, sagte Dupin, der es nicht für der Mühe wert hielt, ihm zu antworten. »Lassen Sie ihn ruhig reden, damit erleichtert er sein Gewissen. Ich bin zufrieden, ihn auf seinem eigenen Gebiet geschlagen zu haben. Übrigens ist es gar nicht so wunderbar, wie er glaubt, daß er die Lösung des Rätsels nicht gefunden hat, denn, um die Wahrheit zu sagen, unser Freund, der Präfekt, ist etwas zu schlau, um tief zu sein. Im übrigen ist er ja sonst ein ganz guter Kerl.«

Der gestohlene Brief

An einem frühdunkeln und stürmischen Herbstabend des Jahres 18 . . saß ich in Paris mit meinem Freunde Auguste Dupin in seiner Wohnung, Rue Dunot Nr. 33 im Faubourg St. Germain, und überließ mich in dem kleinen Bibliothekzimmer im dritten Stock bei einer Meerschaumpfeife dem Behagen träumerischen Nachdenkens. Eine ganze Stunde hatten wir so in tiefem Schweigen verbracht, und ein zufälliger Beobachter hätte sicher gedacht, wir wären nur damit beschäftigt, die Luft im Zimmer mit immer dichteren Rauchwolken zu erfüllen. In Wirklichkeit aber war ich innerlich noch ganz mit den Einzelheiten eines Gesprächs beschäftigt, das sich um die halbvergessene Mordtat in der Rue Morgue drehte. Es erschien mir deshalb als ein seltsamer Zufall, als sich plötzlich die Tür zu unserem Zimmer öffnete, und unser guter Bekannter Monsieur G., der Polizeipräfekt von Paris, hereintrat.

Wir boten ihm ein herzliches Willkommen, denn bei allen kleinlichen Eigenschaften besaß er doch etwas Unterhaltsames, und wir hatten ihn seit mehreren Jahren nicht mehr gesehen. Dupin erhob sich, um die Lampe anzuzünden, denn wir hatten bisher im Dunkeln gesessen, unterließ es dann aber, weil G. sagte, er sei gekommen, um in einer amtlichen Angelegenheit, die ihm schon viel Mühe verursacht habe, meinen Freund um Rat oder vielmehr um seine Meinung zu fragen.

»Wenn es etwas ist, was Nachdenken verlangt«, bemerkte Dupin und setzte sich wieder hin, ohne den Docht zu entzünden, »so wollen wir es lieber im Dunkeln erörtern.«

»Das ist wieder eine Ihrer verzwickten Ideen«, sagte der Präfekt, der alles verzwickt nannte, was über sein Verständnis ging, und daher manchmal in wahren Wolken von verzwickten Dingen lebte.

»Ganz gewiß«, sagte Dupin, indem er seinem Besuch eine Pfeife anbot und für ihn einen bequemen Sessel heranschob.

»Und was gibt es denn für eine Schwierigkeit?« fragte ich. »Hoffentlich nicht wieder eine Mordgeschichte.«

»O nein, gar nichts von der Art. Übrigens ist die Angelegenheit eigentlich ganz einfach, und ich zweifle nicht, daß wir schließlich auch gut allein damit fertig werden. Aber ich dachte, Dupin würde sich für die Einzelheiten interessieren, denn das Ganze ist zugleich so außerordentlich verzwickt.«

»Einfach und verzwickt«, warf Dupin ein.

»Nun ja, aber doch nicht so ganz. Nämlich, das ist ja gerade das Rätsel, daß die Sache so einfach ist und uns doch alle zum Narren hält.«

»Vielleicht ist es gerade die Einfachheit der Sache, die Sie irreführt«, meinte mein Freund.

»Wie können Sie solchen Unsinn reden!« antwortete der Präfekt und lachte herzlich.

»Vielleicht ist das Rätsel zu leicht«, sagte Dupin.

»Aber du lieber Himmel, wer hat schon je einen solchen Unsinn gehört?«

»Vielleicht ist die Lösung zu einleuchtend.«

»Hahaha! – Hahaha!« brüllte unser Besucher, aufs äußerste belustigt. »O, Dupin, Sie bringen mich noch einmal um!«

»Also worum handelt es sich denn eigentlich?« fragte ich.

»Gut, ich will es Ihnen erzählen«, antwortete der Präfekt, indem er gemächlich eine ungeheure Rauchwolke ausstieß und es sich in seinem Sessel bequem machte. »Ich werde es Ihnen in kurzen Worten erzählen. Aber zuerst muß ich Sie bitten, über diese Angelegenheit das tiefste Schweigen zu bewahren, denn ich würde höchstwahrscheinlich meine Stellung verlieren, wenn es herauskäme, daß ich irgend jemand etwas davon gesagt hatte.«

»Beginnen Sie«, sagte ich.

»Oder lassen Sie es sein«, sagte Dupin.

»Nun gut. Mir ist also persönlich von sehr hoher Stelle mitgeteilt worden, daß ein gewisses Schriftstück von größter Wichtigkeit im königlichen Schloß entwendet worden ist. Man kennt den Dieb. Es kann über seine Person kein Zweifel sein, denn man hat gesehen, wie er den Brief fortnahm. Man weiß auch, daß er ihn noch im Besitz hat.«

»Woher weiß man das?« fragte Dupin.

»Das ergibt sich klar aus der Natur des Schriftstückes«, antwortete der Präfekt, »und aus dem Ausbleiben gewisser Ereignisse, die unfehlbar folgen müßten, wenn der Dieb es aus den Händen gäbe – das heißt, wenn er es zu dem Zweck benutzte, zu dem er es schließlich benutzen muß.«

»Bitte, seien Sie etwas deutlicher«, sagte ich.

»Nun, ich darf es vielleicht wagen, Ihnen mitzuteilen, daß das Papier seinem Besitzer eine gewisse Macht gibt an einer Stelle, wo eine solche Macht von unendlichem Wert ist.« Der Präfekt schwelgte in diplomatischen Redewendungen.

»Ich verstehe Sie noch immer nicht ganz«, sagte Dupin.

»Wirklich nicht? Nun denn, die Weitergabe des Dokuments an irgendeine dritte Person würde die Ehre einer sehr hochgestellten Person empfindlich berühren. Diese Tatsache gibt dem Besitzer des Dokuments einen Einfluß auf die hochstehende Persönlichkeit, deren Ehre und Ruhm auf dem Spiele stehen.«

»Aber dieser Einfluß«, warf ich ein, »würde doch davon abhängen, daß der Dieb wüßte, er sei dem Bestohlenen als Dieb bekannt. Und wer dürfte es wagen –«

»Der Dieb«, sagte G., »ist der Minister D., der alles darf, ob es nun ehrenhaft ist oder nicht. Die Art, wie er den Diebstahl ausführte, war ebenso eigenartig als kühn. Die bestohlene Person hatte das betreffende Dokument – es war ein Brief, um es offen zu sagen – empfangen, als sie sich allein im königlichen Boudoir befand. Während sie es durchlas, wurde sie plötzlich durch den Eintritt der andern hochgestellten Persönlichkeit, vor der sie den Brief gerade verbergen wollte, unterbrochen. Nachdem sie in der Eile vergebens versucht hatte, ihn in eine Schublade zu stecken, mußte sie ihn offen, wie er war, auf dem Tisch liegen lassen. Die Adresse lag nach oben, und da der Inhalt nicht zu sehen war, blieb das Schreiben unbeachtet. In diesem Augenblick trat der Minister D. ein. Mit seinen Luchsaugen entdeckte er sofort den Brief, erkannte die Handschrift der Adresse, und da ihm die Verlegenheit der Person, an die der Brief adressiert war, auffiel, konnte er sich ihr Geheimnis denken. Nach einigen geschäftlichen Mitteilungen, die er nach seiner Art ziemlich hastig vorbrachte, zog er einen Brief aus der Tasche, der dem auf dem Tische liegenden ziemlich ähnlich war. Er öffnete ihn, tat so, als ob er ihn lese, und legte ihn dicht neben den andern. Dann hielt er wieder eine Viertelstunde lang über öffentliche Angelegenheiten Vortrag. Schließlich brach er auf und nahm mit seinen Papieren, auch den Brief vom Tisch, der ihm nicht gehörte. Die rechtmäßige Besitzerin sah das natürlich, wagte aber nicht, in Gegenwart der andern Persönlichkeit, die dicht neben ihr stand, darauf aufmerksam zu machen. Der Minister ging und ließ seinen eigenen – völlig bedeutungslosen – Brief auf dem Tische liegen.«

»Hier haben Sie also«, sagte Dupin zu mir, »wonach Sie vorhin fragten. Der Dieb weiß, daß der Bestohlene ihn als Dieb kennt.«

»Ja«, erwiderte der Präfekt, »und sein dadurch erreichter Einfluß ist während der letzten Monate in einem sehr gefährlichen Maße zu politischen Zwecken ausgenutzt worden. Die bestohlene Person hat sich mit jedem Tage mehr davon überzeugt, daß es unbedingt notwendig ist, den Brief zurückzugewinnen. Aber natürlich kann das nicht offen erreicht werden. Endlich hat sie in der Verzweiflung mir die Sache übertragen.«

»Und eine scharfsinnigere Kraft hätte sie sich dafür auch weder wünschen, noch selbst ausdenken können«, sagte Dupin in einem gewaltigen Wirbelwind von Rauch.

»Sie schmeicheln mir«, erwiderte der Präfekt, »aber es ist möglich, daß man eine solche Meinung von mir hat.«

»Es scheint mir klar zu sein«, sagte ich, »wie Sie es ja auch betont haben, daß der Brief noch im Besitz des Ministers ist, denn nur im Besitz und nicht in der Veröffentlichung liegt seine Macht. Mit der Veröffentlichung hat sie ein Ende.«

»Natürlich«, sagte G., »und nach dieser Überzeugung bin ich vorgegangen. Meine erste Sorge war, das Haus des Ministers aufs gründlichste zu durchsuchen, und hierbei war es mir natürlich sehr hinderlich, daß ich diese Durchsuchung ohne sein Wissen vornehmen mußte. Man hat mich vor allem vor der Gefahr gewarnt, die dadurch entstehen kann, daß er etwas von unserer Absicht ahnt.«

»Aber«, sagte ich, »in solchen Durchsuchungen sind Sie doch auf der Höhe. Die Pariser Polizei hat ja so etwas schon oft gemacht.«

»O ja, und deshalb verzweifelte ich auch nicht. Überdies gaben mir die Lebensgewohnheiten des Ministers einen großen Vorteil. Er bleibt häufig die ganze Nacht über aus dem Hause, und seine Dienerschaft ist nicht sehr zahlreich. Sie schlafen von seinen Gemächern entfernt, und da sie meist Neapolitaner sind, kann man sie leicht betrunken machen. Ich habe Schlüssel, wie Sie wissen, mit denen ich jedes Zimmer und jeden Schrank öffnen kann. Während der letzten drei Monate ist keine Nacht vergangen, in der ich nicht persönlich mit daran gearbeitet habe, D.'s Haus genau zu durchsuchen. Meine Ehre steht auf dem Spiel, und um ein tiefes Geheimnis mitzuteilen, es handelt sich um eine riesige Belohnung. Deshalb habe ich meine Suche nicht eher aufgegeben, bis ich mich vollständig überzeugt hatte, daß der Dieb noch scharfsinniger ist als ich selbst. Ich glaube, ich habe in seinem Hause jeden Winkel und jede Ecke, wo der Brief möglicherweise verborgen sein könnte, durchforscht.«

»Aber könnte es nicht sein«, warf ich ein, »daß, wenn auch, woran man nicht zweifeln kann, der Brief sich noch im Besitze des Ministers befindet, er ihn anderswo als in seinem eigenen Hause versteckt hält?«

»Das ist kaum möglich«, sagte Dupin. »Bei den gegenwärtigen eigenartigen Zuständen am Hofe und besonders bei den Intriguen, in die bekanntlich D. verwickelt ist, muß gerade die Möglichkeit, den Brief in jedem Augenblick herbeischaffen und vorzeigen zu können, für ihn fast ebenso wichtig wie der Besitz selbst sein.«

»Die Möglichkeit, ihn vorzeigen zu können?« fragte ich.

»Ja, oder ihn vernichten zu können«, sagte Dupin.

»Sie haben recht«, stimmte ich zu. »Danach muß sich der Brief in dem Hause befinden. Die Möglichkeit, daß er ihn mit sich herumträgt, kann man wohl außer Betracht lassen?«

»Vollständig«, sagte der Präfekt. »Er ist zweimal wie von Straßenräubern überfallen worden, und man hat ihn unter meiner eigenen Leitung gründlich durchsucht.«

»Die Arbeit hätten Sie sich sparen können«, sagte Dupin. »D. ist doch schließlich kein Narr und muß natürlich die Straßenüberfälle vorausgesehen haben.«

»Er ist nicht ganz ein Narr«, entgegnete G., »aber er ist ein Dichter, was nicht weit davon ab ist.«

»Gewiß«, sagte Dupin nach einem langen und gedankenvollen Zug aus seiner

Meerschaumpfeife, »obgleich ich mich selbst auch einiger schlechter Verse schuldig gemacht habe.«

»Vielleicht«, sagte ich, »schildern Sie uns einmal die Einzelheiten Ihrer Durchsuchungen.«

»Nun, die Sache ist die, wir nahmen uns Zeit und suchten überall. Ich habe eine große Erfahrung in solchen Dingen. Ich nahm das ganze Gebäude, Zimmer für Zimmer, vor und widmete jedem die Nächte einer vollen Woche. Zunächst untersuchten wir in jedem Zimmer die Möbel. Wir öffneten jede Schublade, und ich kann Ihnen versichern, daß es für das richtig geschulte Auge eines Polizisten so etwas wie geheime Schubfächer nicht gibt. Nur einem Tölpel könnte bei einer solchen Untersuchung ein geheimes Fach entgehen. Die Sache ist zu klar. Wir berechneten den Raum in jedem Schrank nach ganz genauen Regeln, nicht der fünfzigste Teil einer Linie würde uns entgehen. Nach den Schränken nahmen wir die Stühle vor. Die Kissen wurden mit feinen, langen Nadeln, wie ich Ihnen welche gezeigt habe, durchstochen. Von den Tischen nahmen wir die Platten herunter.«

»Warum das?«

»Personen, die etwas verstecken wollen, entfernen manchmal die Platten von Tischen oder ähnlichen Möbelstücken, bohren die Füße aus und verbergen den Gegenstand in der Höhlung, worauf sie die Platte wieder aufsetzen. Die oberen und unteren Teile der Bettpfosten werden ähnlich verwandt.«

»Aber kann man nicht die Höhlung durch Beklopfen entdecken?« fragte ich.

»Keineswegs, wenn der versteckte Gegenstand mit Baumwolle umgeben wird. Übrigens mußten wir ja in unserm Falle jedes Geräusch vermeiden.«

»Aber Sie konnten doch unmöglich alle Möbelteile auseinandernehmen, in denen möglicherweise ein solches Versteck angelegt war. Ein Brief kann so dünn zusammengerollt werden, daß er in der Form nicht weit von der einer großen Stricknadel abweicht und so zum Beispiel in der Seitensprosse eines Stuhles Platz hat. Sie haben doch nicht auch alle Stühle auseinandergenommen?«

»Gewiß nicht, aber wir taten etwas Besseres – wir untersuchten die Sprossen an jedem Stuhl und überhaupt alle Verbindungsstellen an den Möbeln mit sehr starken Vergrößerungsgläsern. Selbst die geringste Spur einer neuerlich stattgefundenen Veränderung hätten wir sofort bemerkt. Jedes Stäubchen Sägemehl, jede verdächtige Stelle am Leim, eine kleine Spalte an den Verbindungsstellen wäre uns sicher aufgefallen.«

»Ich nehme an, daß Sie auch die Spiegel zwischen dem Holz und dem Glas untersuchten, ebenso die Bettausrüstungen, die Vorhänge und die Teppiche.«

»Das ist selbstverständlich, und als wir auf diese Weise alle Teile der Einrichtung durchgegangen waren, machten wir uns an die Untersuchung des Hauses selbst. Wir teilten seine ganze Oberfläche in einzelne Teile, die wir numerierten, damit keiner vergessen wurde. Dann wurde jeder Quadratzoll des Hauses und der beiden anstoßenden Häuser gründlich mit dem Mikroskop untersucht.«

»Der beiden anstoßenden Häuser?« rief ich aus. »Sie müssen ja eine unendliche Mühe gehabt haben.«

»Das hatten wir auch, aber die ausgesetzte Belohnung ist außerordentlich hoch.«

»Haben Sie auch den Boden rings um die Häuser untersucht?«

»Der Boden war überall gepflastert, das machte uns verhältnismäßig wenig Mühe. Wir untersuchten das Moos zwischen den Steinen und fanden es unberührt.«

»Sie forschten natürlich auch zwischen D.'s Papieren und in den Büchern seiner Bibliothek?«

»Gewiß, wir haben jedes Paket und jedes Bündel geöffnet, und die einzelnen Bücher haben wir nicht nur geöffnet und geschüttelt, wie es verschiedene unserer Polizeibeamten tun, sondern darin jedes Blatt umgewendet. Wir maßen auch die Dicke jedes Bucheinbandes mit der größten Genauigkeit und betrachteten ihn mit den schärfsten Mikroskopgläsern. Es war unmöglich, daß uns auch die geringste verdächtige Stelle an einem Einband entging.«

»Haben Sie die Fußböden unter den Teppichen durchforscht?«

»Ohne Zweifel. Wir entfernten die Teppiche und untersuchten die Fugen der Dielen mit dem Mikroskop.«

»Ebenso die Tapeten an den Wanden?«

»Ja.«

»Sie haben in den Kellern nachgesehen?«

»Gewiß.«

»Dann«, sagte ich, »war Ihre Annahme falsch, und der Brief befindet sich nicht in dem Hause.«

»Ich fürchte, Sie haben da recht«, sagte der Präfekt. »Und nun, Dupin, was raten Sie mir zu tun?«

»Eine neue sorgfältige Durchsuchung des Hauses vorzunehmen.«

»Das ist völlig nutzlos«, antwortete G. »So sicher, wie ich hier vor Ihnen sitze, befindet sich der Brief nicht in dem Hause.«

»Ich kann Ihnen keinen besseren Rat geben«, sagte Dupin. »Natürlich haben Sie eine richtige Beschreibung des Briefes?«

»O ja!« Damit holte der Präfekt ein Notizbuch aus der Tasche und las daraus eine genaue Inhaltsangabe und eine Beschreibung des äußeren Aussehens des verlorenen Schriftstückes vor. Kurz nachher brach er auf, und dabei erschien er mir so niedergeschlagen, wie ich den guten Mann noch nie gesehen hatte.

Ungefähr einen Monat später besuchte er uns von neuem und fand uns bei derselben

Beschäftigung wie vorher. Er nahm eine Pfeife und einen Sessel und begann mit uns eine alltägliche Unterhaltung. Endlich sagte ich:

»Übrigens, G., wie steht es mit dem gestohlenen Briefe? Ich glaube, Sie sind jetzt überzeugt, daß es unmöglich ist, den Minister zu überlisten?«

»Hol' ihn der Teufel, es ist wirklich so. Ich habe aufs neue das Haus durchsucht, wie Dupin geraten hat, aber es war natürlich vergebene Mühe.«

»Wie hoch, sagten Sie, war die ausgesetzte Belohnung?« fragte Dupin.

»Nun, es war eine sehr hohe – eine sehr anständige Belohnung. Ich möchte nicht genau die Summe nennen, aber das eine will ich sagen, daß ich persönlich demjenigen, der mir den Brief bringt, einen Scheck von fünfzigtausend Frank ausschreibe. Die Sache wird tatsächlich von Tag zu Tag wichtiger, und die Belohnung ist kürzlich verdoppelt worden. Aber wenn sie verdreifacht würde, mehr, als ich schon getan habe, könnte ich wirklich nicht tun.«

»So?« fragte Dupin und stieß langsam den Rauch aus seiner Meerschaumpfeife aus. »Ich glaube wirklich, G., Sie haben sich in der Sache noch nicht bis zum äußersten angestrengt. Vielleicht könnten Sie doch noch etwas mehr tun.«

»Wieso? In welcher Weise?«

»Nun, Sie könnten sich Rat einholen. Erinnern Sie sich an die Geschichte, die man sich von Abernethy erzählt?«

»Ach was, was geht mich Abernethy an?«

»Gewiß, gar nichts, und doch vielleicht etwas. Nämlich eines Tages wollte sich ein reicher Geizhals bei diesem Abernethy in einer gesundheitlichen Angelegenheit Rat einholen. Er begann daher mit ihm in einer Privatgesellschaft eine Unterhaltung und legte dem Arzt den Fall als einen theoretisch angenommenen dar.«

»Nehmen wir einmal an«, fragte der Geizhals, »es handelt sich um die und die Symptome. Was würden Sie, Herr Doktor, dann dem betreffenden Kranken geraten haben?«

»Ich würde ihm«, antwortete Abernethy, »geraten haben, einen Arzt zu nehmen.«

»Nun ja«, sagte der Präfekt etwas verwirrt, »ich bin ja gern bereit, einen Rat anzunehmen und dafür zu bezahlen. Ich gäbe wirklich jedem fünfzigtausend Frank, der mir in der Sache hülfe.«

»In diesem Falle«, antwortete Dupin, indem er eine Schublade öffnete und ein Scheckbuch hervorzog, »können Sie mir einen Scheck in dem genannten Betrage ausfüllen. Wenn Sie ihn unterzeichnet haben, werde ich Ihnen den Brief geben.«

Ich war erstaunt. Der Präfekt aber schien wie vom Donner gerührt zu sein. Einige Minuten lang blieb er sprachlos und ohne Bewegung sitzen und blickte meinen Freund ungläubig mit offenem Munde an, wobei ihm die Augen fast aus den Höhlen hervortraten. Endlich schien er sich etwas erholt zu haben. Er ergriff eine Feder, und unter immer erneuten Pausen und leerem Vorsichhinstarren schrieb und unterzeichnete er endlich einen Scheck von fünfzigtausend Frank und reichte ihn über den Tisch hinweg Dupin hin. Dieser betrachtete den Scheck sorgfältig und steckte ihn in sein Taschenbuch. Dann schloß er ein Schreibpult auf, nahm daraus einen Brief hervor und gab ihn dem Präfekten. Der Beamte ergriff ihn mit wahnsinniger Freude, öffnete ihn mit zitternder Hand und warf einen schnellen Blick über seinen Inhalt. Dann purzelte er fast zur Tür und rannte schließlich aus dem Zimmer und aus dem Hause, ohne daß er seit dem Augenblick, da ihn Dupin zur Unterzeichnung des Schecks aufgefordert hatte, auch nur ein Wort geäußert hätte.

Als er fort war, begann mein Freund, mir die Sache zu erklären. »Die Pariser Polizei«, sagte er, »ist in ihrer Art sehr geschickt. Sie hat Ausdauer, Scharfsinn, Schlauheit und weiß in allem, was nach ihrer Ansicht zu ihrem Fach gehört, gut Bescheid. Als uns nun G. die Art schilderte, wie er das Haus des Ministers durchsucht hatte, fühlte ich zu seiner Arbeit selbst ein volles Vertrauen.«

»Zu seiner Arbeit selbst?« fragte ich.

»Nun ja«, sagte Dupin, »seine Maßnahmen waren nicht nur die besten in ihrer Art, sondern sie wurden auch bis zur Vollkommenheit durchgeführt. Hätte sich der Brief im Bereich ihres Suchens befunden, die Burschen würden ihn zweifellos gefunden haben.«

Ich geriet ins Lachen, er aber blieb ganz ernst bei allem, was er sagte.

»Die Maßnahmen also«, so fuhr er fort, »waren in ihrer Art gut und wurden auch gut durchgeführt. Falsch war an ihnen nur, daß sie gerade auf diesen Fall und diesen Mann nicht paßten. Der Präfekt macht aus den ihm zur Verfügung stehenden, an sich ganz sinnreichen Hilfsmitteln ein Prokrustesbett, dem er alles mit Gewalt anpaßt. Aber da er bei jeder Sache entweder zu tief oder zu oberflächlich denkt, so irrt er sich immer, und mancher Schuljunge würde richtigere Schlüsse ziehen. Vor allem fehlt ihm völlig die Fähigkeit, sich in den Gedankengang eines anderen hineinzuversetzen.«

»Und diese Fähigkeit«, sagte ich, »hängt, wenn ich Sie recht verstehe, vor allem von der Genauigkeit ab, mit der man die geistigen Anlagen des andern abschätzt.«

»In bezug auf ihren praktischen Wert hängt sie ganz davon ab«, erwiderte Dupin, »und der Präfekt und seine Kohorte irren sich deshalb so häufig, weil sie sich nie in einen fremden Gedankengang versetzen können und weil sie den Intellekt dessen, mit dem sie es zu tun haben, falsch oder überhaupt nicht abschätzen. Sie ziehen nur ihren eigenen geistigen Maßstab in Betracht, und wenn sie etwas Verstecktes suchen, so durchforschen sie nur die Winkel, wo sie es eventuell selbst versteckt haben würden. Da ihre eigene Intelligenz so ziemlich auf dem Niveau der breiten Masse steht, haben sie häufig Erfolg, sobald aber ein bestimmter Verbrecher eine besondere Schlauheit entwickelt, führt er sie stets hinters Licht. Dies geschieht immer, wenn er ihnen überlegen ist, häufig aber auch, wenn er geistig tiefer steht. Sie können nämlich ihre Forschungsmethoden nicht variieren, höchstens daß sie, wenn es sich um eine ungewöhnlich hohe Belohnung handelt, innerhalb dieser gewohnten Methoden einen Rieseneifer entwickeln. Auch in dem Fall D. haben sie genau nach ihrem alten Schema gearbeitet, und sie hätten den Brief sicher gefunden, wenn der Minister ein Mann ihrer eigenen Art gewesen wäre. In Wirklichkeit aber wurde der Präfekt gründlich irregeführt, und der tiefere Grund zu seiner Niederlage liegt in seiner Annahme, der Minister sei ein Narr, weil er im Rufe steht, ein Dichter zu sein. Alle Narren sind Dichter, das fühlt der Präfekt, und er irrt sich nur in der falschen Folgerung, daß deshalb auch alle Dichter Narren seien.«

»Aber ist er wirklich ein Dichter?« fragte ich. »Soviel ich weiß, gibt es da zwei Brüder, und beide haben sich in der Literatur einen Namen gemacht. Der Minister hat, glaube ich, über Differentialrechnung geschrieben. Er ist ein Mathematiker, aber kein Dichter.«

»Sie irren sich, ich kenne ihn gut, er ist beides. Als Dichter und Mathematiker versteht er zu denken; wäre er nur Mathematiker, dann hätte er überhaupt nicht gedacht und wäre leicht dem Präfekten ins Garn gegangen.«

»Ihre Behauptung«, sagte ich, »setzt mich in Erstaunen, denn sie widerspricht völlig der allgemeinen Ansicht. Seit Jahrhunderten gilt doch gerade das mathematische Denken als das einzige unwiderlegliche Denken.«

»Ich gebe zu«, erwiderte Dupin, »daß die Mathematiker ihr Bestes getan haben, den populären Irrtum, auf den Sie anspielen, zu verbreiten. Aber ich bestreite die praktische Anwendbarkeit und damit den Wirklichkeitswert ihrer abstrakten Formeln. Das mathematische Denken ist einfache Logik, die sich auf Form und Quantität bezieht. Im eigentlichen Leben, nehmen Sie zum Beispiel die Moral, haben mathematische Axiome gar keinen Sinn. Oder wenn Sie zwei gleichstarke Motive zueinander addieren, so haben sie nun nicht etwa ihren doppelten Wert. Trotzdem brauchen Sie einem Mathematiker, der Ihnen beweist, daß $x^2 + px = q$ ist, nur durch ein Experiment zu zeigen, daß die Formel im wirklichen Leben nicht immer stimmt. Dann kann ich Ihnen raten, sich so schnell wie möglich zu entfernen, denn er wird zweifelsohne versuchen, Sie niederzuschlagen.

Ich wollte Ihnen also nur sagen«, fuhr Dupin fort, während ich über seine letzte Bemerkung noch lachte, »daß der Präfekt mir schwerlich den Scheck hätte auszuschreiben brauchen, wenn der Minister weiter nichts als ein Mathematiker gewesen wäre. Ich wußte aber, daß er zugleich auch ein Dichter war, und traf danach meine Maßnahmen. Er war auch außerdem noch ein Höfling und ein verwegener Intrigant. Ein solcher Mann mußte sowohl die Straßenüberfälle wie die polizeilichen Hausdurchsuchungen vorausgesehen und in Berechnung gezogen haben.

Gerade das häufige Fortbleiben vom Hause, das dem Präfekten so bequem war, betrachtete ich als List, um der Polizei das Suchen zu erleichtern und sie um so schneller davon zu überzeugen, daß sich der Brief nicht in dem Hause befinde. Alles was die Polizei dachte, hatte sich der Minister sicherlich auch schon durch den Kopf gehen lassen, und er wußte, daß selbst das feinste Versteck den genauen Methoden der Polizei nicht entgehen konnte. Ich begriff daher, daß er notwendigerweise auf etwas ganz Einfaches verfallen, ja, sich sogar das Allereinfachste aussuchen mußte. Sie erinnern sich wohl, wie laut der Präfekt lachte, als ich ihm bei seinem ersten Besuch sagte, das Geheimnis mache ihm vielleicht nur deshalb solche Mühe, weil es gar zu leicht zu lösen sei.«

»Ja«, sagte ich, »ich erinnere mich noch sehr gut an sein Lachen. Ich dachte fast, er wäre darüber erstickt.«

»Sehen Sie«, fuhr Dupin fort, »der Präfekt würde in seinem ganzen Leben nicht auf den Gedanken gekommen sein, daß der Minister vielleicht den Brief geradezu aller Welt dicht vor die Nase gelegt hätte, um so am gründlichsten zu verhüten, daß ihn irgend jemand fände. Ich aber dachte an D.'s scharfen Verstand, an die Tatsache, daß er den Brief immer zur Hand haben mußte, um ihn eventuell sofort zu benutzen, und kam so, besonders da ihn der Präfekt an einem versteckten Ort nicht gefunden hatte, zu der festen Überzeugung, daß der Minister auf den naheliegenden und klugen Ausweg verfallen war, ihn überhaupt nicht zu verstecken.

Von dieser Überzeugung erfüllt, setzte ich eine grüne Brille auf und machte eines Morgens einen ganz zufälligen Besuch im Ministerhotel. Ich traf D. zu Hause an. Er lungerte wie gewöhnlich gähnend herum und tat so, als langweilte er sich unendlich. In Wirklichkeit ist er vielleicht der energischste Mensch unserer Zeit – aber nur, wenn ihn niemand sieht.

Um mich als ebenso harmlos hinzustellen, klagte ich über meine schwachen Augen, die mich zwängen, eine Brille zu tragen. Während ich aber ganz in die Unterhaltung mit meinem Wirt vertieft zu sein schien, durchforschte ich unter dem Schutz dieser Brille sorgfältig und gründlich das ganze Zimmer.

Besondere Beachtung schenkte ich einem großen Schreibtisch, neben dem er saß. Alle möglichen Briefe und sonstigen Papiere lagen in wirrem Haufen darauf, ferner zwei Musikinstrumente und ein paar Bücher. Ich konnte aber trotz langem und sorgfältigen Beobachten hier nichts Verdächtiges finden. Schließlich blieben meine Augen, die ich durch das ganze Zimmer schweifen ließ, an einem armseligen Kartenhalter von Pappe haften, der mitten über dem Kaminsims an einem schmutzigen blauen Band von einem kleinen Bronzeknopf herabbaumelte. In dem Halter, der drei oder vier Gefächer hatte, lagen fünf bis sechs Visitenkarten und ein einzelner Brief. Dieser war ziemlich schmutzig und zerknittert. Er war in der Mitte fast durchgerissen, als habe man einen Augenblick die Absicht gehabt, ihn wie eine völlig wertlose Sache einfach fortzuwerfen, und dann diese Absicht geändert. Er trug ein großes, schwarzes Siegel mit einem sehr auffälligen D. als Monogramm und war in einer zierlichen Damenhandschrift an den Minister selbst adressiert. Er sah aus, als sei er gleichgültig und, wie es schien, verächtlich in eins der oberen Fächer des Kartenhalters hineingeworfen worden.

Kaum war mein Blick auf diesen Brief gefallen, als ich auch schon überzeugt war, daß es der gesuchte sei. Natürlich glich er äußerlich ganz und gar nicht dem, dessen genaue Beschreibung uns der Präfekt vorgelesen hat. Statt des kleinen, roten Siegels mit dem Wappen der herzoglichen Familie S. war hier ein großes, schwarzes angebracht mit einem D. als Monogramm. Auch die Handschrift war gänzlich verschieden, und nur in der Größe glichen sich die beiden Briefe. Aber gerade diese vollständige Verschiedenheit, der schmutzige, zerrissene Zustand, der so gar nicht zu den wirklichen Gewohnheiten des Ministers paßte, die offenbare Absicht, dem Beobachter den Glauben an die Wertlosigkeit des Schriftstückes einzuprägen, die allzu auffällige Lage dicht vor aller Augen, erweckten meinen Verdacht. Ich zog meinen Besuch so lange hinaus, wie es nur ging, und während ich den Minister in ein angeregtes Gespräch über einen Gegenstand verwickelte, der, wie ich wußte, ihn noch immer gefesselt hatte, hielt ich meine ganze Aufmerksamkeit auf den Brief gerichtet. Ich prägte mir genau sein äußeres Aussehen und seine Lage in dem Kartenhalter ein. Dabei entdeckte ich auch, was mir den letzten Zweifel nahm, an den Falten, daß man, wie bei einem Handschuh, sein Inneres nach außen gewendet und ihn dann von neuem gesiegelt hatte. Ich verabschiedete mich von dem Minister und ging meiner Wege, wobei ich aber eine goldene Schnupftabakdose auf dem Tische liegen ließ.

Am nächsten Morgen sprach ich noch einmal wegen der Schnupftabakdose vor, und wir nahmen das Gespräch vom Tage vorher sehr lebhaft wieder auf. Mitten in dem Gespräch hörten wir gerade unter den Fenstern des Hauses einen Knall wie von einer Pistole, worauf ein paar entsetzte Schreie und laute Rufe einer erschreckten Volksmenge folgten. D. rannte ans Fenster, zog es empor und blickte hinaus. Inzwischen ging ich an den Kartenhalter, nahm den Brief heraus und steckte ihn in meine Tasche. Ich ersetzte ihn durch eine genaue Nachbildung (zum wenigsten was das äußere Aussehen anbetraf), die ich zu Hause sorgfältig hergestellt hatte.

Der Lärm auf der Straße war durch das wahnsinnige Benehmen eines Mannes verursacht worden, der eine Flinte mitten in eine Gruppe von Frauen und Kindern abgefeuert hatte. Da sich aber herausstellte, daß keine Kugel in dem Lauf gewesen war, ließ man den Burschen als Verrückten oder Trunkenbold laufen. Als er gegangen war, kam D. vom Fenster, wohin ich ihm sofort nach Wegnahme des Briefes gefolgt war, wieder in die Mitte des Zimmers, und ich verabschiedete mich auch bald nachher. Der angeblich Verrückte war ein von mir bezahlter Mann gewesen.«

»Aber zu welchem Zwecke«, fragte ich, »ersetzten Sie den Brief durch eine Nachbildung? Wäre es nicht einfacher gewesen, bei Ihrem ersten Besuch den Brief offen wegzunehmen und davonzugehen?«

»D. ist ein verzweifelter Charakter«, sagte Dupin, »und hat Mut. Er verfügt auch in seinem Hause über sehr ergebene Diener. Hätte ich den tollen Versuch gemacht, den Sie mir rieten, ich wäre wohl nicht lebendig herausgekommen, und in Paris hätte man nie wieder von mir gehört. Aber ich hatte auch einen andern, und zwar einen politischen Grund. Ich trete für die Partei dieser Dame ein. Achtzehn Monate lang hat der Minister sie in seiner Gewalt gehabt. Jetzt ist es umgekehrt, denn da er nichts von dem Verschwinden des Briefes weiß, wird er weiter so handeln wie bisher. Und damit wird er sich selbst eine Blöße stellen und seine politische Laufbahn vernichten. Es wird ein tiefer und sehr unangenehmer Sturz sein. Ich habe jedenfalls kein Mitleid mit ihm, denn er ist ein monstrum horrendum, ein Genie ohne Moral. Ich gestehe übrigens, daß ich gern sein Gesicht sehen möchte, wenn er merkt, daß eine »gewisse Person«, wie der Präfekt sie nennt, ihn fallen läßt, und er nun den Brief öffnet, den ich für ihn zurückgelassen habe.«

»Wie? Haben Sie etwas hineingeschrieben?«

»Nun, es schien mir nicht ganz recht zu sein, das Innere leer zu lassen, das wäre eine Beschimpfung gewesen. D. hat mir einmal in Wien einen bösen Streich gespielt, und ich sagte ihm scherzhaft, er würde sich noch einmal daran erinnern. Da ich nun weiß, daß er gern erfahren wird, wer ihn überlistet habe, so wollte ich ihm wenigstens einen Anhalt geben. Er kennt meine Handschrift sehr gut, und so schrieb ich mitten auf das leere Blatt nur die Worte:

... Un dessein si funeste,
S'il n'est digne d'Atrée, est digne de Thyeste.

Die Verse sind aus Crébillons Atrée.«

Bericht über den Fall Valdemar

Über die erregten Erörterungen, die der höchst seltsame Fall Valdemar hervorgerufen hat, wundere ich mich natürlich gar nicht, höchstens würde ich bei solchen Umständen das Gegenteil für ein Wunder halten. Trotz des Wunsches aller Beteiligten, die Sache vor der Öffentlichkeit geheim zu halten – wenigstens so lange, bis wir genauere Untersuchungen veranstalten konnten – trotz aller Mühe, die wir uns in dieser Hinsicht gaben, drangen doch falsche und übertriebene Gerüchte in weitere Kreise und veranlaßten sehr unangenehme Auseinandersetzungen, vielfach auch spöttischen Unglauben.

Ich halte es deshalb für notwendig, einen Bericht über die Tatsachen zu geben, soweit ich sie selbst darlegen kann. Sie sind kurz gefaßt folgende:

In den letzten drei Jahren war meine Aufmerksamkeit wiederholt auf den Mesmerismus gelenkt worden, und vor ungefähr neun Monaten fiel es mir plötzlich ein, daß es in der Reihe der vielen diesbezüglichen Experimente eine merkwürdige und unbegreifliche Lücke gebe – man hatte noch nie einen Sterbenden mesmerisiert. Hierbei würde man nämlich feststellen können: erstens, ob in einem solchen Zustande ein Patient überhaupt für die magnetische Beeinflussung empfänglich sei; zweitens, wenn das der Fall wäre, ob diese Empfänglichkeit durch den Zustand des magnetischen Schlafs vermehrt oder vermindert würde; drittens, in welchem Maße oder auf wie lange Zeit man durch Mesmerisieren den Tod oder seine Folgeerscheinungen aufhalten könnte. Es gab dabei auch sonst noch interessante Punkte, aber diese drei erregten am meisten meine Neugierde – besonders der letztere, wegen der unendlichen Wichtigkeit seiner Konsequenzen. Indem ich mich nach einem Objekt für meine Studien umsah, fielen meine Gedanken unwillkürlich auf meinen Freund Ernest Valdemar, den wohlbekannten Herausgeber der Bibliotheka Forensica, der auch unter dem Schriftstellernamen Issachar Marx den Wallenstein und den Gargantua ins Polnische übersetzt hatte. Valdemar, der seit dem Jahre 1839 meist in Harlem im Staate New-York gewohnt hat, fiel durch die außerordentliche Magerkeit seines Körpers und durch seinen schneeweißen Schnurrbart auf, der so stark gegen sein tiefschwarzes Kopfhaar abstach, daß man dieses allgemein für eine Perücke hielt. Er war hochgradig nervös und dadurch sehr empfänglich für mesmeristische Experimente. Ein- oder zweimal hatte ich ihn ohne große Schwierigkeiten eingeschläfert, in anderer Hinsicht aber wurden meine Erwartungen, die ich auf seinen körperlichen Zustand gesetzt hatte, enttäuscht. Sein Wille kam eigentlich nie unter meine Kontrolle, und ebenso wenig konnte ich ihn zu irgendwelchem Hellsehen bringen. Ich schrieb diese meine Mißerfolge stets seinem krankhaften Gesundheitszustand zu, denn schon ein paar Monate, bevor ich ihn näher kennen lernte, hatten mir die Ärzte mitgeteilt, daß er hochgradig schwindsüchtig sei. Er sprach auch stets ganz ruhig von seiner bevorstehenden Auflösung wie von einer unvermeidlichen Sache, die man nicht weiter zu bedauern brauchte.

Es war übrigens ganz natürlich, daß ich bei meinem Plan an Valdemar dachte. Ich kannte seine philosophische Abgeklärtheit und wußte, daß er keine Bedenken dagegen haben würde. Auch besaß er in Amerika keine Verwandten, die vielleicht Einspruch erhoben hätten. Daher sprach ich ganz offen mit ihm über den Gegenstand, und zu meinem Erstaunen interessierte er sich sofort lebhaft dafür. Ich sage zu meinem Erstaunen, denn er hatte zwar bisher stets seine Person zu solchen Experimenten hergegeben, ohne aber je eine innere Anteilnahme daran auszudrücken. Seine Krankheit verlief so, daß man den Tag des Todes ziemlich genau berechnen konnte, und wir kamen schließlich überein, daß er mich ungefähr vierundzwanzig. Stunden vor dem Zeitpunkt, für den die Arzte den Beginn der Auflösung erwarteten, holen lassen wollte.

Es ist jetzt etwas mehr als sieben Monate her, da erhielt ich folgenden, von Valdemar selbst geschriebenen Brief:

»Mein lieber P., Sie können jetzt ruhig kommen. D. und F. sind sich darüber einig, daß ich die morgige Mitternacht nicht überleben werde, und ich glaube, sie haben den Zeitpunkt ziemlich genau getroffen. Valdemar.«

Ich empfing den Brief eine halbe Stunde, nachdem er geschrieben war, und fünfzehn Minuten später befand ich mich im Sterbezimmer des Mannes. Ich hatte ihn seit zehn Tagen nicht gesehen und erschrak über die furchtbare Veränderung, die bei ihm eingetreten war. Sein Gesicht hatte eine bleigraue Farbe, seine Augen waren vollständig glanzlos, und die Abmagerung ging so weit, daß die Backenknochen durch die Haut traten. Der Auswurf war sehr stark, der Puls kaum noch vernehmlich. Trotzdem verfügte er über eine bemerkenswerte geistige und bis zu einem gewissen Grade sogar physische Kraft. Er sprach ganz deutlich, nahm ohne Hilfe lindernde Medizin ein und war, als ich das Zimmer betrat, damit beschäftigt, mit einem Bleistift Bemerkungen in ein Notizbuch zu schreiben. Er saß, durch Kissen gestützt, halb aufgerichtet im Bett, und die Ärzte D. und F. leisteten ihm Beistand.

Nachdem ich Valdemars Hand gedrückt, nahm ich die beiden Herren zur Seite und ließ mir von ihnen einen genauen Bericht über den Zustand des Patienten geben. Die linke Lunge befand sich seit achtzehn Monaten in einem halb verkalkten oder verknorpelten Zustand und war zum Atmen nicht mehr brauchbar. Die rechte war in ihrem oberen Abschnitt zum Teil, vielleicht auch ganz verkalkt, während die untere Hälfte nur noch eine Masse von eiternden Tuberkelherden bildete. An verschiedenen Stellen hatten ausgedehnte Durchlöcherungen stattgefunden, an einer war die Lunge fest mit den Rippen verwachsen. Diese Erscheinungen am rechten Flügel waren übrigens verhältnismäßig jüngeren Datums. Die Verkalkung hatte so schnelle Fortschritte gemacht, daß man einen Monat vorher noch nichts davon bemerken konnte und die Verwachsung sogar erst seit drei Tagen erkannt hatte. Unabhängig von der Schwindsucht bestand noch eine Geschwulst in der Herzschlagader, doch machte die Verkalkung der Lunge eine genaue Diagnose darüber unmöglich. Beide Arzte waren der Ansicht, daß Valdemar um Mitternacht des folgenden Tages, der ein Sonntag war, sterben werde. Jetzt war es Samstagabend gegen sieben Uhr.

Die Ärzte D. und F. hatten, als sie das Bett verließen, um sich mit mir zu besprechen, von dem Kranken endgültig Abschied genommen, da sie nicht beabsichtigten, noch einmal wiederzukommen. Auf meine Bitte versprachen sie aber noch einen Besuch für den nächsten Abend um zehn.

Als sie fort waren, sprach ich offen mit Valdemar über seine bevorstehende Auflösung und vor allem über das verabredete Experiment. Er erklärte, er sei noch immer willig, ja begierig darauf, daß es gemacht werde, und drängte mich, sofort damit zu beginnen. Aber obgleich ein Pfleger und eine Pflegerin im Zimmer waren, trug ich doch Bedenken, einen solchen Versuch zu wagen, ohne für den Fall eines plötzlichen Unglücks zuverlässigere Zeugen als diese beiden zu haben. Ich verschob daher den Beginn des Experiments, bis mich am nächsten Abend gegen acht Uhr der Besuch eines mir bekannten Studenten der Medizin, des Herrn Theodor L., aus aller Verlegenheit riß. Es war zwar ursprünglich meine Absicht gewesen, auf die Ärzte zu warten, aber jetzt ließ ich mich doch verleiten, anzufangen. Valdemar bat mich dringend darum, und ich kam auch zur Überzeugung, daß keine Zeit zu verlieren sei, da seine Kräfte schnell abnahmen.

Herr L. erklärte sich auf meinen Wunsch gern bereit, alles, was geschehen würde, zu notieren, und das, was ich von jetzt ab berichte, ist wörtlich oder im Auszug seinen Aufzeichnungen entnommen.

Es war etwa fünf Minuten vor acht, als ich die Hand des Kraulen ergriff und ihn bat, Herrn L., so deutlich es ihm möglich sei, zu bezeugen, daß er (Valdemar) vollkommen damit einverstanden sei, daß ich mit ihm in diesem Zustand das Experiment des Mesmerisierens mache.

Er antwortete schwach, aber deutlich hörbar: »Ja, ich wünsche mesmerisiert zu werden.« Und gleich nachher fügte er hinzu: »Ich fürchte, Sie haben es zu lange hinausgeschoben.«

Während er dieses sagte, begann ich die Striche, die ich bei ihm schon als besonders einschläfernd erkannt hatte, indem ich meine Hände quer über die Stirn führte. Er wurde auch ohne Zweifel sofort dadurch beeinflußt, aber obgleich ich alle meine Kraft anstrengte, kam ich doch eigentlich nicht viel weiter. Als kurz nach zehn, wie verabredet, die Ärzte D. und F.

kamen, erklärte ich ihnen in wenigen Worten meine Absicht, und sie erhoben keine Einwendungen, da der Kranke schon im Todeskampf liege. Ich fuhr daher in meinen Bemühungen fort, ging aber jetzt von den Querstrichen über die Stirn zu Abwärtsstreichungen über und richtete meinen Blick fest auf das rechte Auge des Kranken.

Sein Puls war jetzt nicht mehr fühlbar, der Atem ging rasselnd und kam nur alle halbe Minuten.

Dieser Zustand blieb eine Viertelstunde lang fast unverändert. Dann aber entrang sich der Brust des Sterbenden ein tiefer Seufzer, und das rasselnde Atemgeräusch war nicht länger hörbar. Die Glieder des Kranken wurden eiskalt.

Fünf Minuten vor elf bemerkte ich unzweifelhafte Anzeichen der mesmerischen Einwirkung. Das glasige Aussehen der Augen war dem eigentümlichen, nach innen gerichteten Blick gewichen, der für Eingeschläferte so charakteristisch ist. Auf ein paar schnelle seitliche Striche begannen die Augenlider leise zu zittern, und kurz nachher schlossen sie sich ganz. Ich war aber damit noch nicht zufrieden, sondern fuhr unter Anspannung aller Willenskraft kräftig mit meinen Streichungen fort, bis die Gliedmaßen, die ich in eine bequeme Lage gebracht hatte, ganz steif geworden waren. Die Arme und Beine waren ausgestreckt, der Kopf lag etwas erhöht.

Als ich dieses Ziel erreicht hatte, war es Mitternacht geworden und ich bat die Herren, Valdemars Zustand zu untersuchen. Nach einigem Prüfen erklärten sie, daß er in einem ungewöhnlich tiefen mesmeristischen Schlaf liege. Das Interesse der beiden Ärzte war aufs höchste erregt. Dr. D. entschloß sich sofort, die Nacht über bei dem Kranken zu bleiben, während sich Dr. F. mit dem Versprechen, bei Tagesanbruch zurückzukehren, entfernte. Auch Herr L. und das Pflegepaar blieben da.

Wir ließen Valdemar bis gegen drei Uhr morgens gänzlich ungestört. Dann näherte ich mich ihm und fand ihn in genau dem gleichen Zustand wie vorher. Er hatte seine Lage nicht verändert, und der Puls war nicht zu fühlen. Der Atem ging so leise, daß man ihn nur durch einen Spiegel feststellen konnte. Die Augen waren wie im natürlichen Schlaf geschlossen und die Glieder so steif und kalt wie Marmor. Trotzdem glich sein Zustand keineswegs dem eines Toten.

Als ich mich Valdemar näherte, machte ich einen halben Versuch, seinen rechten Arm in Kontakt mit den Bewegungen meines eigenen zu bringen, indem ich leicht über seinen Körper hinauf- und hinabstrich. Ich hatte mit solchen Versuchen bei dem Kranken bisher nie Erfolg gehabt und erwartete es natürlich auch jetzt nicht. Doch zu meinem Erstaunen folgte jetzt sein Arm ohne weiteres, wenn auch schwach, jeder Richtung, die ich mit meinem Arm angab. Das gab mir den Mut, auch einige Worte an ihn zu richten.

»Valdemar«, fragte ich, »schlafen Sie?« Er gab keine Antwort, aber ein leichtes Zittern, das ich an seinen Lippen bemerkte, veranlaßte mich, die Frage mehrmals zu wiederholen. Bei der dritten Wiederholung ging ein kaum bemerkbares Zittern durch den ganzen Körper. Die Augenlider öffneten sich so weit, daß sie einen schmalen Schlitz des Weißen sehen ließen, die Lippen bewegten sich schwerfällig, und in einem fast unhörbaren Flüstern drangen die Worte hervor:

»Ja – ich schlafe jetzt. Wecken Sie mich nicht! – Lassen Sie mich so sterben!«

Ich befühlte jetzt die Glieder, sie waren so steif wie vorher. Der rechte Arm aber gehorchte auch jetzt wieder den Bewegungen meiner Hand.

»Fühlen Sie noch Schmerzen in der Brust, Valdemar?« fragte ich nunmehr den Mesmerisierten.

Die Antwort kam sofort, war aber fast noch weniger hörbar als vorher:

»Keine Schmerzen – ich sterbe.«

Ich hielt es nicht für angebracht, ihn jetzt noch weiter zu stören, und es wurde nichts mehr gesagt noch getan, bis kurz vor Sonnenaufgang Dr. F. kam, der maßlos erstaunt war, den Kranken noch am Leben zu finden. Nachdem er den Puls befühlt und den Atemspiegel an die Lippen gesetzt hatte, bat er mich, nochmals zu dem Mesmerisierten zu sprechen. Ich tat es und fragte:

»Valdemar, schlafen Sie noch?«

Wiederum vergingen einige Minuten, ehe eine Antwort kam, und in der Zwischenzeit schien der Sterbende alle Energie zum Sprechen zu sammeln. Bei der vierten Wiederholung meiner Frage sagte er ganz schwach und fast unhörbar:

»Ja, ich schlafe noch – ich sterbe.«

Es war nunmehr die Meinung, oder vielmehr der Wunsch der Ärzte, daß man Valdemar in diesem offenbar ruhigen Zustande bis zum Eintritt des Todes lassen sollte, was nach unserer aller Ansicht nur noch wenige Minuten dauern konnte. Ich beschloß aber, noch ein einziges Mal zu ihm zu sprechen, und wiederholte einfach meine letzte Frage.

Bei meinen Worten trat eine auffällige Veränderung im Aussehen des Mesmerisierten ein. Die Augen öffneten sich langsam, wobei die Pupillen nach oben rollten, die Haut nahm einen leichenhaften Schimmer an, glich aber nicht so sehr Pergament als Papier, und die runden, hektischen Flecken, die bisher deutlich auf jeder Wange zu sehen gewesen, erloschen ganz plötzlich. Ich gebrauche absichtlich diesen Ausdruck, denn ihr Verschwinden erinnerte mich ganz und gar an das durch einen Windstoß verursachte Erlöschen einer Kerze. Die Oberlippe, die bisher die Zähne bedeckt hatte, zog sich in demselben Augenblick zurück, während der ganze Unterkiefer mit einem hörbaren Ruck herabfiel, so daß der Mund weit offen stand und deutlich die geschwollene schwärzliche Zunge zeigte. Ich glaube, daß wohl keinem der Anwesenden die Schrecken eines Sterbelagers unbekannt waren, aber Valdemar sah in diesem

Augenblick so über alle Vorstellungen grauenhaft aus, daß wir unwillkürlich aus der Nähe des Bettes zurückwichen.

Ich komme jetzt bei meinem Bericht zu einem Punkt, wo mir jeder Leser den Glauben verweigern wird. Trotzdem halte ich es für meine Aufgabe, einfach in meinem Bericht fortzufahren. Bei Valdemar war auch nicht das schwächste Zeichen von Leben mehr festzustellen, und in der Überzeugung, er sei tot, wollten wir ihn schon der Obhut des Pflegepersonals überlassen, als wir eine starke, zitternde Bewegung an der Zunge bemerkten. Sie dauerte vielleicht eine Minute. Dann aber kam zwischen den starren und bewegungslosen Kiefern eine Stimme hervor – die auch nur beschreiben zu wollen Wahnsinn wäre. Es gibt vielleicht zwei oder drei Eigenschaftswörter, die hier einen schwachen Hinweis geben. Ich könnte zum Beispiel sagen, der Klang sei mißtönend, gebrochen und hohl gewesen, aber das Grauenhafte des ganzen Eindrucks läßt sich nicht beschreiben, schon aus dem einfachen Grunde nicht, weil nie ähnliche Laute ein menschliches Gehör gequält haben. Trotzdem möchte ich zwei Besonderheiten anführen, die wenigstens diesen Eindruck etwas charakterisieren und eine gewisse Idee von seiner Unnatürlichkeit geben. Zunächst einmal schien es uns – oder wenigstens mir – als ob die Stimme aus einer unendlichen Ferne oder aus einer tiefen Höhle im Erdboden käme. Ferner gab sie mir eine ähnliche Empfindung (ich fürchte sehr, daß ich mich hier kaum verständlich ausdrücken kann), wie wenn sie bei der Berührung einer gallertartigen oder klebrigen Masse hat. Ich habe sowohl von dem Klang wie von der Stimme gesprochen. Ich möchte sagen, daß der Klang eine deutliche, eine verblüffend deutliche Silbenbetonung zeigte. Valdemar sprach wirklich – und zwar in Antwort auf meine, wenige Minuten vorher an ihn gerichtete Frage, ob er noch schliefe. Er sagte folgendes:

»Ja – nein – ich habe geschlafen – und jetzt – jetzt – bin ich tot.«

Niemand von den Anwesenden machte den Versuch, das unaussprechliche, schauerliche Entsetzen zu verbergen, das diese wenigen, auf solche Weise ausgestoßenen Worte in uns erregen mußten. Mr. L., der Student, fiel in Ohnmacht. Die Pfleger verließen sofort das Zimmer und konnten durch nichts veranlaßt werden, zurückzukommen. Meine eigenen Eindrücke könnte ich unmöglich dem Leser verständlich machen.

Fast eine Stunde lang bemühten wir uns schweigend – denn keiner von uns wagte ein Wort zu äußern –, Mr. L. wieder zum Bewußtsein zu bringen. Erst als er wieder zu sich gekommen war, begannen wir eine erneute Untersuchung von Valdemars Zustand.

Dieser Zustand war im allgemeinen der gleiche geblieben, wie ich ihn schon beschrieben habe, nur daß der Spiegel keine Anzeichen des Atmens mehr wies. Ein Versuch, dem Arm etwas Blut zu entnehmen, mißlang. Ferner möchte ich erwähnen, daß auch sein Arm nicht mehr meinem Willen gehorchte, und vergebens suchte ich ihn in Kontakt zu meinen Handbewegungen zu bringen. Das einzige Anzeichen eines mesmeristischen Einflusses fanden wir in dem Erzittern der Zunge, das jedesmal eintrat, wenn ich an Valdemar eine Frage stellte. Es schien, als ob er eine Anstrengung machte, zu antworten, aber doch nicht genügend Beweglichkeit dazu hätte. Ich versuchte auch, die übrigen der Anwesenden in mesmeristischen Rapport mit ihm zu setzen, aber gegen alle Fragen von ihrer Seite blieb er völlig unempfindlich. Ich glaube, ich habe nunmehr alles Nötige mitgeteilt, um den damaligen Zustand des Eingeschläferten zu beschreiben.

Wir besorgten neue Pfleger, und ich verließ mit den beiden Ärzten und Mr. L. gegen zehn Uhr morgens das Haus. Nachmittags besuchten wir von neuem den Kranken und fanden seinen Zustand unverändert. Wir besprachen uns darüber, ob es recht und tunlich sei, ihn aufzuwecken, kamen aber ohne Schwierigkeiten überein, daß dadurch nichts Gutes erreicht werden könnte.

Es war klar, daß hier tatsächlich der Tod, oder was man im allgemeinen Tod nennt, durch die Mesmerisierung aufgehalten war. Und daraus folgte für uns, daß ein Aufwecken Valdemars nur seine sofortige oder baldige Auflösung zur Folge haben mußte.

Von dieser Zeit an bis zum Ende der vorigen Woche – also fast sieben Monate lang – fuhren wir fort, täglich in Valdemars Haus vorzusprechen, wobei wir dann und wann von ärztlichen und anderen Freunden begleitet wurden. Während dieser ganzen Periode blieb der Eingeschläferte in genau demselben Zustande, wie ich ihn zuletzt beschrieben habe. Er befand sich immer in Überwachung durch die Pfleger.

Am letzten Freitag nun beschlossen wir endgültig, ihn aufzuwecken oder wenigstens den Versuch zu machen, ihn aufzuwecken, und das (vielleicht) unglückliche Resultat dieses Versuchs hat dann zu vielen Auseinandersetzungen in privaten Kreisen und zu den nach meiner Ansicht unberechtigten Gefühlsausbrüchen geführt.

Um Valdemar aus der mesmeristischen Einschläferung zu erwecken, machte ich wieder die gewöhnlichen Striche. Eine Zeitlang hatte ich damit keinen Erfolg. Das erste Anzeichen des Erwachens war eine kleine Senkung der Iris. Als besonders auffallend wurde hierbei bemerkt, daß bei diesem Herabtreten der Pupille eine gelbe Flüssigkeit unter dem Augenlid herausfloß, die einen durchdringenden und sehr unangenehmen Geruch verbreitete.

Man riet mir jetzt zu einem Versuch, den Arm des Eingeschläferten wie früher zu beeinflussen. Ich versuchte dies auch, hatte aber keinen Erfolg damit. Darauf drückte Dr. F. den Wunsch aus, ich möchte eine Frage stellen. Ich tat das auch, und zwar folgendermaßen:

»Valdemar, können Sie uns Ihre augenblicklichen Gefühle oder Wünsche mitteilen?«

Für einen kurzen Augenblick traten die hektischen Flecken wieder auf die Wangen, die Zunge bebte oder vielmehr rollte heftig im Munde, obgleich die Kiefer und Lippen so starr blieben wie vorher, und schließlich brach dieselbe grauenhafte Stimme hervor, wie ich sie schon geschildert habe:

»Um Gotteswillen! – schnell! – schnell! – schläfern Sie mich ein – oder schnell! – erwecken Sie mich! – schnell! – ich sage Ihnen ja, daß ich tot bin!«

Ich war vollständig außer Fassung und konnte mich im Augenblick nicht entscheiden, was ich tun sollte. Zuerst versuchte ich, den Patienten zu beruhigen; da mir das aber mangels jeder Willenskraft nicht gelang, tat ich das Umgekehrte und gab mir alle Mühe, ihn zu erwecken. Ich sah auch bald ein, daß ich hierbei wenigstens Erfolg haben würde – oder wenigstens bildete ich mir das ein, wie auch alle andern im Zimmer glaubten, der Patient würde sogleich erwachen.

Was aber wirklich geschah, darauf konnte unmöglich irgendein menschliches Wesen vorbereitet sein.

Während ich ganz schnell meine mesmerischen Striche machte, brachen die Ausrufe »tot! tot! tot!« direkt von der Zunge und nicht von den Lippen des Leidenden, und plötzlich im Zeitraum von kaum einer Minute sank der ganze Körper unter meinen Händen in sich zusammen. Er zerfiel und verweste förmlich vor unser aller Augen, und auf dem Bett lag nur noch eine halbflüssige Masse von unerträglicher, ekler Fäulnis.

Der Untergang des Hauses Usher

Es war ein trüber, stiller und dunkler Herbsttag. Schwer und tief hingen die Wolken vom Himmel herab, und ich war den ganzen Tag durch eine ungewöhnlich öde Landschaft geritten, bis gegen Abend der melancholische Anblick des Hauses Usher vor mir auftauchte. Ich weiß nicht, wie es kam, aber bei dem ersten Schimmer des Gebäudes befiel mich schon eine unerträglich trübe Stimmung. Ich sage unerträglich, denn meine Stimmung wurde nicht durch das halb angenehme, weil poetische Gefühl gemildert, das auch die ernstesten Bilder natürlicher Verlassenheit oder Schauerlichkeit noch ausstrahlen. Die vor mir liegende Szene – das öde Haus mit dem einfachen, schmucklosen Hintergrund – die bleichen Mauern – die leeren, augenähnlichen Fenster – das spärliche hohe Ried – alles das erfüllte mich mit einer Niedergeschlagenheit, die ich nur mit der Nachwirkung eines Opiumrausches vergleichen kann, mit dem bitteren Hinabsinken in den grauen Alltag, wenn die grauenhafte Entschleierung der Dinge beginnt. Eine wehe, eisige Schwäche ergriff mein Herz, eine hoffnungslose innere Öde, in die ich durch kein Anstacheln meiner Phantasie etwas Erhabenes hineinzwingen konnte. Was war es doch, dachte ich, indem ich mein Pferd anhielt, was mich bei der Betrachtung des Hauses Usher so maßlos bedrückte? Ich konnte das Rätsel nicht lösen, und noch weniger konnte ich die düsteren Schatten zerstreuen, die sich beim Nachsinnen über mich legten. Ich mußte mich mit der nichtssagenden Erklärung zufrieden geben, daß manchmal ganz kleine Ursachen uns aufs stärkste beeinflussen, ohne daß wir den Grund zu dieser Beeinflussung finden können. Ich überlegte, daß vielleicht eine kleine Veränderung in dem ganzen Szenenbild den traurigen Eindruck aufheben oder doch wenigstens lindern würde, und lenkte mein Pferd an den abschüssigen Rand eines geisterhaft stillen Teichs, um auf seinen von keinem Windhauch aufgerührten Spiegel hinabzublicken. Aber mit noch größerem Schauder als zuvor blickte ich jetzt auf die umgekehrten Bilder des grauen Rieds, der gespenstigen Baumstümpfe, der leeren, wie Augen aussehenden Fenster.

Und doch wollte ich in diesem unheimlichen Hause für einige Wochen Aufenthalt nehmen. Sein Besitzer, Roderich Usher, war auf der Schule einer meiner besten Kameraden gewesen, doch hatten wir uns schon seit vielen Jahren nicht mehr gesehen. Nun war kürzlich ein Brief von ihm gekommen, dessen äußerst dringlicher Ton nur eine persönliche Beantwortung zuließ. Die Handschrift zeugte von einer starken nervösen Erregung, und er teilte mir mit, daß ihn körperliches Kranksein und geistige Bedrücktheit quäle. Er habe ein dringendes

Verlangen, mich zu sehen, ich sei sein bester und vielleicht sein einziger Freund und würde sicherlich durch den Frohsinn meines Wesens seine Krankheit mildern. Die Art, in der er das und noch mehr sagte, zeigte, daß seine Bitte aus tiefstem Herzen kam, so daß ich nicht lange zauderte, sondern ohne weiteres seinem etwas seltsamen Verlangen folgte.

Obgleich wir als Knaben intime Freunde gewesen waren, wußte ich in Wirklichkeit doch sehr wenig von meinem Freunde, da er sich immer sehr verschlossen zu halten pflegte. Ich erfuhr aber, daß seine sehr alte Familie stets wegen ihrer reizbaren Gemütsstimmung, ihrer ausgedehnten, aber unauffälligen Wohltätigkeit und vor allem wegen ihrer leidenschaftlichen Schwärmerei für die Musik bekannt gewesen. Auch wußte ich die merkwürdige Tatsache, daß das Geschlecht der Usher, so angesehen es immer gewesen war, sich durch alle Jahrhunderte hindurch stets nur in einer direkten Linie ohne Seitenzweige fortgepflanzt hatte. Vielleicht war dadurch auch eine so große innere Verbindung zwischen dem Charakter des alten Geschlechts und ihrem Stammsitz entstanden, so daß die Bauern in der Umgegend, wenn sie von dem Hause Usher sprachen, sowohl diesen Stammsitz wie auch ihren augenblicklichen Besitzer meinten.

Wie ich schon erzählte, wurde durch mein etwas kindliches Experiment, die Landschaft im Spiegel des Teichs zu betrachten, der erste eigenartige Eindruck nur noch verstärkt. Aber als ich dann meine Augen von der Abspiegelung des Hauses wieder zu dem Hause selbst erhob, da überkam mich eine so seltsame und unsinnige Einbildung, daß ich sie nur erwähne, um die Macht der mich bedrückenden düsteren Gedanken zu schildern. Meine Phantasie war so erregt, daß ich deutlich zu sehen glaubte, wie das Haus und seine Umgebung eine besondere Atmosphäre habe, die aus den verdorrten Bäumen, den altersgrauen Mauern und dem schweigenden Teich aufstieg – ein verderbenschwangerer, unheilvoller Dunst, der kaum sichtbar, doch alles in einen dumpfen, schweren, bleigrauen Mantel hüllte.

Mit Gewalt versuchte ich, mich von diesen Vorstellungen zu befreien, und zwang mich, das wirkliche Aussehen des Gebäudes genauer zu betrachten. Am meisten fiel mir sein ungeheures Alter auf. Die Farbe des Mauerwerks war sehr bleich und die ganze Oberfläche von kleinen Pilzen bewachsen, die von den Dachrinnen wie zierliches Gewebe herabhingen. Trotzdem konnte man nicht von einem starken Verfall reden, denn es war nirgendwo etwas von dem Mauerwerk eingestürzt. Nur bei scharfem Hinsehen entdeckte ich einen kaum merklichen Riß, der zickzackförmig an der Mauer herunterlief und sich in dem trüben Gewässer des Teichs verlor.

Indem ich alles dies betrachtete, ritt ich auf einer kurzen Einfahrtsstraße nach dem Hause. Ein Stallknecht nahm mir mein Pferd ab, und ich betrat den gotischen Bogengang der Vorhalle. Ein geräuschlos auftretender Diener führte mich schweigend durch allerlei dunkle und verschlungene Gänge in das Arbeitszimmer seines Herrn. Vieles, was ich unterwegs sah, trug dazu bei, die seltsamen Eindrücke, von denen ich schon gesprochen hatte, zu verstärken. Obgleich alle Einzelheiten, die holzgeschnitzten Decken, die düstern Vorhänge an den Wänden, der ebenholzschwarze Fußboden, die phantastischen Waffen und Trophäen, die bei meinem Vorbeigehen rasselten, doch Dinge waren, wie ich sie von Jugend an oft gesehen hatte, erregten sie gerade hier ganz seltsam meine Phantasie. Auf einer der Treppen begegnete mir der Hausarzt, der auf mich einen unbeholfenen und wenig intelligenten Eindruck machte. Er begrüßte mich etwas verlegen und ging weiter. Der Diener öffnete jetzt eine Tür und führte mich zu seinem Herrn.

Das Zimmer, in dem ich mich jetzt befand, war groß und hoch gebaut. Es hatte lange, schmale und spitz zulaufende Fenster, die sich so hoch über dem schwarzeichenen Fußboden befanden, daß man sie von innen gar nicht erreichen konnte. Durch die vergitterten Fenster fiel nur ein schwacher Schimmer von rötlichem Licht, das gerade die größeren Gegenstände im Zimmer notdürftig erhellte. Vergebens aber versuchte das Auge die entfernteren Winkel des Zimmers zu erreichen, oder die Einzelheiten der gewölbten und abgenutzten Decke zu erkennen. An den Wänden hingen dunkle Vorhänge, die ganze Einrichtung war kostbar und verschwenderisch, aber auch unbehaglich und zerfallen. Überall lagen Bücher und Musikinstrumente umher, ohne aber dem Ganzen viel Leben zu geben. Mir war es, als atmete ich eine beklommene Luft, als sei hier alles von einer finstern, strengen und unerbittlichen Schwermut erfüllt und durchzogen.

Bei meinem Eintritt erhob sich Usher von einem Sofa, auf dem er ausgestreckt gelegen hatte, und begrüßte mich mit einer lebhaften Freundlichkeit, die mir anfangs etwas übertrieben erschien und mich an die gespielte Herzlichkeit manches Gesellschaftsmenschen erinnerte. Aber ein Blick auf sein Gesicht überzeugte mich von seiner vollkommenen Aufrichtigkeit. Wir setzten uns, und während er sprach, sah ich ihn einige Augenblicke halb mitleidig, halb mit dem Gefühl des Grauens an. Eine schreckliche Veränderung war mit Roderich Usher in einer ganz kurzen Zeit vor sich gegangen. Kaum, daß ich in dem Mann, der da vor mir saß, noch die Ähnlichkeit mit meinem einstigen Jugendgefährten erkannte, obwohl doch gerade seine Züge immer etwas ausgesprochen Charakteristisches gehabt hatten. Ein totenblasses Gesicht, große, feuchte und überaus leuchtende Augen, dünne, blutleere, aber sehr schön geformte Lippen, eine Nase mit leisem Anklang an den hebräischen Typ, doch mit breiten Nüstern, ein fein gezeichnetes Kinn, das aber in der zurückfliegenden Form einen Mangel an innerlicher Energie verriet, seidenweiche Haare und die schöne, breite Stirn, alles das ergab ein Gesicht, das man nicht so leicht vergaß. Aber nun hatte sich gerade das Ungewöhnliche seiner Züge so sehr verstärkt und eine solche Veränderung herbeigeführt, daß ich zweifelte, mit wem ich sprach. Besonders erfüllten mich die jetzt fast geisterhafte Blässe der Haut und der übernatürliche Glanz der Augen mit Schrecken und selbst mit Grauen. Das seidige Haar wuchs wild und ungepflegt und umfloß wie ein phantastisches Gewebe das Antlitz, dem es einen ganz unnatürlichen Ausdruck gab.

Im Benehmen meines Freundes fiel mir sofort etwas Zerfahrenes, Unruhiges auf, und ich fand bald heraus, daß das durch seine häufigen, aber nutzlosen Versuche kam, ein ständiges Zittern, eine außerordentlich nervöse Erregtheit zu unterdrücken. Auf manches dergleichen war ich schon gefaßt gewesen, nicht nur durch seinen Brief, sondern auch durch Erinnerungen an Züge aus der Knabenzeit, die eine solche Entwicklung seines Wesens hatten ahnen lassen. Seine Stimmung wechselte zwischen Lebhaftigkeit und Trübsinn, und seine Sprache ging von zitterndem Stammeln, dem jede innerliche Triebkraft zu fehlen schien, zu einer plötzlichen energischen Bestimmtheit über. Er sprach dann wuchtig, abgerissen, mit jener schweren Betonung, wie sie Alkoholiker oder Opiumesser in Augenblicken hoher Erregung zeigen.

In dieser Art unterhielt er sich auch mit mir über meinen Besuch, über sein ernsthaftes Verlangen, mich zu sehen, und über die Tröstung, die ich ihm vielleicht bringen könnte. Er ging auch schließlich auf die Natur seiner Krankheit ein. Er hielt sie für ein Erbteil seiner Familie, für die es nach seiner Meinung kein Heilmittel gebe – sie sei übrigens, so fügte er gleich darauf hinzu, nur eine Art von Nervosität, die zweifellos bald wieder verschwinden werde. Diese Nervosität zeige sich allerdings in einer großen Menge von unnatürlichen Empfindungen. Einige von diesen, die er mir schilderte, interessierten und erstaunten mich sehr, wobei allerdings die Art seines Erzählens mich auch stark beeinflußte. Er litt sehr an einer krankhaften Überschärfe der Sinne, er vertrug nur vollkommen ungewürzte Speisen, er konnte nur Kleider aus einem bestimmten Gewebe tragen, alle Blumengerüche quälten ihn, seine Augen waren überempfindlich gegen Licht, und nur ganz bestimmte Töne, die von Saiteninstrumenten ausgingen, flößten ihm keine Angst ein. Er war überhaupt ein vollständiger Sklave der unnatürlichsten Angstgefühle.

»An diesem schrecklichen Wahn werde ich zugrunde gehen«, sagte er. »Ich muß daran zugrunde gehen. Dieses und nur dieses wird mein Untergang sein. Ich fürchte mich vor allen kommenden Ereignissen, denn ich weiß nicht, welche Folgen sie haben. Ich schaudere bei dem Gedanken an irgendeine alltägliche Kleinigkeit, die mir die unerträglichste Seelenqual bringen kann. Vor einer Gefahr selbst fürchte ich mich eigentlich gar nicht, aber vor dem Entsetzen, das sie sicherlich in mir erregt. In diesem hoffnungslosen, traurigen Zustand fühle ich, daß früher oder später der Augenblick eintreten wird, wo ich im Kampf mit dem graulichen Gespenst der Furcht Leben und Verstand verlieren werde.«

Ich lernte dann allmählich durch gelegentliche und abgebrochene Bemerkungen noch eine andere eigenartige Seite seines innerlichen Zustandes kennen. Er war durch gewisse abergläubische Vorstellungen mit dem Hause, das er bewohnte und das er seit Jahren nicht mehr verlassen hatte, fest verbunden, und allmählich hatten die grauen Mauern und Türme und das trübe Gewässer, in dem sie sich spiegelten, seinen Lebensmut untergraben.

Er gab aber, wenn auch zögernd, zu, daß sein eigenartiger Trübsinn zum Teil auch einen andern, sehr natürlichen Grund habe, nämlich die schwere und lange Krankheit und wohl unvermeidliche Auflösung seiner zärtlich geliebten Schwester, die seit vielen Jahren seine einzige Gesellschaft und auch überhaupt seine letzte Verwandte auf der Welt war. »Nach ihrem Ableben«, sagte er mit einer Traurigkeit, die ich nie vergessen kann, »werde ich hoffnungslos Kranker der letzte aus dem alten Geschlecht der Ushers sein.« Während er sprach, schritt die Lady Madeline (denn das war ihr Name) durch einen entfernt liegenden Teil des Gemachs und verschwand wieder, ohne meine Anwesenheit bemerkt zu haben. Ich betrachtete sie mit dem äußersten Erstaunen und nicht ohne Furcht – obgleich ich schwerlich einen Grund für meine Gefühle hätte angeben können, und wie erstarrt folgten meine Augen ihren entschwindenden Schritten. Als sich dann die Tür hinter ihr geschlossen hatte, suchte mein Blick unwillkürlich und forschend nach dem Gesicht ihres Bruders, aber er hatte es in seinen Händen vergraben. Ich bemerkte, daß die abgezehrten Finger noch bleicher waren als vorher, und daß heiße Tränen hindurchrannen.

Die Krankheit der Lady Madeline spottete schon lange aller ärztlichen Kunst. Eine beständige Apathie, ein allmähliches Hinschwinden der Kräfte und wiederholte Anfälle kataleptischen Charakters waren die unerklärlichen Symptome. Bisher hatte sie standhaft gegen den Einfluß ihrer Krankheit angekämpft und war immer wieder aus dem Bett aufgestanden. Aber gerade am späten Abend nach meiner Ankunft hatte das zerstörende Leiden (wie mir ihr Bruder in derselben Nacht noch ganz aufgeregt mitteilte) sie endgültig niedergeworfen, und ich begriff, daß der kurze Augenblick, in dem ich sie sah, auch wahrscheinlich der letzte sein würde, und daß ich die Lady schwerlich noch einmal lebend erblicken dürfte.

In den folgenden Tagen wurde ihr Name weder von Usher noch von mir erwähnt, und ich verbrachte diese Zeit mit den ernstesten Versuchen, die Melancholie meines Freundes zu mildern. Wir malten und lasen zusammen, oder ich lauschte wie im Traum den phantastischen Improvisationen seines Gitarrespiels. Und je mehr mir so unsere wachsende Intimität einen Einblick in die Tiefen seiner Seele gewährte, mit desto größerem Schmerz sah ich die Nutzlosigkeit aller Versuche ein, ein Gemüt aufzuheitern, dem die Schwermut alles, was ihn umgab, in eine einzige, gleichbleibende Finsternis getaucht hatte.

Ich werde wohl niemals die vielen feierlichen Stunden vergessen, die ich so allein mit dem Herrn des Hauses Usher verbrachte. Aber es ist unmöglich, ein richtiges Bild von den Studien und Beschäftigungen zu geben, mit denen wir uns abgaben. Eine krankhaft erregte, unnatürliche Stimmung warf über alles einen gespensterhaften Glanz. Seine improvisierten langen Trauerreden werden mir wohl für immer in den Ohren klingen, und noch jetzt glaube ich die wilde Variation zu hören, die er dem letzten Walzer von Carl Maria von Weber gegeben hatte. Seine Gemälde, die er mit einer wahnsinnigen Phantasie ausbrütete, erregten in mir einen mir unerklärlichen Schauder, und wenn je ein Sterblicher das Grauen selbst gemalt hat, dann war es Roderich Usher.

Die Bücher, die wohl sicher seit Jahren die einzige geistige Nahrung des Kranken gebildet hatten, trugen natürlich den gleichen Charakter des Phantastischen. Wir studierten zusammen solche Werke wie das Vert-Vert et Chartreuse von Gresset, Machiavells Belphegor, Himmel und Hölle von Swedenborg, Nikolas Klimms unterirdische Reise von Holberg, die Werke Robert Fluds, Jean D'Indaginés und de la Chambres über Chiromantie, die Reise ins Blaue von Tieck und Champanellas Sonnenstaat. Ein Lieblingsbuch war eine kleine Oktavausgabe von dem Directorium Inquisitorium des Dominikaners Emmerich de Gironne, und bei Pomponius Mela fanden wir Stellen über die alten afrikanischen Naturgeister, von denen Usher stundenlang träumen konnte. Sein höchstes Entzücken aber bildete das Studium eines ungewöhnlich seltenen, merkwürdigen gothischen Quartbandes – die Vigiliae Mortuorum secundum Chorum Ecclesiae Maguntinae.

Mir fielen unwillkürlich die seltsamen Kirchengebräuche aus diesem Buche ein und ihr offenbarer Einfluß auf meinen hypochondrischen Freund, als er mir eines Abends plötzlich das Ableben der Lady Madeline mitteilte und hinzufügte, er wolle ihre Leiche bis zur endgültigen Bestattung noch vierzehn Tage in einer der zahlreichen Wölbungen in dem Hauptmauerwerk des Gebäudes aufstellen. Gegen den äußerlichen Grund für sein Vorgehen konnte ich übrigens keine Einwendungen machen. Wie er mir sagte, hatte ihn der ungewöhnliche Charakter der Krankheit der Entschlafenen dazu veranlaßt, gewisse auffällige und hartnäckige Fragen ihres Arztes und der abgelegene und unbewachte Ort der Familiengruft. Da ich mich an die wenig Vertrauen erweckenden Züge des Mannes erinnerte, den ich am Tage meiner Ankunft auf der Treppe gesehen hatte, so konnte ich mich einer so harmlosen und durchaus nicht unnatürlichen Vorsicht nicht widersetzen.

Auf Ushers Bitten half ich ihm persönlich bei der Ausführung dieser vorläufigen Bestattung. Wir legten den Körper in den Sarg und trugen ihn ganz allein zu seiner Ruhestätte. Das Gewölbe war so lange Zeit verschlossen gewesen, daß unsere Fackeln in der dunklen Atmosphäre nur noch glühten und wir kaum etwas unterscheiden konnten. Es war klein, feucht, vollständig vom Tageslicht abgeschlossen und lag tief in der Erde, gerade unter dem Teil des Gebäudes, wo sich mein Zimmer befand. Im Mittelalter war es wohl einmal ein Kerker gewesen, später hatte es als Aufbewahrungsort für Pulver oder irgend etwas Leichtentzündliches gedient, denn der Boden und der lange Bogengang, der uns hinführte, waren sorgfältig mit Kupferplatten belegt. Auf ähnliche Art war auch die massive eiserne Tür geschützt, die infolge ihres riesigen Gewichts laut in den Angeln knirschte, als wir sie öffneten.

Nachdem wir an diesem Ort des Schreckens unsere traurige Last auf ein Gestell gesetzt hatten, rückten wir den noch nicht festgeschraubten Deckel des Sarges etwas zur Seite und betrachteten das Gesicht der Darinliegenden. Zum erstenmal fiel mir jetzt eine überraschende Ähnlichkeit zwischen Bruder und Schwester auf, und Usher, der vielleicht meine Gedanken fühlte, murmelte ein paar Worte, aus denen ich entnahm, daß er und die Verstorbene Zwillinge gewesen waren, und daß eine fast unbegreifbare Sympathie zwischen ihnen geherrscht hatte. Wir ließen aber nicht lange unsere Blicke auf der Toten ruhen, denn wir konnten sie nicht ohne Grauen ansehen. Die Krankheit, an der die Lady in der Blüte ihrer Jugend gestorben war, hatte durch ihren rein kataleptischen Charakter wie zum Spott eine zarte Röte auf Busen und Gesicht zurückgehalten, und auf den Lippen lag dieses unheimliche stille Lächeln, das bei Toten so entsetzlich wirkt. Wir legten den Deckel auf den Sarg und schraubten ihn fest. Dann verschlossen wir die eiserne Tür und bahnten uns mühsam unsern Weg in die kaum weniger traurigen oberen Gemächer des Hauses.

Nachdem einige Tage bitteren Schmerzes vergangen waren, trat eine auffällige Veränderung in den Anzeichen geistiger Erkrankung bei meinem Freunde ein. Alles Gewohnte in seinem Benehmen verschwand, und die bisherigen Beschäftigungen wurden vernachlässigt oder vergessen. Mit hastigen, nervösen Schritten irrte er zwecklos von einem Zimmer zum andern. Die geisterhafte Blässe seines Gesichts hatte sich noch verstärkt, aber der Glanz seiner Augen war erloschen. Früher pflegte seine Stimme wenigstens dann und wann einmal einen bestimmten, festen Ton anzunehmen, jetzt stieß er seine Worte nur noch in einem zitternden Vibrieren, aus dem eine unerträgliche Angst sprach, hervor. Manchmal schien sein unaufhörlich erregtes Gemüt mit einem drückenden Geheimnis zu kämpfen, das zu offenbaren ihm der nötige Mut fehlte. Mitunter auch hielt ich alles einfach für die törichten Launen des Wahnsinns, denn ich sah, wie er stundenlang mit gespanntester Aufmerksamkeit ins Leere starrte, als lauschte er auf irgendein eingebildetes Geräusch. Es war kein Wunder, daß mich dieser Zustand erschreckte und zuletzt beeinflußte, und daß ich nach und nach von seinem phantastischen und doch so eindrucksvollen Aberglauben angesteckt wurde.

Es war besonders eines Abends – am siebenten oder achten Tage, nachdem wir Lady Madeline in das unterirdische Gewölbe getragen hatten – als ich spät zu Bett ging und die volle Macht dieser Beeinflussung fühlte. Stunden auf Stunden vergingen, ohne daß ich einschlafen konnte, und vergebens suchte ich durch Vernunftsgründe die mich überwältigende Unruhe zu bekämpfen. Ich schob meine Gefühle auf den bedrückenden Einfluß der trüben Ausstattung des Zimmers, auf die dunklen, alten Vorhänge an den Wänden, die sich vor der wachsenden Gewalt eines heraufziehenden Sturmes immer mehr bewegten und stoßweise hin und her schwankten oder seltsam an den Bettverzierungen raschelten. Aber alle meine Anstrengungen waren fruchtlos. Ein unwiderstehliches Zittern befiel allmählich meinen ganzen

Körper, bis ein völlig unerklärlicher Schrecken wie ein Alp auf meinem Herzen lastete. Mühsam nach Atem ringend schüttelte ich ihn schließlich ab und erhob mich aus den Kissen. Meine Augen versuchten die tiefe Dunkelheit des Zimmers zu durchdringen, und ich lauschte wie aus unwiderstehlichem Antrieb auf ein leises, unbestimmtes Geräusch, das irgendwoher in langen Abständen, wenn der Sturm etwas nachließ, an mein Ohr drang. Ein tiefes, ganz unsagbares und unerträgliches Gefühl von Entsetzen überwältigte mich. Ich fühlte, daß ich in dieser Nacht keinen Schlaf mehr finden würde, und warf mich hastig in die Kleider, um mich durch schnelles Auf- und Abschreiten meinem entsetzlichen Zustande zu entreißen.

Ich hatte aber kaum ein paar Schritte gemacht, als ich jemand die anstoßende Treppe heraufkommen hörte, und ich erkannte sofort, daß es Usher war. Einen Augenblick später klopfte er leise an und trat mit einer Lampe in der Hand herein. Sein Gesicht war wie immer leichenhaft blaß, aber in seinen Augen leuchtete eine Art wahnsinniger Heiterkeit, und sein ganzes Benehmen war offenbar hysterisch. Sein Aussehen stieß mich förmlich ab – aber schließlich war jede Gesellschaft dieser unerträglichen Einsamkeit vorzuziehen, und ich begrüßte sein Kommen wie eine Erlösung.

»Und Sie haben das nicht gesehen?« fragte er mich plötzlich, nachdem er eine Weile schweigend um sich geblickt hatte. »Sie haben es also nicht gesehen? – Halt, ich will es Ihnen zeigen!«

Mit diesen Worten stellte er sorgsam die Lampe zur Seite, eilte an eins der Schiebefenster und riß es trotz des Wetters weit auf. Die furchtbare Gewalt des hereindringenden Windstoßes riß uns fast um. Die Nacht draußen war gerade wegen des wilden Unwetters von erhabener Schönheit. Offenbar befanden wir uns genau im Mittelpunkte eines gewaltigen Wirbelsturmes; die Wolken hingen so tief, daß sie fast die Türme des Gebäudes erreichten, und jagten mit unbeschreiblicher Geschwindigkeit über den Himmel.

Wir konnten das alles beobachten, trotzdem kein Schimmer von Mond oder Sternen zu sehen war, und kein Blitzstrahl die Nacht erhellte. Aber die Wolken sowohl wie alle Gegenstände auf der Erde glühten in dem unnatürlichen Licht einer schwach glimmenden, doch deutlich sichtbaren gasigen Ausströmung, die das ganze Gebäude einhüllte.

»Sie dürfen sich nicht länger in diesen Anblick vertiefen!« sagte ich schaudernd zu Usher und führte ihn mit sanfter Gewalt vom Fenster zu einem Stuhl. »Diese Erscheinungen, die Sie verwirrt machen, sind einfache elektrische Phänomen, oder sie entstammen den giftigen Ausströmungen des Teichs. Wir wollen das Fenster schließen, denn die Luft ist kalt und könnte Ihrem Organismus schaden. Hier ist eins Ihrer Lieblingsbücher. Ich werde Ihnen vorlesen, und Sie sollen zuhören, auf diese Weise verbringen wir zusammen die schreckliche Nacht.«

Der alte Band, den ich zur Hand genommen hatte, war der tolle Trist von Sir Launcelot Canning, aber ich hatte es mehr im Scherz als im Ernst Ushers Lieblingsbuch genannt, denn in Wahrheit lag in der langweiligen, phantasielosen Weitschweifigkeit des Werkes wenig, was den hochfliegenden Geist meines Freundes fesseln konnte. Es war aber das einzige, was ich im Zimmer hatte, und ich hegte auch eine unbestimmte Hoffnung, daß gerade der überspannte Inhalt dieser Geschichte die Hypochondrie des Erregten lindern würde. Man hat ähnliche Fälle ja oft bei geistig Erkrankten beobachtet, und nach der angespannten Aufmerksamkeit zu urteilen, mit der er meinen Worten lauschte, oder doch wenigstens zu lauschen schien, hatte auch meine Absicht einen guten Erfolg.

Ich war bei der bekannten Stelle der Erzählung angekommen, wo Ethelred, der Held des Trist, nachdem er vergebens versucht hatte, auf friedlichem Wege in die Wohnung des Einsiedlers Eingang zu finden, nunmehr Anstalten trifft, mit Gewalt einzudringen. Doch ich will den Teil der Erzählung wörtlich wiedergeben.

»Aber Ethelred, der von Natur ein wackerer Held und jetzt infolge des genossenen Weines sehr erregt war, hatte keine Lust, noch länger mit dem wirklich sehr eigensinnigen und boshaften Einsiedler zu verhandeln. Da ihm der Regen schon die Schulter durchnäßte, und der Sturm immer mehr zunahm, so schwang er seine Keule und hatte bald mit schnellen Schlägen in die Tür ein Loch für seine gepanzerte Faust geschlagen. Dann griff er kräftig hinein, daß alles krachend und dröhnend zusammenstürzte und das Geräusch des trockenen und hohlklingenden Holzes im ganzen Walde widerhallte.«

Am Schlusse dieses Absatzes fuhr ich auf und hielt einen Augenblick inne, denn es schien mir (obgleich ich das sofort für eine Einbildung meiner erregten Phantasie hielt), als ob aus einem unendlich fernen Teil des Gebäudes ein undeutliches Geräusch komme, das wie ein ersticktes und dumpfes Echo dieses krachenden und dröhnenden Holzes aus Sir Launcelots Buch klang. Es war wohl nur die Ähnlichkeit des Klanges, die meine Aufmerksamkeit erregt hatte, denn in dem Klirren der Fensterscheiben und den vielfältigen Geräuschen, die der wachsende Sturm mit sich brachte, konnte eine solche Einzelheit mich sonst kaum beunruhigt haben. Ich fuhr daher mit dem Lesen fort.

»Als aber der tapfere Held Ethelred durch die Tür trat, erstaunte und ergrimmte er nicht wenig, weil von dem bösen Einsiedler keine Spur zu sehen war. Dafür stand an seiner Stelle vor ihm ein schuppiger und abscheulicher Drache mit feurigem Rachen, der einen goldenen Palast mit silbernem Boden bewachte. An der Wand aber hing ein Schild von schimmerndem Erz, auf dem folgende Worte geschrieben waren:

> Nur wer ein Held ist, trete herein;
> Zwingst du den Drachen, der Schild ist dein.

Da erhob Ethelred seine Keule und schlug mit gewaltiger Kraft auf den Kopf des Drachen, daß er hinstürzte und seinen giftigen Atem aufgab. Aber der Todesschrei des Untiers war so entsetzlich, so grell und durchdringend, daß Ethelred sich mit den Händen die Ohren zuhalten mußte, um nicht diesen entsetzlichen, nie gehörten Laut anzuhören.«

Auch hier wieder hielt ich plötzlich ein, und diesmal mit höchstem Erstaunen – denn jetzt hörte ich tatsächlich (obgleich es mir nicht möglich war, zu sagen, woher es kam) einen leisen und offenbar ganz fernen Laut, wie ein langgezogenes, grelles und kreischendes Schreien, das mir wie ein genaues Echo des von dem Dichter geschilderten unnatürlichen Todesschreies des Drachen erschien.

Obgleich dieses zweite, äußerst seltsame Zusammentreffen mich im höchsten Maße entsetzte und Angst und Schrecken in mir auslöste, hatte ich doch so viel Geistesgegenwart, die empfindsame Nervosität meines Freundes nicht durch irgendeine Bemerkung zu steigern. Ich war auch durchaus ungewiß, ob er etwas von diesem Laut gehört hatte, obgleich während der letzten Minuten eine seltsame Veränderung in seinem Benehmen eingetreten war. Vorher hatte er mit dem Gesicht nach mir hingewendet auf dem Stuhle gesessen, jetzt blickte er angespannt nach der Tür, und obgleich ich sein Gesicht nur undeutlich sehen konnte, bemerkte ich doch, wie seine Lippen zitterten, als ob sie unhörbare Worte sprächen. Sein Kopf war auf die Brust herabgesunken, aber an den weit und starr geöffneten Augen erkannte ich, daß er keineswegs schlief. Auch die Bewegung seines Körpers, der leise und unaufhörlich hin und her schwang, bewies das deutlich. Mit einem schnellen Blick sah ich das alles und begann, in dem Buche Sir Launcelots weiterzulesen.

»Nachdem nun der Ritter der furchtbaren Wut des Drachen entronnen war, gedachte er des erzenen Schildes, dessen Zauber nun gebrochen war. Er schob den Leichnam, der ihm im Wege lag, zur Seite und schritt kühn über den silbernen Boden nach der Stelle, wo der Schild an der Wand hing. Der aber wartete nicht, bis er ganz herangekommen war, sondern fiel plötzlich mit einem lauten und entsetzlichen Dröhnen zu seinen Füßen auf den silbernen Boden.«

Kaum waren diese Worte von meinen Lippen gekommen, da hörte ich deutlich einen dumpfen, halberstickten metallischen Widerhall, als ob irgendwo wirklich ein erzener Schild auf einen silbernen Boden gefallen sei. Vollständig außer Fassung sprang ich empor, aber die abgemessenen, wiegenden Bewegungen Ushers blieben die gleichen. Ich eilte zu dem Stuhle, auf dem er saß. Er hielt seine Augen fest auf einen Punkt gerichtet, und sein Antlitz schien zu Stein erstarrt zu sein. Erst als ich meine Hand auf seine Schulter legte, fuhr ein starkes Zittern durch seinen Körper. Ein wehes Lächeln zuckte über seine Lippen, und ich sah, daß er in leisem, schnellen und unverständlichen Murmeln zu sich selber sprach, als sei er sich meiner Anwesenheit gar nicht bewußt. Ich beugte mich über ihn und verstand dann erst den entsetzlichen Sinn seiner Worte.

»Ob ich es gehört habe? – O ja, ich höre es und habe es gehört. Schon lang – lang – lang – viele Minuten, viele Stunden, viele Tage habe ich es gehört. Und doch wagte ich nicht – wehe mir Elendem – ich wagte es nicht – ich wagte es nicht, zu sprechen. Wir haben sie lebend ins Grab gelegt! Sagte ich es nicht, daß meine Sinne scharf seien? Ich sage es jetzt, ich habe ihre ersten schwachen Bewegungen in dem hohlen Sarge gehört. Ich hörte sie – seit vielen, vielen Tagen – und wagte doch nicht – wagte nicht zu sprechen. Und jetzt – in dieser Nacht – Ethelred – haha! – Das Zerbrechen der Tür des Einsiedlers, der Todesschrei des Drachen und der Klang des Schildes – nennen Sie es lieber das Zerreißen ihres Sarges, das Knirschen der eisernen Angeln ihres Gefängnisses, ihr Kämpfen in dem kupferbelegten Gang der Höhle. O, wohin soll ich fliehen? Wird sie nicht sogleich hier sein? Kommt sie nicht, mir wegen meiner Übereilung Vorwürfe zu machen? Habe ich nicht ihren Fußtritt auf der Treppe gehört? Habe ich nicht das laute und entsetzliche Klopfen ihres Herzens vernommen? Wahnsinniger!« Hier sprang er wild auf die Füße und schrie die folgenden Worte, als wollte er damit seine Seele aufgeben – »Wahnsinniger! Ich sage, sie steht jetzt draußen vor der Tür!«

Als hätte die übernatürliche Kraft dieser Worte eine Zauberwirkung ausgeübt, öffnete plötzlich die alte, getäfelte Tür, auf die er hinwies, langsam ihre schwarzen Ebenholzkiefer. Es war natürlich die Folge eines Windstoßes, aber draußen vor dieser Tür stand die hohe, in Leichengewänder gehüllte Gestalt der Lady Madeline von Usher. Ihre weißen Gewänder waren mit Blut befleckt, und ihre ganze Gestalt wies überall die Spuren eines verzweifelten Kämpfens auf. Einen Augenblick blieb sie zitternd und hin und her schwankend auf der Schwelle, dann aber fiel sie mit einem leisen, dumpfen Schrei schwer nach innen und auf den Körper ihres Bruders hin, und in ihrem heftigen und diesmal wirklichen Todeskampf riß sie ihn mit sich zu Boden, wo er ebenfalls tot, ein Opfer der von ihm vorausgeahnten Schrecken, liegen blieb.

In wahnsinnigem Entsetzen floh ich aus dem Zimmer und aus dem Hause. Der Sturm wütete noch in seiner ganzen Stärke, als ich die alte Zugangsstraße kreuzte. Plötzlich glitt über meinen Weg ein seltsames Licht, und ich wandte mich erstaunt um, denn nur das riesige Gebäude und seine Schatten waren hinter mir: der Schein kam von dem untergehenden, blutroten Vollmond, der jetzt hell durch den sonst kaum bemerkbaren Riß schien, der, wie ich schon erzählt habe, im Zickzack an dem ganzen Gebäude herablief. Während ich noch hinstarrte, erweiterte sich der Riß sehr schnell. Dann kam ein heftiger Aufruhr des Wirbelwindes, und der Mond wurde plötzlich in seinem ganzen Umfange sichtbar. Halb von Sinnen sah ich, wie die mächtigen Mauern zusammenstürzten. Dann folgte ein lautes, anhaltendes Getöse wie von tausend Waffen, und der tiefe, dunkle Teich zu meinen Füßen schloß sich plötzlich und schweigend über den Trümmern des Hauses Usher.

Metzengerstein

Grauen und Verhängnis hat es zu allen Zeiten gegeben. Wozu also die Zeit bestimmen, in der sich diese Erzählung ereignet hat? Es genügt, wenn ich sage, daß zu jener Zeit im Innern Ungarns ein fester, wenn auch selten ausgesprochener Glaube an die Seelenwanderung herrschte. Über diese Lehre, ihre Falschheit oder Wahrscheinlichkeit, will ich mich nicht verbreiten, aber eine Seite des ungarischen Aberglaubens muß ich doch erwähnen, weil sie hart an das Unvernünftige streift. Die Ungarn glaubten nämlich im Gegensatz zu den asiatischen Völkern, daß die Seele nur einmal in einem Menschenkörper leben könne, dann aber in ein Tier, ein Pferd oder einen Hund, übergehen müsse.

Seit Jahrhunderten hatten die Familien der Berlifitzing und Metzengerstein in Streit miteinander gelebt, nie zuvor war zwischen zwei so berühmten Geschlechtern eine so tödliche Feindschaft gewesen. Der Ursprung dieser Feindschaft aber lag, wie es schien, in einer alten Prophezeiung. »Ein hoher Name«, so lautete sie, »wird in eine furchtbare Tiefe stürzen, wenn, wie der Reiter über sein Pferd, die Sterblichkeit Metzengersteins über die Unsterblichkeit Berlifitzings triumphiert.«

Natürlich hatten diese Worte wenig oder gar keinen Sinn, aber schon oft sind aus ebenso geringfügigen Ursachen ebenso ernste Folgen entstanden. Außerdem lagen ihre Güter dicht beieinander, und bei den vielen wechselvollen Regierungskämpfen waren sie immer einflußreiche Rivalen gewesen. Nahe Nachbarn sind selten Freunde, und die Bewohner des Schlosses Berlifitzing konnten von ihrem schlanken Türmchen direkt in die Fenster des Palastes Metzengerstein blicken. Die feudale Pracht dieses Palastes aber mußte die weniger alten und weniger wohlhabenden Berlifitzings schwer kränken. War es daher verwunderlich, wenn die Worte der Prophezeiung, so töricht sie auch klangen, zwei Familien, die sowieso schon bei jeder Gelegenheit in Streit geraten konnten, in eine so heftige Feindschaft versetzten? In der Prophezeiung schien, wenn sie überhaupt einen Sinn enthielt, der Triumph der an und für sich schon mächtigeren Familie ausgesprochen zu sein, was die schwächere und weniger einflußreiche Familie natürlich in hellen Haß versetzte.

Wilhelm, Graf Berlifitzing, war beim Beginn dieser Erzählung trotz seiner hohen Abkunft nur noch ein gebrechlicher, kindisch gewordener Greis, der nichts Bemerkenswertes an sich hatte als einen zügellosen und hartnäckigen Haß gegen die rivalisierende Familie und eine so leidenschaftliche Liebe zu Pferden und zur Jagd, daß ihn weder körperliche Gebrechlichkeit noch hohes Alter und das Nachlassen der Geisteskräfte hindern konnten, sich täglich den Gefahren des Jagens auszusetzen.

Friedrich, Baron Metzengerstein, war im Gegensatz dazu noch jung. Sein Vater, der Minister G., starb in frühen Jahren, und seine Mutter, die Baronin Maria, folgte ihm bald. Friedrich stand damals erst im achtzehnten Jahre. In einer Stadt gelten achtzehn Jahre nicht für viel, aber in einer Wildnis, in einer so herrlichen Wildnis wie in jenem alten Fürstentum, hat der Pendelschlag der Zeit einen tieferen Sinn.

Infolge der Testamentsbestimmungen seines Vaters bekam der junge Baron sofort die Herrschaft über die ganzen Besitztümer. Selten hatte ein ungarischer Edelmann bisher einen solchen Reichtum besessen. Die Anzahl seiner Schlösser war kaum zu zählen, aber das glanzvollste und größte war doch der Palast Metzengerstein. Wie weit die Grundrechte dieses Palastes gingen, war niemals genau festgelegt worden, aber der Park allein umfaßte einen Umkreis von fünfzig Meilen.

Natürlich war sich alle Welt darüber einig, welch ein Leben ein so junger Herr, dessen Charakter hinlänglich bekannt war, führen werde. In der Tat übertraf schon in den ersten drei Tagen das Benehmen des jungen Erben die kühnsten Erwartungen seiner begeistertsten Bewunderer. Tolle Gelage – offenbare Schandtaten – unerhörte Roheiten gaben seinen zitternden Dienern schnell zu verstehen, daß keine sklavische Unterwürfigkeit von ihrer Seite, kein Ehrgefühl von seiner Seite in Zukunft irgendeine Sicherheit gegen die gewissenlosen Gewalttaten dieses kleinen Caligula bieten konnten. In der Nacht nach dem vierten Tage entdeckte man, daß die Pferdeställe des Schlosses Berlifitzing in Flammen standen, und die einmütige Ansicht der ganzen Nachbarschaft schrieb das Verbrechen der Brandstiftung der schon entsetzlichen Liste der Schandtaten des Barons hinzu. Aber während des hierdurch verursachten Lärms saß der junge Edelmann offenbar in Nachdenken vertieft in einem weiten und öden Saal des Familienpalastes der Metzengerstein. Die kostbaren, wenn auch verblaßten Teppichvorhänge, die düster an den Wänden hingen, stellten die schattenhaften und majestätischen Gestalten von tausend berühmten Vorfahren dar. Hier saßen Priester und kirchliche Würdenträger in reichen Hermelingewändern in vertrautem Zusammensein mit Königen und Fürsten und schleuderten den Wünschen eines weltlichen Herrschers ihr Veto entgegen oder entrissen kraft der päpstlichen Oberherrschaft dem Erzfeind sein rebellisches Zepter. Dort erschreckten die finsteren, schlanken Gestalten der Fürsten Metzengerstein, deren muskulöse Schlachtrosse über die Harnische gefallener Feinde schritten, mit ihrem kraftvollen Blick auch die ruhigsten Nerven. Und hier wieder glitten die üppigen und stolzen Figuren der Damen vergangener Zeiten zu den Klängen einer geträumten Melodie durch die Gärten unwirklicher Tänze. Aber während der Baron dem langsam anschwellenden Aufruhr in den

Ställen der Berlifitzing lauschte – oder vielleicht auch an eine neue, noch verwegenere Tat dachte –, wandten sich seine Augen unbewußt zu dem Bilde eines riesenhaften und unnatürlich gefärbten Pferdes hin, das auf einem Wandteppich als Eigentum eines Sarazenenahnherrn der Familie seines Rivalen abgebildet war. Das Pferd selbst stand bewegungslos wie eine Statue im Vordergrund des Bildes, während weiter zurück sein unglücklicher Reiter durch den Stich eines Metzengersteins umkam.

Auf Friedrichs Lippen trat ein teuflischer Ausdruck, als er gewahr wurde, wohin sich sein Blick unbewußterweise gelenkt hatte. Aber er wandte ihn nicht zur Seite. Im Gegenteil, er konnte sich durchaus nicht erklären, was für ein überwältigendes Angstgefühl wie ein Leichentuch über sein Bewußtsein gefallen war. Nur mit Mühe beschwichtigte er sein traumhaft verwirrtes Gefühl mit der Gewißheit, daß er ja wach sei. Aber je länger er hinstarrte, desto stärker wurde der Bann, desto unmöglicher erschien es ihm, seinen Blick von dem Zauber dieses Wandvorhanges zu lösen. Da aber draußen der Lärm sich plötzlich verstärkte, gelang es ihm endlich mit krampfhafter Anstrengung, seine Aufmerksamkeit auf den Glanz des rötlichen Lichtes zu werfen, das die brennenden Ställe durch die Fenster des Saales warfen.

Doch dauerte diese Bewegung nur einen Augenblick, und mechanisch starrte er wieder auf die Wand. Zu seinem äußersten Schrecken und Staunen bemerkte er jetzt, daß der Kopf des riesigen Pferdes inzwischen eine andere Haltung angenommen hatte. War der Hals des Tieres vorher wie in Mitleid über den hingestreckten Leichnam seines Herrn gebeugt, so reckte er sich jetzt in voller Länge nach dem Baron hinüber. Die vorher unsichtbaren Augen hatten jetzt einen bestimmten und fast menschlichen Ausdruck angenommen und glühten in einem feurigen und fast seltsamen Rot. Die aufgeworfenen Lippen des offenbar wütenden Pferdes aber zeigten die ganzen leichenhaft bleichen und abscheulichen Zähne.

Besinnungslos vor Schrecken taumelte der junge Edelmann nach der Tür. Als er sie aufstieß, strömte eine Flut roten Lichtes weit in das Zimmer und warf den Schatten des Barons in scharfen Umrissen auf die zitternde Tapete. Und mit Entsetzen sah er, während er sich mühsam aufrecht haltend auf der Schwelle stand, wie der Schatten genau die Stelle und die Figur des unbarmherzigen, triumphierenden Mörders des Sarazenen Berlifitzing einnahm.

Um sich von seiner quälenden Stimmung zu befreien, eilte der Baron ins Freie. Am Haupteingang des Palastes traf er drei Stallknechte, die mit großer Mühe und offenbarer Lebensgefahr ein wild ausschlagendes, riesiges und feuerfarbenes Pferd festhielten.

»Wem gehört das Pferd? Wo habt ihr es her?« fragte der junge Herr rauh und übel gelaunt, denn er sah sofort, daß das geheimnisvolle Pferd auf dem alten Wandvorhang das genaue Abbild dieses vor seinen Augen sich aufbäumenden Tieres war.

»Es gehört Ihnen, Herr«, antwortete einer der Stallknechte, »wenigstens erhebt sonst niemand ein Eigentumsrecht darauf. Wir fingen es, als es dampfend und schäumend vor Wut aus den brennenden Ställen des Schlosses Berlifitzing floh. Da wir annahmen, es gehörte zu dem Gestüt ausländischer Pferde, das der alte Graf besaß, führten wir es zurück. Aber die Stalldiener wollen von dem Tier nichts wissen, was eigentlich seltsam ist, denn man sieht an verschiedenen Anzeichen, daß es mit genauer Not den Flammen entronnen ist.«

»Auf seiner Stirn sind deutlich die Buchstaben W.V.B. eingebrannt«, unterbrach ein anderer Stallknecht. »Ich dachte natürlich, das seien die Initialen des Namens Wilhelm von Berlifitzing – aber das ganze Schloß leugnet, das Tier je gesehen zu haben.«

»Sehr sonderbar!« sagte der junge Baron mit zerstreutem Blick und offenbar, ohne den Sinn seiner Worte zu fassen. »Es ist wirklich ein merkwürdiges Pferd, ein wunderbares Pferd! Und wenn es auch einen verdächtigen und unbändigen Charakter hat, ich will es doch nehmen, denn –«, so fügte er nach einer Pause hinzu, »ein Reiter wie Friedrich von Metzengerstein wird selbst den Teufel aus den Ställen der Berlifitzing zähmen.«

»Der Herr Baron irren sich. Das Pferd stammt wirklich nicht aus den Ställen des Grafen. Wir kennen unsere Pflicht zu gut, um es in einem solchen Fall einem Herrn aus Ihrer Familie zuzuführen!«

»Schon gut!« sagte der Baron trocken. In diesem Augenblick näherte sich mit erregtem Gesicht und eiligen Schritten ein Kammerdiener. Leise flüsternd teilte er seinem Herrn mit, daß aus einem der oberen Zimmer plötzlich ein kleiner Teil eines Wandvorhangs verschwunden sei. Er beschrieb offenbar die genauen Einzelheiten, aber nichts drang an die Ohren der neugierig gewordenen Stallknechte.

Der junge Herr Friedrich schien während der Besprechung eine Beute der verschiedenartigsten Erregungen zu sein. Dann aber gewann er seine Fassung wieder und mit einem Ausdruck boshafter Entschlossenheit befahl er, daß der betreffende Saal sofort abgeschlossen und der Schlüssel ihm übergeben werden solle.

»Haben Sie schon die Nachricht von dem elenden Tod des Jägers Berlifitzing erhalten?« fragte einer der Lehnsmänner den Baron, als nach dem Weggang des Kammerdieners das riesige, jetzt doppelt wütende und ausschlagende Pferd die lange Straße hinuntergeführt wurde, die vom Palast nach den Ställen der Metzengersteins führte.

»Nein!« sagte der Baron und wandte sich jäh dem Sprecher zu. »Er ist tot, sagten Sie?«

»Es ist wirklich so, Herr Baron. Und das wird für einen Herrn Ihrer Familie keine unwillkommene Nachricht sein.«

Ein schnelles Lächeln schoß über das Gesicht des Zuhörers.

»Wie starb er?«

»Bei einem übereilten Versuch, einige Lieblinge seines wertvollen Jagdgestüts zu retten, ist er elend in den Flammen umgekommen.«

»Wirklich!« rief der Baron, als ob er langsam, aber bestimmt die Wahrheit einer aufregenden Idee erfaßt habe.

»Es ist wirklich so«, antwortete der Lehnsmann.

»Entsetzlich!« sagte der junge Herr und schritt ruhig und langsam in den Palast zurück.

Von diesem Augenblick an trat eine auffällige Veränderung in der äußerlichen Lebensführung des liederlichen Baron Friedrich von Metzengerstein ein. Sein Benehmen enttäuschte wirklich alle Erwartungen und paßte wenig zu den Hoffnungen, die sich manche Mutter von heiratsfähigen Töchtern gemacht hatte. Er entschlug sich aller gesellschaftlichen Standesverpflichtungen, verließ nie die Grenzen seiner Besitztümer und blieb in diesem eigenen, ihm gehörigen Gebiet gänzlich ohne Gefährten – höchstens, daß das unnatürliche, wilde und feuerfarbige Pferd, auf dem er von da ab immer ritt, mit einigem Recht sein Freund genannt werden konnte.

Trotzdem versuchte die Nachbarschaft noch eine lange Zeit hindurch, ihn einzuladen. »Würden der Herr Baron unser Fest mit seiner Anwesenheit beehren?« – »Möchten der Herr Baron nicht an einer Bärenjagd teilnehmen?« – Aber die Antworten lauteten kurz und hochmütig: »Metzengerstein geht nicht zur Jagd« – »Metzengerstein kommt nicht hin.«

Diese beleidigenden Antworten waren auf die Dauer dem vornehmen Adel unerträglich. Seltener und weniger freundlich wurden die Einladungen, schließlich blieben sie gänzlich aus. Trotzdem gab es freundliche Nachbarn, die das veränderte Benehmen des jungen Edelmanns der natürlichen Trauer über den jähen Verlust seiner Eltern zuschrieben, wobei sie aber sein rohes und ausschweifendes Benehmen unmittelbar nach der Beerdigung ganz vergaßen. Andere sahen darin den Ausfluß stolzen Selbstbewußtseins, und wieder andere (zu denen der Familienarzt gehörte) sprachen von einer krankhaften, vererbten Melancholie, oder sie machten Andeutungen sehr zweideutiger Natur.

In der Tat erschien des Barons unnatürliche Anhänglichkeit an sein neu erworbenes Leibpferd in den Augen aller vernünftigen Leute immer abstoßender und seltsamer, besonders da diese Anhänglichkeit mit jedem frischen Beispiel von den wilden und dämonischen Eigenschaften des Tieres nur noch wuchs. In der Glut des Mittags, im Dunkel der tiefsten Nacht, in Krankheit und Gesundheit, in schönem Wetter und im Sturm – stets schien der junge Metzengerstein wie verwachsen zu sein mit dem Sattel dieses riesigen Pferdes, dessen unbändige Wildheit so sehr mit seinem eigenen Wesen übereinstimmte.

Einzelne Umstände gaben übrigens der Leidenschaft des Reiters und den Fähigkeiten des Pferdes einen über das Natürliche hinausgehenden unheimlichen Charakter. Es gelang, einzelne Sprünge, die es gemacht hatte, genau abzumessen, und ihre Länge übertraf um ein Erstaunliches alles, was auch die ausschweifendsten Erwartungen sich vorgestellt hatten. Der Baron hatte auch für das Tier, im Gegensatz zu allen andern seines Besitzes, keinen besonderen Namen. Es war in einem Stall ganz für sich untergebracht, der Eigentümer pflegte es selbst, und kein Stallknecht oder sonst jemand hätte auch nur gewagt, in seine Nähe zu kommen. Man beobachtete ferner, daß die drei Stallknechte zwar das Pferd, als es aus dem Brand der Berlifitzingschen Ställe floh, mit Hilfe eines Kettenzaums und eines Lassos festgehalten hatten, daß es aber keinem von ihnen während des gefährlichen Kampfes oder später gelungen war, seine Hand auf den Körper des Tieres zu legen. Anzeichen von besonderer Intelligenz im Benehmen eines edlen und stolzen Pferdes sind wenig geeignet, ein ungewöhnliches Erstaunen hervorzurufen, aber hier gab es Umstände, die sich auch dem Ungläubigsten und Gleichgültigsten aufdrängten. Man erzählte, daß es Augenblicke gab, in denen die Zuschauer, von Grauen gefaßt, das ausdrucksvolle Mienenspiel dieses schrecklichen Wesens betrachteten – Augenblicke, wo der junge Metzengerstein erbleichte und vor dem schnellen und forschenden Ausdruck seiner menschlich blickenden Augen zurückwich.

Unter dem ganzen Gefolge des Barons gab es trotzdem keinen, der an der Glut zweifelte, mit der der junge Edelmann an dem feurigen Tier hing. Nur ein unbedeutender und verkrüppelter kleiner Page, der durch seine Mißgestalt allen im Wege war, und dessen Ansichten völlig ohne Bedeutung waren, hatte eine andere Ansicht. Er besaß die Unverschämtheit, zu versichern, daß sein Herr niemals ohne einen unsagbaren und fast unbegreiflichen Schauder in den Sattel stiege, und daß bei der Rückkehr von einem seiner gewohnten, langen Ritte jede Muskel seines Gesichts von einer triumphierenden Bosheit zuckte.

In einer stürmischen Nacht erwachte Metzengerstein aus einem schweren Schlummer und flog wie ein Wahnsinniger aus seinem Zimmer. In wilder Eile bestieg er das Pferd und sprengte hinaus in die Wildnis seiner Wälder. Natürlich erregte ein solches, schon häufiger geschehenes Vorkommnis weiter kein Aufsehen, doch sahen diesmal die Diener mit Angst seiner Rückkehr entgegen, denn man entdeckte wenige Stunden nach seinem Fortgehen, daß der wundervolle und herrliche Bau des Palastes Metzengerstein von Grund auf in hellen und prasselnden Flammen stand und unrettbar verloren war.

Das Feuer hatte, als man es bemerkte, bereits so schreckliche Fortschritte gemacht, daß es offenbar nutzlos war, auch nur einen Teil des Gebäudes zu schützen, so daß die erstaunte Nachbarschaft untätig und schweigend das Schauspiel betrachtete. Aber bald erregte ein neues und noch entsetzlicheres Ereignis die Aufmerksamkeit der Menge und bewies, wie viel tiefer der Anblick menschlicher Leiden das Gemüt erregt als ein noch so erstaunliches Bild, das die tote Natur darbietet.

Auf der von alten Eichen bestandenen Straße, die vom Walde zum Haupteingang des Palastes Metzengerstein führte, erblickte man ein Pferd, das einen Reiter ohne Hut und Zügel trug und mit einer Schnelligkeit heimsauste, die sogar die Dämonen des Sturmes hinter sich zurückließ.

Dem Reiter sah man sofort an, daß er jede Herrschaft über sein Pferd verloren hatte. Sein verzweifeltes Gesicht, das krampfhafte Arbeiten seines Körpers, bewiesen seine übermenschlichen Anstrengungen. Aber kein Laut, außer einem einmaligen kurzen Schrei, kam von seinen blutigen Lippen, die er in der Maßlosigkeit seiner Angst mit den Zähnen durchbissen hatte. Einen Augenblick übertönte das Klappern der Hufe scharf und schrill das Brüllen der Flammen und das Heulen des Windes. Im nächsten Augenblick setzte das Pferd schon in einem einzigen Sprung über Tor und Graben hinwog, bäumte sich hoch über die zusammenbrechenden Treppen des Palastes und verschwand mit seinem Reiter in einem Wirbel wilden Feuers.

Unmittelbar darauf erstarb die Wut des Sturmes und es folgte eine tödliche Stille. Eine weiße Flamme hüllte noch das Gebäude wie ein Leichentuch ein, und hoch empor zum Himmel strömte ein Glanz von übernatürlichem Licht. Über die Ruinen des Palastes aber legte sich eine schwere Rauchwolke, die ganz deutlich die Form eines riesenhaften Tieres annahm – die eines Pferdes.

In der Tiefe des Maelstroms

Endlich hatten wir den Gipfel der höchsten Felsspitze erreicht. Einige Minuten lang schien der alte Mann zu erschöpft zu sein, um sprechen zu können.

»Es ist noch nicht lange her«, sagte er schließlich, »da hätte ich Sie hier noch ebensogut führen können wie der jüngste meiner Söhne. Aber vor ungefähr drei Jahren da begegnete mir etwas, was noch nie einem sterblichen Menschen begegnet ist, wenigstens keinem, der es überlebt hat, um davon erzählen zu können, und die sechs Stunden Todesangst, die ich damals durchmachen mußte, haben mich an Leib und Seele gebrochen. Sie halten mich sicherlich für einen sehr alten Mann, aber ich bin es nicht. In weniger als einem Tag sind meine kohlschwarzen Haare weiß geworden, sind meine Muskeln erschlafft und meine Nerven zerrüttet, so daß ich bei der kleinsten Anstrengung zittere und mich vor einem Schatten fürchte. Wissen Sie, daß ich kaum diese kleine Felsspitze hinabblicken kann, ohne schwindlig zu werden?«

Die kleine Felsspitze, über deren Abhang er sich so weit hinübergeworfen hatte, daß das größere Gewicht seines Körpers in freier Luft schwebte, und ihn nur die angepreßten Ellenbogen auf dem schlüpfrigen Fels vor dem Absturz schützten – diese kleine Felsspitze erhob sich in einer glatten, schwarzglänzenden Fläche einige fünfzehn- oder sechszehnhundert Fuß aus der unter uns liegenden Welt von Klippen empor. Nichts hätte mich dazu gebracht, näher als ein halbes Dutzend Meter an den Rand heranzukommen. Im Gegenteil, die gefahrvolle Lage meines Gefährten erregte mich so sehr, daß ich mich in ganzer Länge zu Boden warf und mich an dem in der Nähe befindlichen Gesträuch festhielt. Ich wagte nicht einmal zum Himmel emporzublicken, denn ich kämpfte vergebens gegen die Vorstellung an, bei einem solchen wilden Sturm seien selbst die Grundfesten des Felsens in Gefahr, erschüttert zu werden. Es dauerte eine ganze Zeit, bis meine Vernunft mir so viel Mut eingeflößt hatte, daß ich mich hinsetzte und in die Ferne schaute.

»Sie müssen diese Ängstlichkeit überwinden«, sagte der Führer, »denn ich habe Sie hierher gebracht, weil Sie von hier aus am besten den Schauplatz der von mir erwähnten Geschichte überblicken können, und weil ich Ihnen hier, wo Sie alles vor Augen haben, das Ganze erzählen will.

Wir befinden uns jetzt«, fuhr er dann in seiner ihm eigenen, umständlichen Art fort, »dicht an der norwegischen Küste unter dem achtundsechzigsten Breitengrad in der großen Provinz

Nordland, in dem wüsten Bezirk der Lofoten. Der Berg, auf dessen Gipfel wir sitzen, heißt Helseggen, der Bewölkte. Nun erheben Sie sich einmal etwas höher – halten Sie sich an dem Gestrüpp fest, wenn Sie sich schwindlig fühlen – und blicken Sie über den Nebelgürtel unter uns auf die See hinaus.«

Schwindlig blickte ich auf und sah einen weiten Ausschnitt des Ozeans, dessen Wasser so tintenschwarz war, daß mir unwillkürlich der Bericht des nubischen Geographen über das Mare Tenebrarum einfiel. Ein noch traurigeres und öderes Panorama kann sich eine menschliche Phantasie nicht vorstellen. Zur Rechten und zur Linken erstreckten sich, so weit der Blick reichen konnte, wie gewaltige Mauerwälle Linien von häßlich schwarzen und steilen Klippen, deren öder Charakter noch durch die Brandung verstärkt wurde, die weiß und gespensterhaft schäumend, heulend und schreiend immer wieder dagegen anschlug. Gerade gegenüber dem vorspringenden Berg, auf dessen Gipfel wir uns befanden, lag etwa fünf oder sechs Meilen entfernt im Meer eine kleine, blaßfarbige Insel, die man eigentlich nur an der Wildnis der sie umschäumenden Brandung erkannte. Zwei Meilen näher am Land erhob sich eine andere, noch kleinere, die ganz aus unfruchtbarem Fels bestand und in unregelmäßigen Abständen von Gruppen dunkler Klippen umgeben war.

Zwischen der entfernter liegenden Insel und der Küste bot das Meer einen ganz ungewöhnlichen Anblick. Obgleich in diesem Augenblick ein so starker Sturm landeinwärts wehte, daß draußen auf hoher See eine dagegen ankämpfende Brigg fast fortwährend unter Wasser tauchte, war hier drinnen von stürmischem Wetter nichts zu merken, und nur ganz kleine, wilde Sturzwellen spritzten zornig auf, ohne eine bestimmte Richtung zu zeigen. Schaum aber sah man nur in unmittelbarer Nachbarschaft der Felsen.

»Die Insel da draußen«, fuhr der alte Mann fort, »nennen die Norweger Värö, die in der Mitte Mosken. Die nordwärts gelegene ist die Insel Ambaaren. Dort sind Islesen, Hotholm, Keildholm, Suaven und Buckholm, und weiter hinaus, zwischen Mosken und Värö, befinden sich Otterholm, Flimen, Sandflesen und Stockholm. So heißen die Inseln, aber warum man ihnen überhaupt Namen gegeben hat, das verstehen wohl weder Sie noch ich. Hören Sie jetzt etwas? Sehen Sie eine Veränderung im Wasser?«

Wir befanden uns seit etwa zehn Minuten auf dem Gipfel des Helseggen. Während des Aufstiegs, der von dem Innern des Landes aus stattfand, hatten wir vom Meere überhaupt nichts sehen können. Jetzt aber vernahm ich ein lautes und langsam anschwellendes Tosen, das wie das Brüllen einer Büffelherde auf einer amerikanischen Prärie klang, und im gleichen Augenblick verwandelte sich plötzlich die stoßende Bewegung der Wellen in einen Sturm, der rasend nach Osten wehte. Noch während meines Hinstarrens gewann der Sturm eine ungeheure Wucht, die mit jeder Sekunde zunahm. In fünf Minuten war die ganze See bis Värö hin in einem wütenden Aufruhr, der sich am stärksten zwischen Mosken und der Küste austobte.

Die Oberfläche des Wassers war in tausend miteinander kämpfende Kanäle zerrissen. Sie schwoll an und kochte und zischte, sie bildete unzählige, riesige Wirbel und bewegte sich dabei mit einer Geschwindigkeit nach Osten, wie man sie nur bei einem abschüssigen Wasserfall sieht.

Wenige Minuten später trat in dem Bild eine neue, radikale Veränderung ein. Die Fläche des Wassers wurde etwas ruhiger, und die Wirbel verschwanden einer nach dem andern, während gewaltige Schaumstreifen sichtbar wurden. Die Streifen dehnten sich immer mehr aus, verbanden sich miteinander und schienen allmählich die Form eines großen Trichters anzunehmen. Plötzlich – ganz plötzlich – hatten sie einen Kreis von ungefähr einer Meile im Durchmesser um einen deutlich sichtbaren Strudel gebildet. Der Rand dieses gewaltigen Strudels war von einem breiten Gürtel leuchtenden Schaums umgeben, im Innern aber gähnte ein tiefer Abgrund, der von einer glatten und schwarzglänzenden Wasserwand gebildet wurde. Dieselbe senkte sich in einem Winkel von etwa fünfundvierzig Grad und jagte mit leichten Hebungen und Senkungen in betäubender Geschwindigkeit im Kreise herum, wobei sie ein kreischendes, brüllendes Tosen ausstieß, wie es kaum der gewaltige Niagarafall zum Himmel sendet.

Der Berg erbebte bis in seinen Grund hinein, und die Felsen zitterten. Ich warf mich aufs Gesicht und klammerte mich ganz erschüttert an den spärlichen Graswuchs.

»Dies kann unmöglich etwas anderes sein«, sagte ich endlich zu dem alten Mann, »als der gewaltige Strudel des Maelstroms.«

»So wird er manchmal genannt«, erwiderte er. »Wir Norweger aber nennen ihn den Mosköstrom nach der vor uns liegenden Insel Mosken.«

»Sie haben den Strudel nun gut betrachten können«, fuhr der Alte nach einer Weile fort, »und wenn Sie jetzt um diesen Felsen herumkriechen, so daß Sie ihn im Rücken haben und gegen das Brausen etwas geschützt sind, dann will ich Ihnen eine Geschichte erzählen, aus der Sie ersehen können, daß ich den Mosköstrom gründlich kenne.«

Ich tat, wie er mir sagte, und als ich mich gesetzt hatte, begann er seine Erzählung.

»Ich und meine beiden Brüder, wir besaßen einst eine als Schoner aufgetakelte Schmack von ungefähr siebzig Tonnen Gewicht, mit der wir an den Inseln hinter Mosken nahe bei Värö zu fischen pflegten. Gerade in den heftigsten Strudeln ist zu gewissen Zeiten der beste Fischfang, wenn man nur den Mut hat, dorthin zu gehen. Aber von all den Küstenleuten an den Lofoten waren wir drei doch die einzigen, die regelmäßig nach diesen Inseln hinausfuhren. Die gewöhnlichen Fangplätze liegen vielmehr südlich, und man kann dort zu jeder Stunde ohne große Gefahr fischen, deshalb werden sie auch allgemein vorgezogen. Aber hier zwischen den Klippen finden sich an ausgesuchten Stellen nicht nur die feinsten Arten, sondern auch so reichliche Mengen, daß wir manchmal an einem einzigen Tag mehr fingen als die etwas furchtsameren Fischer in einer Woche. Es war aber auch wirklich ein verzweifeltes Wagnis – statt zu arbeiten, setzten wir unser Leben aufs Spiel, und der Mut ersetzte uns das Kapital.

In einer Bucht, etwa fünf Meilen nördlich von hier, hielten wir gewöhnlich unsere Schmack und pflegten bei schönem Wetter die fünfzehn Minuten dauernde Stillwasserzeit zu benutzen, um den Hauptkanal des Mosköstroms an einer vom Strudel entfernt liegenden Stelle zu kreuzen und irgendwo vor Otterholm oder Sandflesen, wo die Brandung etwas stiller ist als anderswo, vor Anker zu gehen. Bei der Rückkehr paßten wir eine gleiche Zwischenzeit in der Wasserbewegung ab. Niemals aber wagten wir unsere Fahrt ohne einen stetigen Seitenwind, den wir sicher für die Hin- und Rückfahrt benutzen konnten, und haben uns dabei selten in unserer Berechnung geirrt. Zweimal im Verlauf von sechs Jahren waren wir wegen tödlicher Windstille, die hier übrigens sehr selten eintritt, gezwungen, eine ganze Nacht vor Anker zu liegen. Und einmal mußten wir fast eine Woche draußen liegen bleiben, wobei wir fast verhungerten, weil kurz nach unserm Eintreffen ein Sturm ausbrach, der die Rückfahrt über die Stromrinne zu gefährlich machte. Bei dieser Gelegenheit wären wir übrigens trotz aller unserer Gegenbemühungen auf die hohe See hinausgetrieben worden (denn die Strudel warfen uns so wild herum, daß wir den Anker lösen mußten), hätte uns nicht eine nach dem Land zugehende Strömung gefaßt, die uns nach Flimen trieb, wo wir glücklich landen konnten. Ich könnte Ihnen nicht den zwanzigsten Teil von all den Schwierigkeiten erzählen, die wir in unseren Fischgründen hatten, denn es war ein böser Fleck selbst bei schönem Wetter, aber es gelang uns doch noch stets, den gefährlichen Mosköstrom ohne Unfall zu durchfahren, obgleich mir manchmal das Herz im Leibe stille stand, wenn wir eine Minute zu früh oder zu spät in die Stillwasserpause hineingerieten. Manchmal war der Wind schwächer, als wir bei der Ausfahrt gedacht hatten, und wir kamen zu langsam vorwärts, so daß wir kaum mit der Strömung fertig werden konnten. Mein ältester Bruder hatte einen achtzehnjährigen Sohn und ich ebenfalls zwei kräftige Burschen. Diese hätten uns beim Steuern und dann beim Fischen von großem Nutzen sein können, aber wenn wir auch selbst unser Leben aufs Spiel stellten, so hatten wir doch nicht das Herz, die jungen Menschen der Gefahr auszusetzen – denn alles in allem, es war wirklich und wahrhaftig eine schreckliche Gefahr.

Es werden jetzt in einigen Tagen drei Jahre, da geschah das, was ich Ihnen nunmehr erzählen will. Es war am 10. Juli 18 . ., ein Tag, den man in dieser Gegend nie vergessen wird, weil damals der schrecklichste Sturm geherrscht hat, der je vom Himmel gekommen ist. Und doch hatte den ganzen Morgen durch und bis spät in den Nachmittag hinein ein sanfter und gleichmäßiger Südwestwind geweht, während die Sonne so hell schien, daß der erfahrenste Seemann unter uns nicht das, was nachher geschah, voraussehen konnte.

Wir drei – meine zwei Brüder und ich – waren gegen zwei Uhr nachmittags nach den Inseln hinübergefahren und hatten bald fast die ganze Schmack mit schönen Fischen gefüllt, die an dem Tage in größeren Mengen kamen, als wir es je erlebt hatten. Es war genau sieben auf meiner Uhr, als wir den Anker aufzogen und zurückkehrten, um die schlimmste Stelle des Stromes bei Stillwasser, das um acht Uhr eintreten mußte, zu überschreiten.

Ein frischer Wind wehte von der Steuerbordseite, und wir kamen schnell vorwärts, ohne an irgendeine Gefahr zu denken, denn es lag wirklich nicht das geringste Anzeichen einer solchen vor. Plötzlich warf uns ein Wind von Helseggen her zurück. Dies war etwas ganz Ungewohntes – etwas, was wir nie vorher erlebt hatten – und ich begann, eine gewisse Unruhe zu fühlen, ohne eigentlich zu wissen, warum. Wir legten unser Boot an den Wind, konnten aber wegen der Wirbel nicht weiterkommen, und ich wollte schon vorschlagen, zum Ankerplatz zurückzukehren, als wir zufällig nach rückwärts blickten und eine merkwürdige, kupferfarbene Wolke sahen, die mit einer höchst erstaunlichen Geschwindigkeit herankam.

Inzwischen war der Wind, der uns zurückgeworfen hatte, verschwunden, und wir trieben hilflos umher. Aber dieser Zustand dauerte nur einen Augenblick, so daß wir keine Zeit fanden, darüber nachzudenken. In weniger als einer Minute hatte uns der Sturm erfaßt – in zwei Minuten war der Himmel vollständig mit Wolken überzogen – und dann wurde, während uns Wolken von Gischt überströmten, alles so finster, daß wir uns kaum noch gegenseitig auf der Schmack erkennen konnten. Es wäre Wahnsinn, einen Sturm wie diesen beschreiben zu wollen. Die ältesten Seeleute Norwegens haben einen gleichen noch nie erlebt. Zwar hatten wir alle Segel noch rechtzeitig gelöst, aber trotzdem brachen beim ersten Stoß unsere beiden Masten, als seien sie abgesägt worden. Mit dem Großmast ging mein jüngster Bruder, der sich daran angebunden hatte, über Bord.

Unser Boot glitt leicht wie eine Feder über das Wasser. Es hatte ein vollkommen glattes Deck mit einer einzigen kleinen Luke nahe dem Bug, und diese Luke pflegten wir vor jedem Kreuzen des Stroms zu schließen, um uns gegen etwaige Sturzwellen zu sichern. Ohne diesen Umstand wären wir sofort untergegangen, denn eine Zeitlang bedeckten uns die Wellen ganz und gar. Auf welche Weise mein ältester Bruder mit dem Leben davonkam, kann ich nicht sagen, denn ich hatte keine Gelegenheit, danach hinzuschauen. Was mich anging, so warf ich mich, als ich das Docksegel herabgelassen hatte, flach aufs Verdeck, preßte meine Füße gegen den niedrigen Bugrand und klammerte mich mit den Händen an den Ringbolzen in der Nähe des Hauptmastes. Es war dies offenbar das beste, was ich tun konnte, aber ich handelte rein instinktiv, da ich viel zu verwirrt war, um denken zu können.

Wir befanden uns, wie ich schon sagte, eine Zeitlang unter Wasser, ich hielt währenddessen den Atem an und klammerte mich an den Ringbolzen. Als ich es nicht mehr aushalten konnte, erhob ich mich, ohne meine Hände loszulassen, auf die Knie und bekam so meinen Kopf frei. Gleich darauf schüttelte sich unser Boot, wie es ein Hund tut, der aus dem Wasser kommt, und machte sich dadurch etwas von den Wellen frei. Ich versuchte jetzt, Herr über die Verwirrung zu werden, die mich ergriffen hatte, und zum Nachdenken über das, was geschehen mußte, zu kommen, als mich jemand am Arm ergriff. Es war mein älterer Bruder, und mein Herz schlug vor Freude, denn ich hatte ihn schon verloren gegeben. Doch im nächsten Augenblick verwandelte sich alle diese Freude in Entsetzen, denn er näherte seinen Mund meinem Ohr und schrie laut das Wort: Mosköstrom!

Kein Mensch kann sich vorstellen, was ich in diesem Augenblick empfand. Ich zitterte vom Kopf bis zu den Füßen, als hätte mich der heftigste Fieberanfall gefaßt. Ich verstand nur zu gut durch dieses einzige Wort, was er mir damit sagen wollte. Mit dem Wind, der uns jetzt trieb, waren wir dem Strom verfallen, und nichts konnte uns retten!

Sie begreifen, daß wir uns beim Kreuzen des Stromkanals selbst im schönsten Wetter weit von der eigentlichen Wirbelstelle entfernt hielten, und daß wir stets sorgfältig auf die Stillwasserzeit achteten. Jetzt aber trieben wir – und dazu noch in einem solchen Sturm – direkt auf den Abgrund zu. Sicherlich, dachte ich, erreichen wir ihn gerade während der Wasserstille – wenigstens ist eine kleine Hoffnung da – aber schon im nächsten Augenblick verfluchte ich mich selbst, weil ich ein so großer Narr war, überhaupt noch auf etwas zu hoffen. Ich wußte zu genau, daß wir verloren waren, und daß hier auch das größte Kriegsschiff untergegangen wäre. Inzwischen hatte sich die erste Wut des Sturmes gelegt, oder vielleicht fühlten wir ihn nicht mehr so wie vorher, als er hinter uns herjagte. Jedenfalls aber schwoll die See, die bis jetzt durch den Wind flach niedergedrückt wurde, nunmehr zu hohen Bergen an. Auch der Anblick des Himmels hatte sich merkwürdig verändert. Bis zum fernsten Horizont war ringsumher alles pechschwarze Nacht, aber gerade über uns entstand plötzlich in den Wolken eine kreisrunde Öffnung, durch die der klare Himmel schien. Er war so klar, wie ich ihn nie gesehen habe, von einem tiefen, leuchtenden Blau, durch das der volle Mond mit einem ungewohnten Glanze herabschien. Er beleuchtete alles um uns herum mit größter Deutlichkeit – aber, o Gott, auf was für eine Szene warf er sein Licht!

Ich versuchte nun, ein oder zweimal zu meinem Bruder zu sprechen, aber auf unbegreifliche Weise hatte sich das Heulen so verstärkt, daß er auch nicht ein einziges Wort hören konnte, obgleich ich mit lautester Stimme schrie. Gleich darauf schüttelte er mit seinem Kopfe, und mit einem Gesicht, so bleich wie der Tod, winkte er mir, als wollte er sagen: Lausche!

Anfangs verstand ich nicht, was er meinte, aber bald durchfuhr mich ein entsetzlicher Gedanke. Ich zog meine Uhr aus der Tasche, sie ging nicht. Aber als ich beim Schein des Mondes darauf blickte, brach ich in Tränen aus und warf sie ins Meer. Sie war um sieben Uhr stehen geblieben! Die Zeit des Stillwassers war vorbei, und der Strom raste in voller Wut.

Wenn ein gutgebautes Schiff richtig und nicht zu schwer beladen ist, dann sieht es bei einem starken Sturm aus, als ob die Wellen darunterher glitten – das Schiff reitet auf den Wellen. Nun, bisher waren wir ganz schön geritten, aber mit einem Male erfaßte uns eine gewaltige Woge und trug uns hoch mit sich empor, so hoch, als sollte es in die Wolken gehen. Nie hätte ich geglaubt, daß eine Woge sich so hoch erheben könnte. Und dann glitten wir wieder mit einem Schwung in die Tiefe, daß ich davon elend und schwindlig wurde, als sei ich im Traume von einem riesenhohen Berge herabgestürzt. Aber während wir oben schwebten, hatte ich einen schnellen Blick um mich geworfen – und dieser eine Blick besagte alles. In einem Moment wurde mir unsere ganze Lage klar. Gerade vor uns, nur eine Viertelmeile entfernt, lag der Wirbel des Mosköstroms – aber er glich ebensowenig dem gewöhnlichen Mosköstrom, wie der Wirbel, den Sie jetzt sehen, einem Mühlbach. Hätte ich nicht gewußt, wo wir waren und was uns erwartete, ich würde den Platz überhaupt nicht erkannt haben. So aber schloß ich meine Augen vor Entsetzen. Wie im Krampf preßten sich meine Augenlider zusammen.

Es kann nicht mehr als zwei Minuten später gewesen sein, da fühlten wir plötzlich, wie die Wellen sich unter uns senkten, und wir wurden in Schaum eingehüllt. Das Boot machte eine scharfe Halbwendung nach Backbord und schoß blitzgeschwind in der neuen Richtung davon. In demselben Augenblick ertrank das heulende Tosen des Wassers vollständig in einer Art schrillem Kreischen, als ob viele tausend Dampfschiffe zu gleicher Zeit ihre Ventile geöffnet hätten. Wir befanden uns jetzt in dem Schaumgürtel, der immer den Wirbel umgibt, und ich glaubte natürlich, daß wir im nächsten Augenblick hinabstürzen würden in den Abgrund, in den ich wegen der ungeheuren Geschwindigkeit, mit der wir uns jetzt bewegten, nur undeutlich hineinsehen konnte. Aber das Schiff schien überhaupt nicht im Wasser zu sinken, sondern wie eine Wasserblase über die Oberfläche der Brandung hinwegzugleiten. Steuerbordseits befand sich der Wirbel, backbordseits die See, die sich wie eine riesige schwankende Wand zwischen uns und den Horizont schob.

Es mag Ihnen seltsam erscheinen, aber jetzt, da wir ganz in der Gewalt des Abgrunds waren, fühlte ich mich gefaßter als vorher, da wir uns ihm näherten. Seit ich überzeugt war, daß es keine Hoffnung mehr gab, verlor ich viel von dem Schrecken, der mich anfangs so entnervt hatte. Ich glaube, es war Verzweiflung, die meinen Mut stärkte.

Es mag wie Prahlerei erscheinen, was ich hier der Wahrheit gemäß erzähle, aber jedenfalls begann ich jetzt darüber nachzudenken, welch eine wundervolle Sache es doch sei, in solcher Art zu sterben, und wie töricht es wäre, vor einer so erhabenen Entfaltung göttlicher Macht auf etwas so Hinfälliges zu achten, wie gerade mein Einzelleben. Ich glaube, ich errötete vor Scham, als mir dieser Gedanke durch den Kopf schoß. Nach einer kleinen Weile erfaßte mich eine scharfe Neugierde, mir den Strudel selbst anzusehen. Ich fühlte tatsächlich einen brennenden Wunsch, seine Tiefen zu erforschen, wobei mir mein Schicksal gleichgültig war. Es schmerzte mich höchstens, daß ich meinen Kameraden an der Küste nichts von den Geheimnissen erzählen könnte, die ich entdecken würde. Es waren dies ja eigentlich für einen Menschen in meiner Lage seltsame Phantasien, und ich habe später manchmal gedacht, daß mir das ewige Herumrasen des Bootes in dem Trichter doch den Kopf etwas verwirrt gemacht hat.

Es gab einen anderen Umstand, der mich etwas beruhigte, und das war das Aufhören des Windes, der uns in unserer gegenwärtigen Lage nicht mehr erreichen konnte. Sie haben ja selbst gesehen, daß der Schaumgürtel beträchtlich unter dem Meeresspiegel liegt, und damals türmten sich die Wogen wie hohe schwarze Berge rings um uns her. Wenn Sie nie zur See gefahren sind, dann können Sie sich auch keine Vorstellung davon machen, in welchem Maße Sturm und Gischt auf die Geistesbesinnung wirken. Sie blenden, betäuben, ersticken den Menschen und nehmen ihm jede Fähigkeit zu handeln oder zu überlegen. Aber wir waren jetzt fast ganz von diesen Qualen befreit – es ging uns wie zum Tode Verurteilten, denen man manche Annehmlichkeit zukommen läßt, die man ihnen bis zur Verurteilung versagt.

Wie oft wir in dem Schaumgürtel herumkreisten, läßt sich unmöglich sagen. Fast eine Stunde lang machten wir diese Runde, wobei wir mehr flogen als schwammen und langsam immer mehr in die Mitte des Streifens gerieten, bis wir an den schrecklichen inneren Rand streiften. Die ganze Zeit über hatte ich den Ringbolzen nicht losgelassen, während mein Bruder, der im Heck des Schiffes lag, sich an einem kleinen leeren Wasserfaß festhielt, das fest angebunden und deshalb der einzige Gegenstand auf dem Verdeck war, der beim Stoß des Sturmes nicht über Bord geschwemmt wurde. Als wir den Rand des Abgrundes erreichten, ließ er das Faß fahren und strebte nach dem Ringbolzen, wobei er in seiner besinnungslosen Angst versuchte, meine Hände davon loszureißen, da wir beide daran nicht Platz hatten. Mit einem tiefen Schmerz bemerkte ich diesen Versuch – obgleich ich wußte, daß ihn nur der Wahnsinn dazu trieb, daß ihn die bloße Furcht toll gemacht hatte. Dennoch wollte ich nicht mit ihm um diesen Halt kämpfen, es war ja so gleichgültig, ob einer von uns sich überhaupt noch festhielt. Ich glitt deshalb nach hinten und ergriff das Faß, was mir ohne große Schwierigkeiten gelang. Die Schmack flog ja ganz gleichmäßig dahin und schwankte nur etwas hin und her von dem ungeheuren Schwung des Wirbels. Kaum hatte ich sicher meine neue Lage erreicht, als das Schiff einen wilden Ruck nach Steuerbord machte und wir kopfüber in den Abgrund stürzten. Ich murmelte noch schnell ein Stoßgebet und dachte, alles sei vorüber.

Als ich den schaurigen Schwung des Abstürzens fühlte, klammerte ich mich instinktiv fester an das Faß an und schloß meine Augen. Einige Sekunden lang wagte ich es nicht, sie zu öffnen, denn ich erwartete mein sofortiges Ende und wunderte mich, daß ich noch nicht im Todeskampf mit dem Wasser schwebte. Aber Minute auf Minute verstrich, und ich lebte noch immer. Das Gefühl des Fallens hatte aufgehört, und die Bewegung des Schiffes schien mir fast die gleiche zu sein wie oben im Schaum, nur daß es jetzt mehr auf der Seite lag. Ich faßte schließlich Mut und warf einen Blick auf die Szene.

Nie werde ich die Empfindung des Grauens, des Schreckens und des Staunens vergessen, mit der ich um mich schaute. Das Boot schien wie durch Zauberkraft in halber Höhe an der Innenwand eines Kamins von ungeheurem Durchmesser zu hängen, dessen Wände man für Ebenholz gehalten hätte, wäre nicht die verwirrende Geschwindigkeit gewesen, mit der sie herumrasten und gespensterhaft leuchteten. Denn der Vollmond, der noch immer durch die kreisrunde Öffnung in den Wolken schien, sandte seine Strahlen in einer Flut goldner Glorie an den schwarzen Wänden hinunter bis tief in die fernsten Abgründe des Schlundes.

Im ersten Augenblick war ich zu verwirrt, um genau sehen zu können. Der überwältigende Eindruck einer schrecklichen Erhabenheit war alles, was mir zum Bewußtsein kam. Als ich mich aber etwas erholt hatte, senkte sich mein Blick unwillkürlich nach unten. Ich hatte in dieser Richtung einen freien Ausblick durch die Art, wie die Schmack an der Wand des Kamins hing. Ihr Deck lag nämlich parallel zur Wasserfläche, diese aber senkte sich in einem Winkel von mehr als fünfundvierzig Grad nach unten, so daß wir eigentlich schräg auf der Seite lagen. Ich bemerkte aber trotzdem, daß es mir kaum mehr Schwierigkeit bot, mich mit Händen und Füßen festzuhalten, als wenn das Verdeck wagerecht gelegen hätte. Ich schrieb dies wohl mit Recht der ungeheuren Geschwindigkeit zu, mit der wir herumkreisten.

Die Mondstrahlen schienen die tiefe Schlucht bis zum Boden abzusuchen, aber trotzdem konnte ich nichts deutlich unterscheiden wegen des dichten Nebels, der dort unten alles einhüllte. Ein wundervoller Regenbogen wölbte sich über ihm, wie jene schmale und schwankende Brücke, die nach dem Glauben der Muselmänner der einzige Pfad zwischen Zeit und Ewigkeit ist. Dieser Nebel oder Schaum wurde ohne Zweifel durch das Reiben der Trichterwände auf dem Boden herbeigeführt, aber das hallende Tosen, das aus diesem Nebel zum Himmel emporstieg, wage ich wirklich nicht zu beschreiben.

Unser erstes Hinabgleiten von dem Schaumgürtel in den Abgrund hatte uns sofort ein großes Stück nach unten gebracht. Dann vollzog sich unser Weitersinken aber sehr viel langsamer. Immerzu flogen wir herum, aber nicht in gleichförmiger Bewegung – sondern in schwindelerregenden Stößen, die uns manchmal nur ein paar hundert Meter weit, manchmal auch fast um den ganzen Kreis herumwarfen. Die Senkung bei jeder Bewegung war langsam, aber deutlich bemerkbar.

Als ich die weite Fläche flüssigen Ebenholzes, die uns trug, überblickte, bemerkte ich, daß unser Boot nicht der einzige Gegenstand im Bereich des Wirbels war. Über uns und unter uns waren Schiffstrümmer, große Massen Bauholz und Baumstämme sichtbar, ebenso auch kleinere Gegenstände, Möbelstücke, zerbrochene Kästen, Fässer und Faßteile. Ich beschrieb Ihnen schon die unnatürliche Wißbegierde, die mich an Stelle meines ursprünglichen

Schreckens ergriffen hatte. Sie schien immer größer zu werden, je mehr wir uns unserm entsetzlichen Untergang näherten. Ich begann jetzt mit einem seltsamen Interesse die zahlreichen Gegenstände zu beobachten, die um uns herumschwammen. Ich muß wohl phantasiert haben, denn ich fand einen Genuß darin, über die verschiedenartige Geschwindigkeit nachzugrübeln, mit der die einzelnen Dinge hinabsanken. ›Diese Kiefer‹, so sprach ich einmal zu mir, ›wird sicherlich der nächste Gegenstand sein, der den schrecklichen Sturz macht und verschwindet‹. Und dann war ich enttäuscht, als ich sah, daß ein holländisches Wrack die Kiefer überholte und zuerst hinabging. Schließlich, als ich mich ein paarmal so verrechnet hatte, kam ich auf den Gedanken, bei dem meine Glieder wieder zu zittern und mein Herz heftig zu schlagen begann.

Es war aber keine neue Angst, die mich so erregte, sondern das Aufdämmern einer neuen Hoffnung. Diese Hoffnung bestand zum Teil aus Erinnerungen, zum Teil aus Beobachtungen. Ich dachte an die vielerlei Dinge, die an die Küste der Lofoten angeschwemmt wurden, nachdem sie der Mosköstrom verschluckt und wieder ausgespien hatte. In den meisten Fällen waren die Gegenstände so zerschunden, daß sie nur noch aus Splittern zu bestehen schienen, aber einige wenige waren, dessen erinnerte ich mich deutlich, überhaupt gar nicht zerstört. Nun gab es für diesen Unterschied nur die eine Erklärung, daß die zersplitterten Teile solche waren, die ganz von dem Abgrund des Strudels verschluckt wurden, während die andern so spät in den Trichter gerieten oder aus irgend einem Grunde so langsam sanken, daß sie den Boden überhaupt nicht erreichten, sondern durch die Rückkehr der Flut rechtzeitig wieder emporgetrieben wurden. Ich machte dabei die Beobachtung, daß schwerere Körper schneller sanken als leichtere, und sah nach jeder Umkreisung, wie einzelne Gegenstände, die sich vorher mit uns auf einer Höhe befunden hatten, jetzt immer höher über uns schwebten, als seien sie inzwischen überhaupt nicht gesunken.

Ich überlegte nun nicht länger, was ich tun sollte, sondern beschloß, mich fest an mein Faß zu binden, es von dem Verdeck zu lösen und mich damit ins Wasser zu stürzen. Durch Zeichen erregte ich die Aufmerksamkeit meines Bruders, indem ich auf die an uns vorbeifließenden Fässer wies und alles tat, um ihm meine Absicht verständlich zu machen. Ich glaubte schließlich auch, daß er mich verstanden hätte, aber er schüttelte nur verzweifelt den Kopf und weigerte sich, seinen Halt an dem Ringbolzen aufzugeben. Es war unmöglich, ihn zu erreichen, die Umstände erlaubten auch kein weiteres Zögern mehr. So überließ ich ihn denn mit bitterem Widerstreben seinem Schicksal, band mich mit dem Tau, das ich vom Verdeck löste, an das Faß fest und stürzte mich, ohne noch einen Augenblick zu überlegen, ins Wasser.

Die Folgen waren genau, wie ich es gehofft hatte. Da ich Ihnen ja selbst diese Geschichte erzähle – da Sie sehen, daß ich wirklich entkommen bin und die Art meiner Rettung kennen, so will ich meine Geschichte schnell zu Ende bringen. Es verging vielleicht eine Stunde, nachdem ich die Schmack verlassen hatte, und sie schwebte jetzt tief unter mir. Plötzlich schoß sie drei- oder viermal wild im Kreise herum und stürzte dann mit meinem geliebten Bruder kopfüber und für immer in das Chaos von Schaum hinein. Das Faß, an dem ich mich angebunden hatte, war nicht viel tiefer als noch einmal die halbe Strecke bis zum Boden des Trichters gesunken, als eine große Veränderung im Charakter des Strudels eintrat. Die Seitenwände des riesigen Trichters wurden immer weniger abschüssig, die Geschwindigkeit der kreisenden Bewegung ließ nach. Nach und nach verschwand auch der Schaum und der Regenbogen, bis sich der Boden des Abgrunds langsam zu heben schien. Der Himmel war klar, der Wind hatte nachgelassen, und in glänzendem Licht ging im Westen der Vollmond unter, als ich mich vor den Küsten der Lofoten auf dem Meere schwimmend fand, gerade über der Stelle, wo vorher der Strudel des Mosköstroms gewütet hatte. Es war Stillwasserzeit – doch hoben sich infolge des Sturmes die Wellen noch immer bergehoch. Heftig wurde ich in den Stromkanal gerissen und in wenigen Minuten an der Küste vorbei nach den Fangplätzen der Fischer geführt. Ein Boot nahm mich auf, aber ich war völlig erschöpft und hatte durch die Erinnerung an die überstandene furchtbare Gefahr meine Sprache verloren. Es waren meine alten Kameraden und täglichen Gefährten, die mich an Bord nahmen, aber sie erkannten mich ebensowenig, wie sie einen Wanderer aus dem Land der Toten erkannt hätten. Mein Haar, das am Tage vorher noch rabenschwarz gewesen, war nun so weiß, wie Sie es jetzt sehen. Man behauptet auch, daß der ganze Ausdruck meines Gesichts sich verändert habe. Ich erzählte ihnen meine Geschichte, aber sie glaubten sie nicht. Ich erzähle sie heute Ihnen und kann doch schwerlich erwarten, daß Sie mir mehr Glauben schenken als die Fischer auf den Lofoten.«

William Wilson

Ich will mich hier William Wilson nennen, und die reinen Blätter, die jetzt vor mir liegen, sollen mit meinem richtigen Namen nicht beschmutzt werden. Dieser ist ja auch viel zu sehr der Gegenstand des Abscheus, des Entsetzens, der Verachtung meiner Mitmenschen geworden. Hat sich nicht bis in die fernsten Winkel des Erdballs der öffentliche Unwille über meine unerhörten Schandtaten verbreitet? O Auswurf des allerniedrigsten Auswurfs! Bist du nicht auf ewig tot für die schöne Welt? Für ihre Freuden und Blüten und ihre goldenen Träume? Und schwebt nicht eine dichte, häßliche, endlose Wolke zwischen deinem Hoffen und dem Himmel?

Ich möchte, selbst wenn ich es könnte, hier heute keinen Bericht über meine letzten, von unaussprechlichem Elend und unverzeihlichen Verbrechen erfüllten Jahre hinschreiben. Diese Zeit – die der letzten Jahre – hat mit einem plötzlichen Anwachsen meiner Verworfenheit begonnen, deren Ursprung zu schildern der einzige Zweck meiner Aufzeichnungen ist. Die meisten Menschen werden gradweise schlechter, von mir aber fiel tatsächlich in einem Augenblick alles Gute wie ein Mantel herab. Von verhältnismäßig schlechter Harmlosigkeit ging ich mit einem Riesenschritt über alle Ungeheuerlichkeiten eines Heliogabal hinaus.

Welch ein Zufall, welch ein Ereignis dieses Böse in mir zum Ausbruch brachte, will ich so gleichmütig wie möglich erzählen. Mein Tod ist nahe, und der Schatten, der ihm vorausfliegt, hat einen besänftigenden Einfluß auf meine Seele ausgeübt. In dem Augenblick, da sich das dunkle Tal mir öffnet, sehne ich mich nach dem Mitgefühl, ich hätte bald gesagt, nach dem Mitleid meiner Mitmenschen. Ich möchte sie gern glauben machen, daß ich gewissermaßen ein Sklave von Umständen war, die mit übermenschlicher Kraft wirkten. Ich möchte, daß sie in der Wüste meiner Irrtümer doch auch die Oase eines bösen Schicksals bemerken. Ich möchte ihnen, wenn sie es erlauben, zu bedenken geben, daß, so groß auch immer Versuchung auf einzelnen Menschen gelastet haben mag, doch niemals ein Mensch so schwer wie ich versucht worden ist, und daß sicherlich keiner einen solchen Fall getan hat. Aus dem gleichen Grunde hat wohl auch niemand so wie ich gelitten. Habe ich denn nicht immer wie im Fieber gelebt? Sterbe ich jetzt nicht in Angst und Grauen als Opfer der wahnsinnigsten Visionen, die sich je unter dem Mond ereignet haben?

Ich stamme aus einem Geschlecht, das zu allen Zeiten durch sein phantastisches und leicht erregbares Temperament aufgefallen ist, und gab schon in frühester Kindheit Beweise, wie sehr ich diesen Familiencharakter geerbt hatte. Je mehr ich heranwuchs, desto stärker prägte es sich aus, so daß meine Freunde manchen Grund zur Beunruhigung hatten und ich mir selbst häufig Schaden zufügte. Ich wurde eigenwillig, überließ mich den wildesten Launen und unbeherrschtesten Leidenschaften. Meine willensschwachen und an ähnlichen Fehlern leidenden Eltern konnten nur wenig zur Unterdrückung meiner schlechten Neigungen tun. Einige schwache und unzulängliche Versuche versagten ganz und bestärkten mich nur im Triumph des Bösen. Von da ab wurde meine Stimme im Hause Gesetz, und in einem Alter, wo die meisten Kinder noch am Gängelband geführt werden, überließ man mich schon meinem eigenen Willen, und ich konnte tun und lassen, was mir behagte.

Meine frühesten Erinnerungen aus meiner Schulzeit knüpfen sich an ein großes, weitschweifiges Gebäude im elisabethanischen Stil, das in einem düster aussehenden englischen Städtchen mit ganz alten Häusern lag und von einer großen Menge riesiger und zerfallener Bäume umgeben war. Wirklich, diese alte, ehrwürdige Stadt bildete einen traumhaft stillen Winkel. Noch jetzt glaube ich die kühle Frische der dunkelschattigen Alleen zu fühlen, den Duft der unzähligen Sträucher einzuatmen und wieder mit unsagbarem Entzücken den tiefen, hohlen Klang der Kirchenglocke zu hören, die nach jeder Stunde mit einem plötzlichen Dröhnen die versonnene Stille unterbrach, in der der gezackte gotische Turm in Schlaf gebettet lag.

Umgeben von den schweren Mauern dieses alten Schulgebäudes verbrachte ich, aber ohne Abneigung und Widerwillen, das dritte Jahrfünft meines Lebens. Das an Einfällen so reiche Gehirn des Kindes braucht nicht viele äußere Eindrücke, um sich zu beschäftigen oder zu unterhalten, und die scheinbar so traurige Eintönigkeit des Schullebens barg für mich tiefere Erregungen, als mir der Luxus meiner reiferen Jugend und die Verbrechen meiner Mannesjahre geboten haben. Trotzdem glaube ich, daß meine erste geistige Entwicklung eine ziemlich ungewöhnliche, ja vielleicht unnatürliche gewesen ist. Gewöhnlich üben die Ereignisse der Kindheit auf das Leben im reiferen Alter doch selten eine bestimmtere Wirkung aus. Alles ist grauer Schatten – ist schwaches, unbestimmtes Erinnern – eine unbestimmte Menge dürftiger Vergnügen und eingebildeter Leiden. Bei mir ist das nicht so. Ich muß als Kind alles das schon mit männlicher Energie empfunden haben, was noch jetzt mit unvergänglichen Linien tief und fest in mein Gedächtnis eingegraben ist.

Und wirklich gaben mir mein Feuer, mein begeistertes Fühlen und das Gebietende meines Wesens einen hervorragenden Platz unter meinen Mitschülern, und nach und nach gewann ich eine gewisse Herrschaft über alle Gleichaltrigen – mit einer einzigen Ausnahme. Diese Ausnahme war ein Schüler, der, obgleich er nicht mit mir verwandt war, doch denselben Vornamen und Familiennamen wie ich trug. Übrigens braucht man das noch nicht für ein besonders merkwürdiges Zusammentreffen zu halten, denn mein Name war trotz meiner sehr vornehmen Abstammung auch unter den niederen Klassen sehr gebräuchlich. Mein

Namensvetter nun wagte es allein in meiner Klasse, mit mir zu wetteifern und bei Sport und Spiel mir entgegenzutreten. Er widersprach meinen Worten, unterwarf sich nicht meinem Willen und durchkreuzte bei jeder Gelegenheit meine Pläne.

Nun gibt es nirgendwo auf der Welt einen so grenzenlosen Despotismus wie den, den ein überlegener Geist in der Knabenzeit über seine weniger energischen Spielgefährten ausübt. Wilsons Rebellion war für mich eine Quelle fortwährender Verlegenheit, und das um so mehr, weil ich zwar öffentlich ihm und seinen Anmaßungen in prahlerischem Hohn entgegentrat, innerlich ihn aber fürchtete und wußte, daß die Leichtigkeit, mit der er es mit mir aufnahm, ein Beweis für seine tatsächliche Überlegenheit war. Aber von dieser Überlegenheit oder auch nur Gleichheit hatte niemand außer mir eine Ahnung, denn meine Kameraden waren in dieser Beziehung mit Blindheit geschlagen. In Wirklichkeit zeigte sich auch sein Wettbewerb, sein Widerstand und besonders sein hartnäckiges und zähes Durchkreuzen meines Wollens mehr im geheimen. Von dem Ehrgeiz, der mich antrieb, und der leidenschaftlichen Energie, durch die ich Erfolge gewann, schien er gar nichts in sich zu haben, so daß es aussah, als handle er nur aus einem seltsamen Wunsch, mich zu ärgern, zu verblüffen oder zu quälen. Manchmal aber bemerkte ich mit einem Gefühl des Staunens, der Beschämung und der Wut, wie er in seine Beleidigungen, Kränkungen und Widersprüche einen ganz unangebrachten und mir unangenehmen Ausdruck der Zuneigung hineinmischte. Ich schrieb dieses seltsame Benehmen einer tiefen Selbstverachtung zu, die sich unter einer Miene überlegener Gönnerschaft verbarg.

Vielleicht war es diese letzte Eigenheit seines Benehmens, die in Verbindung mit der Gleichheit unserer Namen und der Tatsache, daß wir am gleichen Tag in die Schule eingetreten waren, in den oberen Klassen des Instituts die Meinung verbreitete, wir seien Brüder. Nun war Wilson, wie ich schon erwähnt habe, auch nicht im entferntesten mit meiner Familie verwandt. Trotzdem hätte man uns sogar für Zwillinge halten können, denn wie ich nach dem Verlassen des Instituts zufällig erfuhr, ist mein Namensvetter merkwürdigerweise genau wie ich am neunzehnten Januar 1809 geboren worden.

Seltsam mag es auch erscheinen, daß ich trotz des fortwährenden Unbehagens, das mir der Wettbewerb Wilsons und sein unerträglicher Trieb, mir zu widerstreiten, verursachte, es doch nicht dazu bringen konnte, ihn wirklich zu hassen. Wir hatten zwar fast jeden Tag einen Streit, bei dem ich stets vor der Öffentlichkeit den Sieg davontrug, er mich aber heimlich irgendwie fühlen ließ, daß er ihn verdient habe, doch kam es infolge meines Stolzes und seiner inneren Würde nie zu einem völligen Abbruch unserer Beziehungen. Auf der anderen Seite gab es soviel Gemeinsames in unserem Wesen, daß sich vielleicht ohne unsere Rivalität zwischen uns eine gewisse Freundschaft entwickelt hätte. Es ist wirklich schwer, meine Gefühle, die ich zu ihm hegte, richtig zu beschreiben. Sie bildeten eine bunte Mischung der widerstrebendsten

Dinge. Es war darunter eine verdrießliche Abneigung, die aber nicht zum Haß auswuchs, etwas Achtung und noch mehr Respekt, sehr viel Furcht und eine ganze Welt unbezähmbarer Neugierde. Für den Menschenkenner brauche ich nicht hinzuzufügen, daß Wilson und ich auch ganz unzertrennliche Gefährten waren.

Natürlich führte das unnatürliche Verhältnis, das zwischen uns herrschte, dazu, allen meinen häufigen, teils offenen, teils versteckten Angriffen gegen ihn einen scherzhaften Charakter zu geben. Und so sehr ich ihn dadurch verletzen wollte, zu offener und ernsthafter Feindschaft ging ich doch nicht über. Aber meine Versuche, so witzig ich sie vorbereitet hatte, waren doch selten erfolgreich, denn mein Namensvetter besaß jene selbstverständliche und ruhige Sicherheit, die zwar die Schärfe ihres eigenen Witzes anzuwenden weiß, aber selbst keine verwundbare Stelle hat und darum wenig Grund zum Lachen gibt. Ich fand überhaupt nur einen schwachen Punkt bei ihm, der in einem, vielleicht durch eine chronische Krankheit herbeigeführten körperlichen Mangel lag. Mein Nebenbuhler litt an einer Schwäche der Kehlkopforgane, die ihn hinderte, seine Stimme jemals über ein ganz leises Flüstern zu erheben. Ein anderer Gegner hätte vielleicht gerade diesen Mangel geschont, aber ich war am Ende meines Witzes und verfehlte nicht, so gut ich konnte, aus dieser Flüsterstimme meinen Vorteil zu ziehen.

Wilson zahlte mir meinen Spott auf mannigfaltige Weise heim, besonders gab es eine Sache, mit der er mich maßlos quälte. Wie sein Scharfsinn es eigentlich entdeckt hat, daß etwas so Geringfügiges mich so ärgern konnte, habe ich nie herausgefunden. Als er es aber einmal wußte, verfehlte er nicht, täglich davon Gebrauch zu machen. Ich hatte immer gegen meinen durchaus nicht vornehmen Familiennamen einen Widerwillen gehabt, ebenso auch gegen meinen direkt plebejischen Vornamen. Die Worte waren Gift in meinen Ohren, und als mit mir zusammen ein zweiter William Wilson auf das Institut kam, ärgerte ich mich, daß ein zweiter, ein Fremder meinen Namen trug, und daß ich ihn jetzt doppelt häufig hören mußte.

Aber dieser Verdruß wuchs erst recht, als ich mit jedem Augenblick klarer bemerkte, welch eine starke geistige und körperliche Ähnlichkeit zwischen uns bestand. Ich wußte damals noch nichts von unserer Gleichaltrigkeit, aber ich bemerkte, daß wir von derselben Größe und auch sonst an Statur und Gesichtsausdruck uns gleich waren. Ich ärgerte mich auch über das Gerede in den oberen Klassen, wir beide seien miteinander verwandt. Mit einem Wort, nichts konnte mich mehr verwirren als irgendeine Anspielung auf geistige oder körperliche Ähnlichkeit zwischen uns. Ich suchte diese Verwirrung natürlich sorgfältig zu verbergen, und ich glaube auch nicht, daß außer Wilson selbst irgend jemand auf diese Ähnlichkeit geachtet oder gar darüber gesprochen hat. Daß er sie in jeder Hinsicht und so scharf wie ich kannte, war offenbar; aber daß er meine sorgfältig verheimlichten inneren Gefühle darüber entdeckte, beweist seinen ungewöhnlichen Scharfsinn.

Er machte sich nun ein Vergnügen daraus, mich durch Worte und Handlungen aufs vollkommenste nachzuahmen, und spielte seine Rolle ausgezeichnet. Meine Kleidung zu kopieren war nicht schwer, auch gelang ihm meine Gangart und meine Haltung ohne Schwierigkeit. Aber sogar auch meine Stimme entging ihm nicht trotz seines körperlichen Fehlers. Natürlich konnte er nicht den lauten Ton erreichen, aber die Grundlage war dieselbe, und sein eigenartiges Flüstern wurde das genaue Echo des meinigen.

Wie sehr dieses ganz vollkommene Abbild meines Wesens mich quälte (denn man konnte es nicht eine Karikatur nennen), will ich nicht versuchen zu beschreiben. Mein einziger Trost dabei war, daß offenbar niemand außer mir selbst diese Nachahmung bemerkte, und daß ich nur das Wissen und das seltsame, sarkastische Lächeln meines Namensvetters ertragen mußte. Zufrieden damit, auf mich den beabsichtigten Eindruck gemacht zu haben, schien er innerlich über den Stich, den er mir beigebracht hatte, zu lächeln und machte sich bezeichnenderweise nichts aus dem öffentlichen Beifall, den er mit einem solchen gelungenen Witz sicherlich leicht hätte erzielen können. Daß die Schule wirklich nichts von seiner Absicht merkte, die Ausführung nicht sah und nicht darüber grinste, das bildete lange und angstvolle Monate hindurch ein mir unlösbares Rätsel. Vielleicht war es gerade die Vollendung seiner Nachahmung, die sie als solche verbarg, vielleicht verdankte ich meine Sicherheit auch dem meisterhaften Gesichtsausdruck des Nachahmers, der es verschmähte, einem blöden Publikum den Schlüssel zu geben, und mir allein das Nachdenken und den Ärger über sein witziges Spiel zu kosten gab.

Ich habe schon von der unangenehmen, gönnerhaften Miene gesprochen, die er mir gegenüber annahm, und von seinen häufigen, zudringlichen Einmischungen in meine Absichten. Diese Einmischungen nahmen manchmal den Charakter von Ermahnungen an, von Ermahnungen, die nicht offen erteilt, sondern durch Winke und Hindeutungen gegeben wurden. Ich empfing sie mit einem Widerstreben, das immer mehr wuchs, je älter ich wurde. Aber heute, nach so langer Zeit, möchte ich ihm doch die Gerechtigkeit zukommen lassen und anerkennen, daß er sich nicht ein einziges Mal in dem, was er mir riet, geirrt hat, und daß, abgesehen von seinen sonstigen Fähigkeiten, sein moralisches Gefühl weit über meinem eigenen stand. Vielleicht wäre ich heute ein besserer und damit auch ein glücklicherer Mann, hätte ich nicht so oft seinen Rat zurückgewiesen, den er mir in seinem so ernsten und von mir so gehaßten Flüsterton zu geben pflegte.

So aber wehrte ich mich immer hartnäckiger gegen seine abscheuliche Vormundschaft, und von Tag zu Tag kämpfte ich offener gegen das, was ich seine unerträgliche Anmaßung nannte. Wie ich schon sagte, hätten die Gefühle, die ich in den ersten Jahren der Schulzeit für ihn hegte, leicht zur Freundschaft reifen können, in den letzten Monaten aber gingen meine Gefühle, obgleich sein Wesen zweifellos viel zurückhaltender geworden war, in hohem Maße zu offenem Haß über. Bei einer Gelegenheit bemerkte er das, glaube ich, und mied mich von da ab, oder tat wenigstens so, als ob er mich miede.

Um dieselbe Zeit, wenn ich mich recht erinnere, geriet ich mit ihm in einen heftigen Streit, in dessen Verlauf er mehr als sonst aus seiner Zurückhaltung fiel und mit einer Offenheit seines Wesens sprach und handelte, die ihm sonst sehr fremd war. Bei dieser Gelegenheit glaubte ich in dem Ton seiner Sprache, in seinem Gesicht und in seiner ganzen Erscheinung etwas zu entdecken, was mich zuerst erschreckte und dann aufs tiefste interessierte, denn es brachte in mein Bewußtsein verschwommene Bilder aus meiner allerfrühesten Kindheit, wilde, verworrene, sich drängende Erinnerungen an eine Zeit, wo die Erinnerung noch gar nicht geboren ist. Ich kann die Empfindung, die mich überfiel, nicht besser beschreiben, als wenn ich sage, ich hätte nur mit Mühe den Glauben von mir abgeschüttelt, mit diesem Wesen, das da vor mir stand, sei ich schon einmal vor unendlich ferner Zeit bekannt gewesen. Diese Einbildung verschwand aber ebenso schnell wie sie gekommen war, und ich erwähne sie nur, weil ich damals meine letzte Unterredung mit dem seltsamen Namensvetter hatte.

Das riesige alte Haus mit seinen unendlich vielen Unterabteilungen hatte verschiedene große Zimmer, die miteinander in Verbindung standen und den Schülern als Schlafräume dienten. Es gab aber auch, wie das bei einem so planlos errichteten Gebäude natürlich war, viele kleine Ecken und Winkel, die zu kleinen Zimmerchen eingerichtet waren und wenigstens für einzelne noch Schlafgelegenheiten gaben. In einem dieser ganz kleinen Räume wohnte Wilson.

Eines Abends gegen Ende meines fünften Schuljahres und unmittelbar nach dem eben erwähnten Streit, erhob ich mich, als alle andern schliefen, aus dem Bett und schlich mich mit einer Lampe in der Hand aus meinem Schlafzimmer nach dem meines Gegners. Ich hatte schon lange geplant, ihm noch einmal einen dieser boshaften Streiche zu spielen, wie sie mir bisher immer wieder mißglückt waren. Jetzt sollte er mir aber gelingen, und ich wollte ihn den ganzen Haß fühlen lassen, der sich in mir angesammelt hatte. Als ich das Zimmerchen erreicht hatte, trat ich geräuschlos hinein, indem ich die abgeblendete Lampe draußen ließ. Ich näherte mich einen Schritt und lauschte auf seine ruhigen Atemzüge. Als ich mich überzeugt hatte, daß er schlief, kehrte ich zurück, nahm die Lampe und trat von neuem an das Bett. Dichte Vorhänge hingen davor, die ich zur Ausführung meines Planes langsam und ruhig zurückzog. Als aber nun das helle Licht strahlend auf den Schläfer fiel, und ich im gleichen Augenblick auf sein Gesicht sah, durchfuhr meinen ganzen Körper plötzlich eine eisige Erstarrung. Meine Brust bebte, meine Knie zitterten, und ein rätselhaftes, unbeschreibliches Angstgefühl erfaßte meine Seele. Nach Atem ringend senkte ich die Lampe näher an das Gesicht heran. Waren dies – waren dies wirklich die Züge William Wilsons? Ich überzeugte mich, daß es tatsächlich seine Züge waren, und schüttelte mich doch vor Entsetzen über meine Einbildung, sie könnten es doch nicht sein. Was gab es denn in ihnen, was mich bestürzt machte? Ich starrte, während mein Gehirn von einer Flut wirrer Gedanken betäubt war. Nein, so sah er nicht aus, so sah er gewiß nicht aus in der Lebendigkeit seiner wachen Stunden. Der gleiche Name, die gleiche Gestalt, der gleiche Tag der Ankunft in der Schule, und dabei die hartnäckige, sinnlose Nachahmung meines Ganges, meiner Stimme, meiner Gewohnheiten und Bewegungen! Konnte es wirklich im Bereich irdischer Möglichkeit liegen, daß das, was ich jetzt sah, nur die einfache Folge alltäglicher Gewohnheit einer spottlustigen Nachahmung war? Von Grauen ergriffen und mit zuckenden Schultern löschte ich die Lampe und schlich mich still aus dem Zimmer. Ich verließ zur gleichen Stunde die Räume der alten Schule, um nie wieder dorthin zurückzukehren.

Nach Verlauf von einigen Monaten, die ich zu Hause müßig verbracht hatte, befand ich mich als Student in Eton. Trotz der kurzen Zwischenzeit waren die Erinnerungen an die letzten Ereignisse im Schulinstitut schon merklich verblaßt, oder vielmehr, ich sah jetzt alles mit viel skeptischeren Augen an. Ich glaubte nicht mehr an die Wirklichkeit des Erlebten und zog selbst das deutlich Gesehene in Zweifel. Wenn ich überhaupt noch einmal an die Geschichte dachte, dann geschah es nur mit einem Staunen über die menschliche Leichtgläubigkeit und mit einem Lächeln über die lebhafte Einbildungskraft, die ich von meinen Vorfahren geerbt hatte. Auch war das Leben, das ich in Eton führte, nicht geeignet, meine materialistische Auffassung abzuschwächen. Der Strudel gedankenloser Vergnügungen, in den ich mich hier sofort mit aller Rücksichtslosigkeit hineingestürzt hatte, wusch alles Schöne meiner vergangenen Stunden hinweg und verschlang alle tieferen und ernsteren Eindrücke, so daß ich mich nur noch an die Nichtigkeiten meines früheren Lebens erinnerte.

Ich möchte hier nun nicht das elende, schändliche Leben erzählen, bei dem ich mich über alle Gesetze hinwegsetzte und die Wachsamkeit der Universität zu täuschen wußte. Drei tolle Jahre vergingen, in denen ich nichts lernte als lasterhafte Gewohnheiten, aber mich körperlich erstaunlich entwickelte. Einmal lud ich nach einer in niedrigen Ausschweifungen verbrachten Woche eine kleine Gesellschaft der zügellosesten Studenten zu einem geheimen Gelage in meine Zimmer ein. Wir kamen spät abends zusammen, denn unsere Schwelgereien dauerten gewöhnlich bis in den hellen Morgen hinein. Der Wein floß in Strömen, nach andern und vielleicht gefährlicheren Vergnügungen verlangten wir nicht, und im Osten dämmerte schon das Morgengrauen, als wir uns auf dem Höhepunkt unserer wilden Ausschweifung befanden. Sinnlos erregt vom Trinken und Kartenspiel wollte ich gerade einen besonders ruchlosen Toast ausbringen, als plötzlich die Tür halb aufgerissen wurde, und ich draußen die heftige Stimme meines Dieners hörte. Er teilte mir mit, daß jemand offenbar in großer Eile mich zu sprechen wünschte.

In meinem tollen Weinrausch erfreute mich die unerwartete Störung mehr, als sie mich in

Erstaunen setzte. Ich taumelte sofort hinaus, und ein paar Schritte brachten mich in die Vorhalle des Gebäudes. In diesem hohen und nicht sehr großen Raum hing keine Lampe, und außer der ganz matten Dämmerung, die durch das halbrunde Fenster kam, war überhaupt kein Licht da. Als ich meinen Fuß über die Schwelle setzte, bemerkte ich einen jungen Mann von meiner Größe, der eine weiße Kasimirmorgenjoppe trug von demselben Schnitt, wie ich sie jetzt anhatte. In dem schwachen Dämmerlicht konnte ich das zwar erkennen, aber sonst seine Gesichtszüge nicht unterscheiden. Bei meinem Eintreten eilte er schnell auf mich zu, ergriff mich mit zudringlicher Eile beim Arm und flüsterte mir die Worte »William Wilson« ins Ohr.

In einem Augenblick wurde ich vollkommen nüchtern.

In dem Benehmen des Fremden und in dem heftigen Zittern seines erhobenen Fingers, den er zwischen das Licht und meine Augen hielt, lag etwas, was mich mit grenzenlosem Erstaunen erfüllte. Aber trotzdem hatte mich nicht gerade dies so heftig erregt. Was mich wie der Schlag einer elektrischen Batterie traf, war die feierlich mahnende Eindringlichkeit dieser leise gezischten Worte, war vor allem der seltsam bekannte Ton, der Charakter dieser wenigen geflüsterten Silben, die tausend verworrene Erinnerungen vergangener Tage in mir aufwühlten. Ehe ich wieder zur Besinnung kommen konnte, war er fortgegangen.

Obgleich dieses Ereignis einen lebhaften Eindruck auf meine wüste Phantasie machte, ging die Besinnung doch schnell vorüber. Zwar überließ ich mich einige Wochen lang ernstem Nachdenken, und die krankhaftesten Vorstellungen quälten mich. Ich versuchte nicht, mich über die Persönlichkeit des Fremden zu täuschen, der sich so hartnäckig in meine Angelegenheiten einmischte und mich mit seinen unverschämten Ermahnungen belästigte. Aber wer und was war denn nun dieser Wilson? – Woher kam er? – Was wollte er eigentlich? Auf keine dieser Fragen konnte ich eine befriedigende Antwort finden; das einzige, was ich auf Erkundigungen erfuhr, war, daß er am Nachmittag desselben Tages, an dem ich aus dem Institut entflohen war, es ebenfalls wegen eines plötzlichen Sterbefalles in seiner Familie verlassen hatte. Doch hörte ich bald auf, überhaupt über diese Dinge nachzudenken, und wurde ganz durch den Plan, nach Oxford überzusiedeln, in Anspruch genommen. Ich ging auch kurz nachher dorthin, wobei mich meine Eltern in ihrer törichten Eitelkeit aufs reichste ausstatteten. Das Geld, das sie mir aussetzten, ermöglichte es mir, mich ganz dem mir schon so unentbehrlichen Luxus zu widmen und an toller Verschwendung mit den reichsten und vornehmsten Erben Englands zu wetteifern. Ich verfiel bei meinen reichen Mitteln nun ganz dem Leben des Lasters, und meine schlechten Anlagen entwickelten sich jetzt erst mit doppelter Kraft, so daß ich die letzten Hemmungen des Anstands in dem Wahnsinn meiner Ausschweifungen verlor. Es wäre sinnlos, dieses Leben in seinen Einzelheiten schildern zu wollen. Es genügt, wenn ich sage, daß ich selbst die ausgelassensten Verschwender hinter mir ließ, daß ich eine

Menge neuer Tollheiten erfand und die lange Liste von Ausschweifungen, die damals in der liederlichsten Universität Europas herrschten, beträchtlich zu vergrößern wußte.

Man wird es aber kaum für möglich halten, daß ich gerade hier schließlich so tief unter das Niveau eines anständigen Menschen sinken konnte und Bekanntschaft mit den niedrigsten Falschspielern suchte. Ich hatte bald ihre verächtliche Kunst erlernt und benutzte sie ganz regelmäßig, um mein schon riesengroßes Einkommen noch auf Kosten meiner harmloseren Studienkameraden zu vermehren. Aber gerade das Ungeheuerliche meines Verstoßes, das allem männlichen und ehrenhaften Gefühl Hohn sprach, war auch ohne Zweifel der einzige Grund, warum ich dies Verbrechen so ungestraft begehen konnte. Wer von den liederlichsten meiner Genossen würde nicht lieber dem klaren Augenschein mißtraut als vermutet haben, daß der fröhliche, offene und anständige William Wilson – der großmütigste und freigebigste Student in Oxford –, dessen Torheiten nur die Torheiten übersprudelnder Jugend waren, daß der eines solchen Verbrechens fähig wäre?

Zwei Jahre hatte ich so ohne Mißerfolg verbracht, als zur Universität ein junger Emporkömmling namens Glendinning kam, dem das Gerücht ungeheure, leicht erworbene Reichtümer zusprach. Ich fand bald heraus, daß er nicht sehr intelligent war, und hielt ihn deshalb für ein passendes Objekt meiner Künste. Ich lud ihn öfter zum Spielen ein und ließ ihn anfangs beträchtliche Summen gewinnen, um ihn nachher um so sicherer in meine Falle zu bringen. Zuletzt war mein Plan reif, und ich beschloß ein letztes und entscheidendes Zusammentreffen mit ihm. Ich hatte dafür die Wohnung eines Mitstudenten namens Preston gewählt, der mit uns beiden gleich gut bekannt war und natürlich von meiner Absicht auch nicht das geringste ahnte. Um dem Ganzen einen besseren Anstrich zu geben, hatte ich dafür gesorgt, daß sich etwa acht oder zehn Kameraden zusammenfanden, und daß das Gespräch wie zufällig auf das Kartenspiel kam, so daß es aussah, als habe mein Opfer selbst den Vorschlag gemacht.

Unsere Sitzung hatte sich bis spät in die Nacht ausgedehnt, und ich war endlich soweit, Glendinning als einzigen Gegner vor mir zu haben. Das Spiel war das von mir geliebte Ecarté, und die andern, die sich für unsere Partie interessierten, hatten ihre Karten hingeworfen und sahen uns zu. Der Emporkömmling, den ich in geschickter Weise schon früh am Abend zum starken Trinken verleitet hatte, zeigte jetzt beim Mischen, Austeilen und Spielen eine solche Erregung, daß ich sie nur zum Teil den Folgen des Trinkens zuschreiben konnte. In kurzer Zeit schuldete er mir eine sehr große Summe, und dann geschah das, was ich erwartet hatte. Er trank einen großen Schluck Portwein und schlug mir vor, die schon übertrieben hohen Einsätze zu verdoppeln. Mit gut gespieltem Widerstreben und erst, nachdem mein wiederholtes Ablehnen seines Vorschlages ihn zu ärgerlichen Worten veranlaßt hatte, gab ich schließlich wie gezwungen nach. Der weitere Verlauf bewies, wie fest er sich in meinem Netz verstrickt hatte, denn in weniger als einer Stunde war seine Schuld aufs Vierfache angewachsen. Eine Zeitlang war die durch den Wein verursachte Röte aus seinem Gesicht gewichen, dann aber sah ich zu meinem Staunen, wie mein Gegner in wirklich angsterregender Weise erbleichte. Ich sage zu meinem Erstaunen, denn Glendinning war mir auf meine genauen Erkundigungen hin als unermeßlich reich bezeichnet worden, und wenn auch die von ihm verlorenen Summen an sich sehr beträchtlich waren, so konnten sie doch unmöglich ihn ernstlich in Verlegenheit bringen, noch weniger ihn direkt ruinieren. Nein, das Naheliegendste war doch, daß ihm der vorhin getrunkene Wein zuviel geworden war, und ich wollte schon, mehr um mein Ansehen bei meinen Kameraden zu wahren als aus Rücksicht auf seinen Verlust, ein unbedingtes Abbrechen des Spieles fordern, als ich aus einigen Bemerkungen der Zuschauer und einem verzweifelten Ausruf Glendinnings entnahm, daß ich wirklich seinen vollkommenen Ruin herbeigeführt und ihn zu einem Gegenstand allgemeinen Mitleids gemacht hatte.

Wie ich mich jetzt verhalten sollte, war schwer zu sagen. Die erbarmungslose Lage meines Opfers hatte eine trübe, drückende Stimmung über uns alle geworfen, und eine Weile herrschte tiefstes Schweigen. Meine Wangen brannten, und ich fühlte die zornigen und vorwurfsvollen Blicke, die mir die Anständigeren in der Gesellschaft zuwarfen. Ja, ich will sogar zugeben, daß eine unerträgliche Angst schwer auf mir lastete, als eine unvermutete und ganz außerordentliche Unterbrechung eintrat. Die großen, schweren Doppeltüren des Zimmers wurden plötzlich weit aufgestoßen, und dies geschah mit einer solchen gewaltigen Wucht, daß sämtliche Kerzen im Zimmer wie durch Zauber ausgeblasen wurden. In ihrem erlöschenden Licht konnten wir gerade noch einen Fremden von meiner Größe erkennen, der, dicht in einen Mantel gehüllt, eingetreten war. Dann aber herrschte vollständige Dunkelheit, und wir fühlten nur noch, daß er in unserer Mitte stand. Bevor sich aber einer von uns von dem grenzenlosen Erstaunen über die Heftigkeit seines Eindringens erholt hatte, hörten wir seine Stimme.

»Meine Herren«, sagte er in einem leisen, deutlichen und nie zu vergessenden Flüstern, das mir bis in das Mark der Knochen drang, »meine Herren, ich bitte Sie nicht um Entschuldigung wegen meines Benehmens, denn ich erfülle, indem ich mich so benehme, nur meine Pflicht. Sie kennen ohne Zweifel nicht den wirklichen Charakter der Person, die heute abend im Ecarté eine große Summe von dem Lord Glendinning gewonnen hat. Ich werde Ihnen daher sagen, wie Sie auf schnelle und sichere Weise sich genau darüber informieren können. Bitte, untersuchen Sie ruhig das Innenfutter seines linken Ärmelaufschlags und die verschiedenen kleinen Paketchen, die Sie in den etwas geräumigen Taschen seines gestickten Rocks finden.«

Während seines Sprechens war es totenstill geworden, daß man eine Stecknadel hätte fallen gehört. Mit dem letzten Wort aber verschwand der Fremde ebenso schnell und so plötzlich wie er gekommen war. Kann ich – soll ich meine Empfindungen beschreiben? Muß ich gestehen, daß ich alle Schrecken der Verdammten fühlte? Sicherlich hatte ich wenig Zeit zum Überlegen. Mehrere Hände griffen sofort fest nach mir, und es wurde schnell wieder Licht gemacht. Es folgte dann eine Untersuchung, und im Futter meines Ärmels fand man alle Kartenbilder, die beim Ecarté wertvoll sind, in den Taschen meines Rockes aber eine Anzahl von vollständigen Spielen, die genau den am Tisch benutzten glichen, nur daß die meinigen, wie man das in Spielerkreisen nennt, arrondiert waren. Die Trümpfe waren am schmalen Ende, die niedrigen Karten an der Seite leicht abgerundet. Das Opfer des Falschspielers nimmt wie gewöhnlich beim Abheben in der Länge ab und gibt dem Gegner einen Trumpf. Der Falschspieler macht es umgekehrt: er nimmt breit ab und gibt dem andern eine schlechte Karte, was natürlich im Spiel sehr stark zählt.

Wäre es zu heftigen Ausbrüchen des Unwillens gekommen, so hätte mich das weniger erregt als die schweigende Verachtung, die sarkastische Ruhe, mit der die Entdeckung aufgenommen wurde.

»Mr. Wilson«, sagte unser Wirt, indem er sich bückte, um zu seinen Füßen einen außergewöhnlich kostbaren Pelz aus seltenen Fellen aufzuheben. »Mr. Wilson, dies ist Ihr Eigentum.« (Das Wetter war kalt, deshalb hatte ich den Pelz übergezogen und ihn hier abgelegt.) »Ich denke, es ist überflüssig, daß wir uns hier noch nach weiteren Beweisen für Ihre Fähigkeiten umsehen. Wir haben genug davon. Sie werden hoffentlich die Notwendigkeit einsehen, Oxford – auf alle Fälle aber meine Wohnung – sofort zu verlassen.«

So beschämt und in den Staub gebeugt, wie ich damals war, ich hätte doch auf diese galligen Worte mit einem sofortigen tätlichen Angriff geantwortet, wäre nicht meine ganze Aufmerksamkeit in diesem Augenblick durch eine sehr überraschende Tatsache gefesselt worden. Der Mantel, den ich getragen hatte, war mit ganz seltenem Pelz ausgefüttert. Wie selten, wie ungeheuer kostbar er war, wage ich gar nicht zu sagen. Auch seinen ungewöhnlichen Schnitt hatte ich selbst erfunden, da ich in solchen Dingen bis zur Narrheit anspruchsvoll war. Als mir daher Mr. Preston an der Doppeltür den Pelz überreichte, den er vom Boden aufgehoben hatte, bemerkte ich mit einem Erstaunen, das fast an Schrecken grenzte, daß ich den meinen schon auf dem Arm hängen hatte, und daß der mir überreichte in jeder, auch in der geringfügigsten Kleinigkeit das genaue Abbild davon war. Das seltsame Wesen, das mich so entsetzlich bloßgestellt hatte, war, wie ich mich erinnerte, in einen Mantel gehüllt gewesen, während sonst niemand von der Gesellschaft außer mir selbst einen solchen getragen hatte. Ich spannte alle Geisteskraft an, nahm den Pelz, den mir Preston anbot, und legte ihn unbemerkt über den andern. Dann verließ ich mit einem stolzen Blick der Verachtung das Zimmer und begann am nächsten Morgen vor Tagesanbruch, zitternd vor Angst und Scham, eine fluchtartige

Reise von Oxford nach dem Kontinent. Ich floh vergebens. Mein böses Verhängnis folgte mir wie im Triumph und zeigte mir tatsächlich, daß er die Ausübung seiner geheimnisvollen Herrschaft jetzt erst begonnen hatte. Kaum hatte ich in Paris Fuß gefaßt, da erhielt ich einen frischen Beweis von dem abscheulichen Interesse, das Wilson an meinen Plänen nahm. Jahre vergingen, aber nie fand ich Ruhe. Der Elende! – Wie unzeitig und mit welcher gespensterhaften Würde trat er nicht in Rom zwischen mich und meinen Ehrgeiz! Dasselbe geschah in Wien – in Berlin – und in Moskau. Wo hatte ich einmal nicht bittere Ursache, ihm aus tiefstem Herzen zu fluchen? Vor seiner unerklärlichen Tyrannei floh ich schließlich schreckerfüllt wie vor der Pest. Ich floh bis zum Ende der Welt und floh vergebens.

Und wieder und wieder, wenn ich allein mit mir selber war, fragte ich mich: »Wer ist er? – Woher kam er? – Was will er eigentlich?« Aber nie fand ich eine Antwort. Und nun durchforschte ich mit genauester Schärfe die Arten und Formen und den leitenden Charakter seiner unverschämten Überwachung. Aber selbst hieraus war wenig zu entnehmen. Immerhin fiel es mir auf, daß er, so oft er auch meinen Weg gekreuzt hatte, immer nur solche Pläne und Handlungen zu stören pflegte, die, wenn sie ganz zur Ausführung gelangt wären, schlimmes Unheil verursacht hätten. Wahrhaftig, eine armselige Rechtfertigung für ein so gebieterisch angemaßtes Amt! Eine armselige Entschädigung für das hartnäckige, beschimpfende Versagen eines so natürlichen Rechts wie das der Selbstbestimmung!

Mir war ferner aufgefallen, daß mein Quälgeist eine sehr lange Zeit hindurch (während er mit genauester und unerklärlicher Sicherheit seine wunderliche Laune durchführte, mir äußerlich gleichen zu wollen) doch bei der Durchführung all der verschiedenartigen Einmischungen in mein Handeln es fertiggebracht hatte, daß ich niemals die Züge seines Gesichts zu sehen bekam. Mochte nun Wilson sein, wer er wollte, dies war entweder reine Affektiertheit oder Wahnsinn. Konnte er sich wirklich einen Augenblick einbilden, daß ich in dem Ermahner in Eton – in dem Zerstörer meiner Ehre in Oxford – in ihm, der in Rom meinen Ehrgeiz, in Paris meine Rache, in Neapel meine leidenschaftliche Liebe, in Ägypten was er meine Habgier nannte durchkreuzte –, daß ich in diesem meinen Erzfeind und bösen Genius nicht den William Wilson meiner Schuljahre wiedererkannte – den Namensvetter, Mitschüler und Rivalen – den verhaßten und gefürchteten Nebenbuhler im Institut? Unmöglich! – Aber ich will mich beeilen, zur letzten, ereignisreichen Szene des Dramas zu kommen.

Bisher war ich immer seiner gebietenden Herrschaft unterlegen. Die Empfindung tiefen Grauens, mit der ich gewöhnlich das erhabene Wesen, die majestätische Weisheit und die offenbare Allgegenwart und Allmacht Wilsons betrachtete, vermischt mit dem Gefühl wirklicher Angst, das mir gewisse Züge seiner Natur und seines Handelns einflößten, hatten mir bis dahin die Überzeugung meiner unbedingten Schwäche und Hilflosigkeit beigebracht, so daß ich mich, wenn auch mit bitterem Widerstreben, seinem entscheidenden Wollen unterwarf. Aber in der späteren Zeit gab ich mich immer mehr dem Weingenuß hin, der einen erregenden Einfluß auf meinen ererbten Charakter ausübte und in mir immer mehr Wut gegen den mich beaufsichtigenden Zwang erzeugte. Ich begann zu murren – zu schwanken – zu widerstreben. Und es war nur Einbildung, daß ich zu bemerken glaubte, wie beim Anwachsen meiner eigenen Festigkeit mein Quälgeist entsprechend schwächer wurde? Sei dies, wie es wolle, jedenfalls begann in mir eine brennende Hoffnung aufzuglimmen, und schließlich wuchs in meinen geheimen Gedanken ein ernster und verzweifelter Entschluß, mich nicht langer der Sklaverei zu unterwerfen.

Es war in Rom während des Karnevals des Jahres 18 . ., als ich einem Maskenfest im Palast des neapolitanischen Herzogs di Broglio beiwohnte. Ich hatte mich zügelloser als sonst dem Genuß des Weins hingegeben, und jetzt quälte mich die erstickende Atmosphäre der überfüllten Räume in unerträglichem Maße. Außerdem wurde die Ungeduld meiner Stimmung noch durch die Schwierigkeit vermehrt, in der sich drängenden Menge meinen Weg zu finden, da ich begierig nach der jungen, fröhlichen und schönen Frau des alten und schwachsinnigen di Broglio suchte. Mit einem zu leichtfertigen Vertrauen hatte sie mir bei einer früheren Gelegenheit das Geheimnis des Kostüms, das sie tragen würde, verraten, und da ich jetzt einen Schimmer ihrer Person entdeckt hatte, eilte ich, um in ihre Nähe zu gelangen. In diesem Moment legte sich eine leichte Hand auf meine Schulter, und das nie zu vergessende, leise, verruchte Flüstern drang an mein Ohr.

Mit einer wahrhaft wahnsinnigen Wut wandte ich mich sofort nach dem, der mich so angehalten hatte, und ergriff ihn heftig beim Kragen. Er war, wie ich erwarten durfte, in genau dem gleichen Kostüm wie ich. Er trug einen spanischen Mantel von blauem Samt und um die Taille einen roten Gürtel, der einen Stoßdegen hielt. Eine Maske von schwarzer Seide bedeckte das ganze Gesicht.

»Schurke!« schrie ich mit vor Wut keuchender Stimme, während jede Silbe, die ich sprach, nur noch meinen Zorn anzufeuern schien. »Schurke! Betrüger! Verfluchter Schuft! Du sollst mich nicht – du sollst mich nicht zu Tode quälen! Folge mir, oder ich steche dich hier zusammen!« Und ich bahnte mir einen Weg aus dem Ballsaal in ein kleines Vorzimmer, wobei ich ihn unwiderstehlich mit mir riß.

Beim Eintreten stieß ich ihn wütend von mir ab. Er taumelte gegen die Wand, während ich mit einem Fluch die Tür schloß und ihm zu ziehen befahl. Er zauderte, aber nur einen Augenblick, dann zog er mit einem leisen Seufzer seinen Degen und legte sich in die Verteidigung.

Der Kampf war aber nur kurz. Ich raste in tausendfacher, wilder Erregung und fühlte in meinem einzelnen Arm die Kraft und Energie einer ganzen Menge. In wenigen Sekunden zwang ich ihn durch meine bloße Kraft gegen die Wandtäfelung, und jetzt, da er mir verfallen war, stieß ich ihm meinen Degen mit roher Wut immer wieder durch die Brust.

In diesem Augenblick rüttelte jemand an dem Riegel der Tür. Ich eilte hin, um ein Eindringen zu verhindern, und wandte mich gleich darauf wieder zu meinem sterbenden Gegner. Aber welche menschliche Sprache kann auch nur annähernd dieses Erstaunen und dieses Entsetzen beschreiben, das mich bei dem Anblick ergriff, der sich mir darbot? Der kurze Augenblick, da ich mich abwandte, hatte genügt, um eine materielle Veränderung in dem hinteren Teil des Raumes hervorzubringen. Ein großer Spiegel – wenigstens schien es mir anfangs in meiner Verwirrung einer zu sein – stand da, wo vorher keiner gestanden hatte, und als ich im äußersten Schrecken darauf zuschritt, näherte sich mir mein eigenes Bild, aber mit einem ganz bleichen und blutbefleckten Gesicht, und kam mit schwachem, taumelndem Gang zu mir heran.

Es erschien mir dies so, sage ich, denn in Wirklichkeit war es anders. Es war mein Gegner, es war Wilson, der jetzt, mit dem Tode kämpfend, vor mir stand. Seine Maske und sein Mantel lagen, wo er sie zur Erde geworfen hatte. Keinen Faden gab es an seinen Kleidern – keine Linie in den ausgeprägten und eigenartigen Gesichtszügen, die nicht bis zur absoluten Genauigkeit meine eigenen waren!

Es war Wilson. Aber er sprach nicht mehr flüsternd, und man hätte glauben können, ich selbst habe die Worte gesagt, die er äußerte:

»Du hast gesiegt, und ich unterliege. Aber von nun an bist du ebenfalls tot – tot für die Welt, für den Himmel und für die Hoffnung! In mir nur hast du gelebt – und jetzt, da ich sterbe, erkenne in meinem Bilde, das dein eigenes ist, wie tief du dich selbst ermordet hast.«

Ligeia

Ich kann mich bei meiner Seele wirklich heute nicht mehr erinnern, wann oder wo ich eigentlich Ligeia zum erstenmal kennen gelernt habe. Lange Jahre sind seitdem verflossen, und mein Gedächtnis ist schwach geworden von vielem Leiden. Vielleicht entsinne ich mich aber aller dieser Einzelheiten auch nur deshalb nicht mehr so genau, weil das Wesen meiner Geliebten, ihr seltenes Wissen, ihre eigenartige und doch so ruhig-keusche Schönheit, der erregende und bezaubernde Wohlklang ihrer leisen, musikalischen Stimme sich so langsam und allmählich in mein Herz schlichen, daß ich das alles gar nicht bemerkte. Immerhin glaube ich, daß ich sie zuerst und ziemlich häufig in einer großen, alten, verfallenden Stadt am Rhein traf. Sie hat mir auch von ihrer Familie erzählt, die zweifellos sehr alt war. Ach, meine Ligeia! Während ich mich eifriger als je in seltsame Studien vertiefe, um die ganze Welt und ihre Eindrücke zu vergessen, ist es dieses Wort allein – das Wort Ligeia – das vor mein inneres Auge das Bild derjenigen bringt, die jetzt nicht mehr lebt. Und nun, da ich dieses niederschreibe, blitzt in mir die Erinnerung auf, daß ich niemals ihren väterlichen Namen gekannt habe, obgleich sie meine Freundin und Verlobte war, meine Studiengefährtin und später meine Frau. Hatte sie mir im Scherz verboten, sie danach zu fragen, oder betrachtete ich es als Prüfstein meiner Liebe, das nicht wissen zu wollen? Oder war es auch nur eine Laune von mir gewesen, die wilde Romantik meiner leidenschaftlichen Anbetung und Vergötterung? Alles dessen erinnere ich mich nur noch undeutlich – wie sollte ich da noch etwas von den Ursachen und Begleitumständen wissen? Und in der Tat, wenn je der Geist, der sich Romantik nennt – wenn je die bleiche schattenbeschwingte Astarte der heidnischen Ägypter über unheilvollen Ehen geherrscht hat, dann herrschte sie über der meinigen.

Und doch gibt es etwas mir Teures, das ich nie vergesse. Das ist die Gestalt Ligeias. Sie war groß, etwas schlank und in ihren späteren Tagen sogar abgemagert. Es würde vergebens sein, wenn man die Majestät, das stille Behagen ihres Wesens, die unbegreifliche Leichtigkeit und Spannkraft ihres Schrittes schildern wollte. Sie kam und ging wie ein Schatten. Wenn sie in mein abgelegenes Studierzimmer kam, dann merkte ich das nur an der lieben Musik ihrer leisen, süßen Stimme, wenn sie ihre weiße Hand auf meine Schulter legte. An Schönheit der Gesichtszüge stand ihr keine andere Frau gleich. Sie glich dem strahlenden Traum eines Opiumrausches, einer erhabenen, himmlischen Vision von phantastischer Göttlichkeit, als sie sich je in die Phantasien der schlafenden Töchter von Delos gesenkt haben. Doch waren ihre Züge nicht von jener regelmäßigen Form, zu deren Anbetung uns die Bildwerke der Heiden fälschlich verleitet haben. »Es gibt keine auserlesene Schönheit«, sagt Bacon, Lord Verulam, an einer Stelle, wo er über alle Arten und Formen der Schönheit spricht, »ohne etwas Ungewöhnliches in den Formverhältnissen.« Aber wenn auch den Zügen Ligeias vielleicht die klassische Regelmäßigkeit fehlte, und wenn ich sah, daß ihre Lieblichkeit zwar wirklich auserlesen, aber von manchem Ungewöhnlichen durchzogen war, so strengte ich mich doch vergebens an, herauszufinden, worin nun eigentlich diese Ungewöhnlichkeit im einzelnen bestand. Ich betrachtete die Rundung der hohen, bleichen Stirn – sie war fehlerlos, wenn man dieses kalte Wort bei einer so erhabenen Göttlichkeit anwenden darf! Ich sah ihre Haut, die das reinste Elfenbein übertraf, den gebietenden Umfang und das sanfte Vorspringen der oberen Schläfenpartien und dann das rabenschwarze, glänzende, üppige Haar mit den natürlichen Locken. Ich blickte auf die zarten Linien der Nase, die ich nur auf orientalischen Bildern in ähnlicher Vollkommenheit gefunden habe. Welch ein freier Geist sprach aus der kühnen, ganz leicht gebogenen Form und aus den harmonisch geschwungenen Nüstern! Ich betrachtete ihren süßen Mund, der wirklich einen ganzen Himmel in sich trug, die herrliche Biegung der zarten oberen Lippe, die üppige, weiche Ruhe der unteren, die spielenden Grübchen, das lebhafte Rot, die glänzenden Zähne, in denen sich alles Licht ihres ernsten, ruhigen und doch unendlich strahlenden Lächelns widerspiegelte. Ich studierte die Form ihres Kinns und fand hier alles Zarte, Weiche und Gotterfüllte der griechischen Statuen wieder. Und schließlich blickte ich in Ligeias Augen.

Augen haben keine Vorbilder in der Kunst der Antike, und vielleicht lag in den Augen meiner Geliebten das Geheimnis, auf das Lord Verulam anspielt. Sie waren wohl viel größer als sonst die Augen bei uns sind. Sie waren auch strahlender als die strahlendsten Gazellenaugen der Töchter aus dem Tale Nourjahad. Doch fiel mir dies nur dann bei Ligeia auf, wenn sie besonders erregt war. In solchen Augenblicken wurde ihre Schönheit – vielleicht erschien mir das in meiner glühenden Phantasie auch nur so – wahrhaft überirdisch. Die Pupillen leuchteten in einem tiefglänzenden Schwarz, und hoch darüber hingen die langen, jettfarbenen Augenwimpern. Die in der Form etwas unregelmäßigen Brauen hatten dieselbe Farbe. Das Ungewöhnliche aber, was ich in den Augen fand, lag nicht in der Form, in der Farbe oder in dem Leuchten – es lag vielmehr nur im Ausdruck. Und doch, wie nichtssagend ist auch dieses Wort, hinter dem wir nur unsere Unkenntnis alles Seelischen verbergen. Der Ausdruck in Ligeias Augen! Wieviele Stunden habe ich darüber nachgesonnen! Wie habe ich einmal eine ganze Sommernacht gekämpft, um dahinter zu kommen! Welch ein tiefer Abgrund lag doch in den Pupillen meiner Geliebten? Was bedeutete er? Eine wahre Leidenschaft ergriff mich, ihn zu deuten. O, solche Augen! Solche großen, leuchtenden himmlischen Pupillen! Sie wurden mir die Zwillingssterne der Leda, und ich wurde ihr inbrünstiger astronomischer Forscher.

Ich habe von dem Wissen Ligeias gesprochen. Es war unendlich tief, wie ich es nie bei einer Frau gefunden habe. Sie beherrschte geläufig die klassischen Sprachen, und was die modernen europäischen anging, so habe ich, soweit meine Kenntnis ging, nirgendswo darin bei ihr einen Mangel entdecken können. Gab es überhaupt irgendein Gebiet auch der schwierigsten Wissenschaften, in dem sie nicht zu Hause war? Wie seltsam, wie schauerlich ist es eigentlich, daß mir gerade diese Seite in der Statur meiner Frau erst in der jetzigen Zeit zum Bewußtsein gekommen ist! Ich sagte, ihr Wissen war so groß, wie ich es nie bei einer Frau gefunden habe, aber wo hat je ein Mann all die weiten Gebiete moralischer, physischer und mathematischer Wissenschaft so wie sie durchschritten? Damals sah ich noch nicht, wie ich es jetzt tue, wie riesenhaft und erstaunlich Ligeias Kenntnisse waren, aber ich war mir doch bewußt, mit welchem kindlichen Vertrauen ich mich ihrer überlegenen Leitung überließ, die mich sicher durch die chaotische Welt metaphysischer Studien führte, denen ich mich in den ersten Jahren unserer Ehe hingab.

Wie scharf aber war mein Schmerz, als ich nach einigen Jahren merkte, daß alle Hoffnungen, die ich auf unsere gemeinsamen Studien gebaut hatte, sich anschickten, davonzufliegen. Ohne Ligeia war ich nur ein im Dunkeln tastendes Kind. Ihre Gegenwart, ihr Vorlesen allein erhellte mir so manches Geheimnis des Übersinnlichen, in das wir vertieft waren. Ohne den strahlenden Glanz ihrer Augen wurden die goldfunkelnden Buchstaben stumpf wie trübes Blei. Und die Augen Ligeias strahlten jetzt seltener und seltener über den Seiten, die ich durchforschte, Ligeia wurde krank. Ihre Augen nahmen eine andere, allzu fiebrige Glut an, ihre bleichen Finger bekamen den durchsichtigen, wächsernen Schimmer des Grabes, und die blauen Adern an der hohen Stirn pulsierten heftig bei der kleinsten Erregung. Ich sah, daß sie sterben mußte, und kämpfte im Geiste verzweifelt mit dem grimmigen Engel des Todes. Doch die Kämpfe dieser Frau waren zu meinem Staunen noch leidenschaftlicher und heftiger als meine eigenen. Vieles in ihrer ernsten Natur hatte mich zu dem Glauben geführt, daß für sie einmal der Tod keinen Schrecken haben werde, jetzt aber stritt sie mit einer Schärfe um ihr Leben, wie ich es nicht beschreiben kann. Ich verzehrte mich in angstvoller Qual bei diesem traurigen Schauspiel. Wie gern hätte ich sie getröstet, sie beruhigt, wäre nicht bei diesem ungeheuren wilden Verlangen nach Leben – nach Leben und nur nach Leben – alles Trosten und vernünftige Reden weiter nichts als äußerste Torheit gewesen. Aber erst im letzten Augenblick, unter den wahnsinnigsten Zuckungen ihres starken Geistes, verlor sie die äußerliche Gefaßtheit ihres Wesens. Zwar ihre Stimme wurde noch sanfter, noch leiser, aber ich verstand nur zu gut den milden Sinn ihrer ruhig gesprochenen Worte. Fassungslos lauschte ich einer Melodie, die Schlimmeres als den Tod enthielt – Gedanken und Phantasien, wie sie nie ein

Mensch vorher empfunden hat.

Daß sie mich liebte, daran hätte ich nie gezweifelt, und auch nicht, daß Liebe bei einer Natur wie der ihren keine gewöhnliche Leidenschaft sein konnte. Aber erst bei ihrem Sterben begriff ich die Stärke ihrer Zuneigung. Durch lange Stunden hielt sie meine Hand fest in der ihrigen und öffnete mir ihr überströmendes Herz, dessen mehr als leidenschaftliches Lieben in Anbetung überging. Wodurch hatte ich es verdient, mit solchen Bekenntnissen gesegnet zu werden? Wodurch hatte ich es verdient, den Fluch der Erinnerung daran tragen zu müssen? Aber es ist mir unerträglich, dabei zu verweilen. Jedenfalls begriff ich jetzt, daß nur in Ligeias unendlicher Hingabe an die von mir so wenig verdiente Liebe der Grund zu ihrem wilden, unerschütterlichen Verlangen nach weiterem Leben lag. Und dieses wilde Verlangen – die mächtige Gewalt dieses Verlangens, zu leben, einfach zu leben – kann ich mit keinen Worten, mit keinem Ausdruck der Sprache schildern.

»O Gott«, schrie sie in der Nacht ihres Todes, indem sie aus ihrem Bett sprang und mit zitternden Bewegungen ihre Arme zum Himmel streckte – »o Gott! o himmlischer Vater! Soll denn alles dieses unabwendbar sein? Soll es nicht möglich sein, den Eroberer Tod einmal zu überwinden? Sind wir nicht Teile und Stücke deiner Gottheit? Wer, wer kennt die Geheimnisse des Willens in seiner vollen Stärke? Der Mensch beugt sich nicht vor den Engeln, noch selbst vor der Macht des Todes, wenn er es nicht aus Kraftlosigkeit seines schwachen Willens tut.«

Dann ließ sie wie erschöpft von ihrer Erregung ihre weißen Arme sinken und legte sich feierlich ernst auf ihr Todesbett. Und als sie ihre letzten Seufzer aushauchte, da kam zugleich ein leises Flüstern über ihre Lippen. Ich neigte mein Ohr über sie und verstand noch einmal deutlich die vorhin geäußerten Worte: »Der Mensch beugt sich nicht vor den Engeln, noch selbst vor der Macht des Todes, wenn er es nicht aus Kraftlosigkeit seines schwachen Willens tut.«

Sie starb, und ich, den die Trauer bis tief in den Staub beugte, ertrug nicht länger die einsame Öde meines Hauses in der düsteren, verfallenden Stadt am Rhein. Mir fehlte es nicht an dem, was die Welt Wohlstand nennt, denn Ligeia hatte mir mehr, viel mehr vermacht, als sonst die meisten Menschen zu besitzen pflegen. Nach einigen Monaten müden und zwecklosen Umherschweifens kaufte ich in einer der wildesten und wenigst besuchten Gegenden Englands, an einem Ort, den ich nicht nennen will, einen alten Landsitz und ließ ihn neu ausstatten. Die düstere, strenge Würde des Gebäudes, die verwahrloste Umgebung, die vielen blutigen, geschichtlichen Erinnerungen, die sich an den Landsitz knüpften, paßten so recht zu dem Gefühl äußerster Verlassenheit, das mich in diese abgelegene und einsame Gegend getrieben hatte. Obgleich an dem äußeren Anblick des verfallenen Baues wenig geändert werden konnte, begann ich mit kindischer Launenhaftigkeit und vielleicht auch in der schwachen

Hoffnung, dadurch mein Leid zu mildern, das Innere in einer mehr als königlichen Pracht auszustatten. Ich hatte schon als Knabe für alle Überschwenglichkeiten Sinn gehabt und überließ mich ihnen jetzt in vollem Maße. Ach ja, es sprach viel von beginnendem Wahnsinn aus den prächtigen, phantastischen Wandvorhängen, aus dem feierlichen Schnitzwerk Ägyptens, aus den zackigen Gesimsen und Möbelstücken, aus den Irrenhausmustern der goldgestickten Teppiche. Ich war ein hoffnungsloser Sklave der Opiumleidenschaft geworden, die allem meinem Tun und Handeln die Farbe ihrer Träume gab. Aber ich will mich mit diesen Tollheiten nicht weiter aufhalten. Ich möchte nur von dem einen, ewig verfluchten Zimmer reden, in das ich in einem Augenblick halben Wahnsinns die blondhaarige und blauäugige Lady Rowena Trevanion von Tremaine als Braut und Nachfolgerin der unvergessenen Ligeia heimführte.

Es gibt keinen einzelnen Teil des Aufbaues und der Ausstattung dieses Brautgemachs, der jetzt nicht deutlich vor mir steht. Wo war das Gewissen der vornehmen Familie meiner Braut, als sie aus Durst nach Gold einer geliebten Tochter gestattete, eine solche Schwelle zu überschreiten? Das Zimmer lag in dem hohen Turm des befestigten Landsitzes, es war achteckig in der Form und von außerordentlicher Größe. Die ganze südliche Seite des Achtecks nahm ein einziges Fenster ein, eine riesenhafte Scheibe von venezianischem Glas, das in bleifarbenem Ton gehalten war, so daß Sonne und Mond, wenn sie hineinschienen, einen geisterhaften Glanz auf alle Gegenstände warfen. Über dem oberen Teil des mächtigen Fensters hing das Netzwerk eines alten Weinstocks, der sich draußen an dem Turm emporrankte. Die dunkelfarbene Eichendecke war hochgewölbt und kunstvoll mit grotesken Verzierungen halb gotischen und halb druidischen Stils bedeckt. Vom höchsten Punkt dieses melancholischen Gewölbes hing an einer einzelnen, langgliedrigen goldenen Kette ein gewaltiger, wie ein Weihrauchgefäß gebildeter Leuchter von dem gleichen Metall. Er hatte ein sarazenisches Muster mit so vielen Durchbrechungen, daß in ununterbrochener Folge halbfarbige Lichtstrahlen wie lebende Schlangen heraus- und hereinströmten.

Einige Ottomanen und Kandelaber orientalischer Art waren in verschiedenen Abständen aufgestellt, auch befand sich dort das Brautbett, nach einem indischen Modell aus schwerem Ebenholz gemacht und mit einem leichentuchähnlichen Baldachin darüber. In jeder Ecke des Zimmers stand aufgerichtet ein riesenhafter Sarkophag aus schwarzem Granit, die aus den Königsgräbern von Luxor stammten und mit unzerstörbaren Inschriften bedeckt waren. Aber das Phantastischste von allem lag in der Art, wie das Zimmer ausgeschlagen war. An den unnatürlich hohen Wänden hingen von der Decke bis zum Boden in schweren Falten dicke Wandteppiche herab aus einem Material, das auch zur Bekleidung des Bodens diente und ebenso den Überwurf der Ottomanen und des Bettes und die Seitenvorhänge der Fenster bildete. Es bestand aus kostbarstem Goldgewebe und war überall in unregelmäßigen Abständen mit fußgroßen phantastischen Figuren von matter schwarzer Farbe bestickt. Diese Figuren zeigten in endloser Folge geisterhafte Gestalten, wie sie der Aberglaube der Normannen und die bösen Träume der Mönche ausgebrütet haben. Der gespensterhafte Eindruck wurde noch stark erhöht durch künstlich zugeführte Windströmungen hinter den Wandteppichen, die diesen ein grausiges und unbehagliches Leben gaben.

In solchen Zimmern und einem solchen Brautgemach verbrachte ich mit der Lady von Tremaine ohne große Störung die ungesegneten Stunden des ersten Monats unserer Ehe. Daß meine Frau sich vor den heftigen Ausbrüchen meines Temperaments fürchtete, daß sie mir auswich und mich wenig liebte, das bemerkte ich zwar bald, aber es war mir nur recht. Denn ich verabscheue sie mit einem mehr teuflischen als menschlichen Haß. Alle meine Gedanken wandten sich mit unendlicher Trauer nach Ligeia zurück, der Geliebten, Erhabenen, Schönen, Begrabenen. Ich schwelgte in den Erinnerungen an ihre Reinheit, ihre Weisheit, ihre hohe, himmlische Natur, ihre leidenschaftliche, anbetende Liebe. Jetzt erst brannte mein Geist in noch verzehrenderer Glut, als es ihre gewesen war. In der Erregtheit meiner Opiumträume (denn ich lebte jetzt ganz im Banne dieses Giftes) rief ich laut ihren Namen durch die Stille der Nacht oder am Tage durch verlassene Bergschluchten, als könnte ich mit meinem wilden Verlangen, mit meiner tiefen Leidenschaft und meiner brennenden Sehnsucht die Verstorbene wieder auf die Erde zurückrufen.

Im Anfang des zweiten Monats meiner Ehe wurde Lady Rowena von einer plötzlichen Krankheit ergriffen und konnte sich nur langsam wieder erholen. Das sie verzehrende Fieber bereitete ihr schwere Nächte, und in dem verwirrten Zustand des Halbschlummers sprach sie von Tönen und Bewegungen im Turmzimmer und in seiner Umgebung. Ich schrieb ihre Äußerungen ihrer kranken Phantasie und zum Teil auch dem gespenstigen Einfluß des Zimmers selber zu, bis sie sich schließlich erholte und dann gesundete. Aber schon nach kurzer Zeit warf sie ein zweiter und viel heftigerer Anfall wieder aufs Bett, und von da ab erholte sich ihre schon früher schwächliche Natur nie wieder ganz. Ihr Zustand bekam bald einen beunruhigenden Charakter, besonders wegen der häufigen Rückfälle. Auch wußten die Ärzte weder was ihr fehlte, noch konnten sie ihr trotz aller Bemühungen helfen. Mit dem Fortschreiten ihrer Krankheit, die jetzt schon zu tief in ihrem Organismus Wurzel gefaßt hatte, als daß ihr menschliche Kunst noch wirklich hätte helfen können, bemerkte ich ein gleichzeitiges Fortschreiten ihrer nervösen Erregbarkeit und eine durch die harmlosesten Kleinigkeiten hervorgebrachte Furcht. Sie sprach auch wieder, und diesmal häufiger und hartnäckiger von Tönen, von leisen Tönen, und von unerklärlichen Bewegungen hinter den Vorhängen, auf die sie schon früher angespielt hatte.

Eines Abends zu Beginn des Septembers wies sie nachdrücklicher als sonst auf diese unheimlichen Dinge hin. Sie war gerade aus einem unruhigen Schlummer erwacht, und ich hatte inzwischen in einem Gefühl, das zwischen Mitleid und Grauen schwankte, ihre verfallene Gestalt betrachtet. Ich saß neben ihrem Ebenholzbett auf einer der indischen Ottomanen. Sie hob sich etwas empor und sprach in ernstem, leisem Flüstern von Tönen, die sie in dem Augenblick hörte, und die ich nicht hören konnte, und von Bewegungen, die sie sah, die ich aber nicht bemerken konnte. Gerade jetzt sauste der Wind stürmisch hinter den Wandvorhängen, und ich wollte ihr zeigen (obgleich ich es selbst nicht völlig glaubte), daß diese fast unhörbaren Seufzer, die leisen Bewegungen der Gestalten an der Wand nur durch das natürliche Rauschen des Windes hervorgerufen seien. Aber eine tödliche Blässe, die jetzt ihr Gesicht überzog, zeigte mir, daß alle meine Versuche, sie zu beruhigen, nutzlos waren. Sie schien ohnmächtig zu werden, und niemand von der Dienerschaft war in der Nähe. Mir fiel ein, daß eine Karaffe leichten Weins, den die Ärzte ihr verordnet hatten, in der Nähe stand, und beeilte mich, sie zu holen. Aber als ich unter das Licht des Weihrauchgefäßes trat, erregten zwei unheimliche Dinge meine Aufmerksamkeit. Ich empfand, daß ich einen fühlbaren, wenn auch nicht sichtbaren Gegenstand mit meinem Körper gestreift hatte, und dann sah ich auf dem goldenen Teppich gerade mitten in dem glänzenden Lichtkreis, den der Leuchter warf, einen Schatten – einen schwachen, kaum sichtbaren Schatten von der Form eines Engels –, der so dünn war, als ob ein Geist einen Schatten geworfen hätte. Aber ich hatte eine unmäßige Dosis Opium genossen, und in meiner Erregung machte ich mir nur wenig aus diesen Dingen, auch sprach ich kein Wort davon zu Rowena. Als ich den Wein gefunden hatte, trat ich wieder an das Bett und goß einen Pokal voll ein, den ich der halb bewußtlosen Lady an die Lippen hielt. Sie erholte sich ein klein wenig und nahm dann den Pokal selbst in die Hand, während ich mich auf die nächste Ottomane hinsinken ließ und Rowena betrachtete. In diesem Augenblick hörte ich deutlich einen Schritt auf dem Teppich und nahe an dem Bett, und eine Sekunde später, als Rowena den Wein an ihre Lippen hob, sah ich, oder träumte vielleicht es zu sehen, daß aus einer unsichtbaren Quelle in der Luft des Zimmers drei oder vier Tropfen einer leuchtenden, blutroten Flüssigkeit in den Pokal fielen. Wenn ich dies sah – Rowena sah es nicht. Sie trank den Wein ohne Bedenken, und ich hütete mich, ihr von Dingen zu sprechen, die doch nur Einbildungen meiner lebhaften Phantasie gewesen sein mußten, und die nur durch die Angst der Lady, das Opium und die späte Stunde so deutlich erschienen waren.

Aber ich darf es mir nicht verheimlichen, daß genau von dem Augenblick an, da die blutroten Tropfen in den Becher gefallen waren, der Zustand meiner Frau sich schnell verschlimmerte, so daß drei Tage später die Hände ihrer Dienerinnen sie zur Bestattung einkleideten, und ich in der vierten Nacht allein mit dem in Leichentüchern eingehüllten Körper in demselben phantastischen Zimmer saß, das sie einst als Braut empfangen hatte. Wahnsinnige Gestalten des Opiumrauschs flogen schattengleich vor mir auf. Mit unruhigem Blick starrte ich auf die Sarkophage in den Ecken des Raumes, auf die zuckenden Figuren in der Wandbekleidung und auf die sich schlängelnden Lichter in dem Weihrauchkessel. Dann erinnerte ich mich der Begebenheit jener Nacht, da ich den seltsamen Schatten auf dem Boden gesehen hatte. Aber als ich hinschaute und keine Spur davon bemerkte, atmete ich wieder freier und wagte es, meine Blicke nach der bleichen, bewegungslosen Gestalt auf dem Bett zu lenken. Tausend Erinnerungen an Ligeia strömten dabei auf mich ein, und in mein Herz drang mit der stürmischen Gewalt einer Flut das ganze unaussprechliche Weh, mit dem ich Ligeia einst auf dem Totenbett gesehen hatte. Die Nacht ging weiter, und noch immer starrte ich mit schmerzlichen Gedanken an die einzig und über alles Geliebte auf den Leichnam Rowenas.

Es war vielleicht um Mitternacht, vielleicht auch früher oder später, denn ich achtete nicht auf die Zeit, als ein leises und zartes, aber deutlich hörbares Seufzen mich aus meinen Träumen emporschreckte. Ich fühlte, daß es von dem Ebenholzbett, von dem Totenbett gekommen war. Ich lauschte in einem Wahnsinn abergläubischer Angst, aber der Laut wiederholte sich nicht wieder. Mit angespanntem Blick versuchte ich irgendeine Veränderung in der Lage des Leichnams zu entdecken, aber es war nicht das Geringste zu bemerken. Und doch konnte es keine Täuschung gewesen sein. Ich hatte den Laut, so schwach er auch war, wirklich gehört, und bis in meine innerste Seele hinein war ich dadurch wach geworden. Entschlossen und zähe hielt ich meine Aufmerksamkeit auf den Leichnam gerichtet, aber viele Minuten verstrichen, ehe etwas geschah, was ein Licht auf das Geheimnis warf. Schließlich überzeugte ich mich jedoch, daß ein leichter, ein ganz schwacher und kaum bemerkbarer Hauch von Farbe auf den Wangen und an den eingesunkenen, feinen Adern der Augenlider sichtbar geworden war. Mit unendlicher Angst und mit einem Grauen, das in menschlicher Sprache überhaupt nicht auszudrücken ist, fühlte ich, wie mein Herz zu schlagen aufhörte, und wie meine Glieder, während ich da saß, langsam erstarrten. Aber eine Art Pflichtbewußtsein brachte mich endlich wieder zu mir. Ich konnte nicht länger daran zweifeln, daß wir mit unseren Vorbereitungen zur Bestattung uns übereilt hatten, daß Rowena noch lebte. Es war notwendig, daß sofort etwas geschah. Doch der Turm lag ganz entfernt von dem Teil des Gebäudes, wo die Dienerschaft schlief. Niemand davon befand sich in der Nähe, und ich konnte sie nicht herbeirufen, ohne das Zimmer auf viele Minuten zu verlassen, was ich nicht zu tun wagte. So begann ich denn allein meine Bemühungen, das noch zögernde Leben zurückzurufen. Aber in kurzer Zeit überzeugte ich mich, daß ein Rückfall eingetreten war. Das Rot auf den Augenlidern und Wangen verschwand und wich einer Blässe, die noch weißer war als Marmor. Die Lippen schrumpften noch mehr zusammen als früher und erstarrten in dem gespenstigen Ausdruck des Todes. Eine widerliche feuchte Kälte überzog die Oberfläche des Körpers, und die ganze Unbeweglichkeit der Muskeln war wieder da. Schaudernd ließ ich mich auf den Diwan zurücksinken, von dem ich so entsetzt aufgesprungen war, und gab mich wieder den leidenschaftlichen Träumen von Ligeia hin.

So verstrich eine Stunde, als ich zum zweiten Male ein leises Geräusch in der Gegend des Bettes hörte. In einem Übermaß von Angst lauschte ich. Und wieder kam das Geräusch, es war ein Seufzer. Als ich zur Leiche hineilte, sah ich – sah ich deutlich – ein Zittern auf den Lippen. Eine Minute später erschlafften sie und zeigten eine Reihe perlenweißer Zahne. Erstaunen versuchte jetzt Herr über das tiefe Grauen zu werden, das mich bisher allein erfüllt hatte. Ich fühlte, wie es mir dunkel vor den Augen wurde, wie sich mein Denken verwirrte, und nur mit äußerster Anstrengung gelang es mir, mich soweit zu stählen, daß ich mich auf meine Pflicht besann. Ein Hauch von Farbe war jetzt auf Stirn, Wangen und Hals sichtbar geworden, eine fühlbare Wärme durchzog den ganzen Körper, und selbst einen leisen Herzschlag konnte ich wahrnehmen. Die Lady lebte, und ich gab mich mit verdoppeltem Eifer daran, sie völlig zu erwecken. Ich rieb und badete die Schläfen und die Hände, ich tat alles, wozu mir Erfahrung und meine nicht geringen medizinischen Studien rieten. Aber vergebens. Plötzlich verschwand die Farbe, der Pulsschlag setzte aus, die Lippen nahmen wieder den Ausdruck des Todes an, und einen Augenblick später zeigte der ganze Körper die eisige Kälte, die Leichenfarbe, die strenge Erstarrung und die eingesunkenen Züge, kurz alle abstoßenden Einzelheiten eines Toten, der schon seit Tagen im Grab gelegen hat.

Und wieder versank ich in meine Visionen von Ligeia – und wieder (noch jetzt, da ich das schreibe, ergreift mich ein Schauder) – wieder kam an mein Ohr aus der Gegend des Ebenholzbettes das leise Seufzen. Aber warum soll ich alle Einzelheiten dieser schrecklichen Nacht beschreiben? Warum soll ich berichten, wie sich immer wieder bis zur Stunde des Tagesgrauens dieses entsetzliche Drama des zum Leben Erwachens wiederholte? Wie dann jedesmal ein um so stärkeres Zurücksinken in den Tod folgte? Wie jede Phase von einer wahnsinnigen Veränderung im Aussehen des Körpers begleitet war? Nein, ich will mich beeilen, zum Ende zu kommen.

Der größere Teil der entsetzlichen Nacht war vorüber, und sie, die vorher Totgewesene, erbebte wieder einmal, und diesmal stärker als zuvor, um sich aus ihrer Erstarrung zu erheben. Ich hatte lange aufgehört, mich abzumühen oder mich auch nur zu rühren, ich blieb steif auf der Ottomane sitzen, hilflos einem Wirbel von wilden Gefühlen preisgegeben, unter denen das äußerste Grauen vielleicht das am wenigsten schreckliche und aufreibende war. Der Körper, wiederhole ich, erbebte, und diesmal stärker als zuvor. Die Farbe des Lebens strömte mit ungewöhnlicher Kraft in das Gesicht, die Glieder erwachten aus ihrer Erstarrung, und nur die Augenlider waren schwer herabgedrückt, und die Grabtücher gaben der ganzen Gestalt das Aussehen einer Leiche. Sonst aber hätte ich mir einbilden können, Lady Rowena habe gänzlich die Fesseln des Todes abgestreift. Aber wenn mir noch ein leiser Zweifel geblieben war, so verschwand er sofort, als sie sich vom Bett erhob und mit leisen, schwankenden

Schritten und geschlossenen Augen, wie von einem Traum befangen, körperlich und fühlbar in die Mitte des Zimmers trat.

Ich zitterte nicht – ich bewegte mich nicht –, denn ein Gewirr von unsagbaren Phantasien durchströmte mich, als ich das Gesicht, die Größe und die Bewegungen dieser Figur sah, und lähmte mich, als sei ich zu Stein geworden. Immerzu starrte ich auf die Erscheinung. Meine Gedanken befanden sich in wahnsinniger Verwirrung, in einem nicht zu beschwichtigenden Aufruhr. Konnte das wirklich die lebende Rowena sein, die da vor mir stand? Konnte es überhaupt Rowena sein – die blondhaarige, blauäugige Lady Rowena Trewanion von Tremaine? Aber warum, warum zweifelte ich daran? Ja, dieser Mund und die jetzt geröteten Wangen und das Kinn mit dem Grübchen – es hätte das Gesicht der lebenden Lady von Tremaine sein können – aber war sie denn größer geworden seit ihrer Krankheit? Welch ein unaussprechlicher Wahnsinn flüsterte mir gerade diesen Gedanken ein? Mit einem Sprung hatte ich ihre Füße erreicht. Indem sie vor meiner Berührung zurückwich, ließ sie von ihrem Kopf die geisterhaften Tücher fallen, die ihn einhüllten, und nun strömten in das funkelnde Licht, das das Zimmer erfüllte, schwere Massen eines langen, aufgelösten Haares. Dieses Haar war schwärzer als die Schwingen der Mitternacht! Und dann öffnete die Figur, die vor mir stand, langsam ihre Augen. »Jetzt endlich«, schrie ich mit lauter Stimme, »kann ich nicht länger im Zweifel sein. Dies sind die großen, schwarzen und strahlenden Augen meiner verlorenen Liebe – sind die Augen der Lady – der Lady Ligeia!«